行走中国丛书

主编◎张昌山　耿昇

神性弥漫的行走：沿着香格里拉疆域的诗性笔记

海　男◎著

云南出版集团

云南人民出版社

图书在版编目（CIP）数据

神性弥漫的行走：沿着香格里拉疆域的诗性笔记 / 海男著. -- 昆明：云南人民出版社, 2019.8

（行走中国丛书）

ISBN 978-7-222-18518-0

Ⅰ. ①神… Ⅱ. ①海… Ⅲ. ①散文集－中国－当代 Ⅳ. ①I267

中国版本图书馆CIP数据核字(2019)第168879号

出 品 人：赵石定
责任编辑：刘　焰　苏映华
装帧设计：白　雪
责任校对：陈春梅
责任印制：窦雪松

行走中国丛书
神性弥漫的行走：沿着香格里拉疆域的诗性笔记
海　男　著

出版　云南出版集团　云南人民出版社
发行　云南人民出版社
社址　昆明市环城西路609号
邮编　650034
网址　www.ynpph.com.cn
E-mail　ynrms@sina.com
开本　787mm×1092mm　1/16
印张　14.75
字数　200千
版次　2019年8月第1版第1次印刷
印刷　云南出版印刷集团有限责任公司
　　　云南新华印刷一厂
书号　ISBN 978-7-222-18518-0
定价　47.00元

如需购买图书、反馈意见，请与我社联系
总编室：0871-64109126　发行部：0871-64108507
审校部：0871-64164626　印制部：0871-64191534

云南人民出版社微信公众号

总　序

张昌山

从黑格尔以来，传统中国长期被欧洲中心主义者视为一个“停滞的帝国”。这一观念出现几十年之后，国人终于认识到，中国正面临着前所未有的深刻变革。清同治十一年（1872 年），李鸿章在《复议制造轮船未可裁撤折》中说：“臣窃惟欧洲诸国，百十年来，由印度而南洋，由南洋而中国，闯入边界腹地，凡前史所未载，亘古所未通，无不款关而求互市。我皇上如天之度，概与立约通商，以牢笼之，合地球东西南朔九万里之遥，胥聚于中国，此三千余年一大变局也。”光绪元年（1875 年），李氏又在《因台湾事变筹画海防折》中说：“历代备边，多在西北。其强弱之势，主客之形，皆适相埒，且犹有中外界限。今则东南海疆万余里，各国通商传教，来往自如，麇集京师及各省腹地，阳托和好之名，阴怀吞噬之计，一国生事，数国构煽，实为数千年未有之变局。”李鸿章对世界和中国的这种认识还在多个场合说过。当时的中国，一下子从“普天之下，莫非王土；率土之滨，莫非王臣”的天下，迅速跌进五大洋、四大洲之中的世界，甚至只是亚洲东部一个落后的大国。

这数千年未有的大变局，就是以工业革命为主导的近代化及现代化，而中国从传统社会向现代社会转型的这一近代化及现代化过程，至今仍在进行之中。

百年间，一些中外人士行走在中国这片古老而又在变动的土地上。行走者中，既有外国的传教士、外交官、探险家，更有中国的文人、学者、科学家、商人、军人，甚至有家庭妇女。他们的游记、札记、考察报告、探险实录等，见证并记录了其自身行走的经历和中国近代化及现代化的过程。当时写下这些文字的人虽身份各异、目的不同，但每一部作品记录的都是作者个人的观察与体验，也记载了他们的所思所想和个性特征。

而不同的作品拼合起来，则在横向空间上似画卷一般展现了中国各地的风土人情和社会面貌，而在纵向的时间上则有如电影一样显示了中国在不同历史时期社会变迁的细节与大势。在他们笔下，中国不再是故纸堆中的陈旧记忆，而是活生生展开的现实景象。

把历史还原到现场和实际生活，这大概是每一个想了解历史的人的最大愿望。我们从这些作者在中国的行走、体验之中看到了一种活态的中国历史，它们明显区别于以往的正史和官方档案之类的文献资料所记录的静态中国历史，而且，人生的丰富性、视角的差异性及社会的多元性，也尽在其中了。

德国学者赫尔德所倡导的“同情之理解”，作为一种历史研究方法，在中国学者中以陈寅恪等用得最深也最好。如今，我们把这些中外作者的各类作品作为历史文本来阅读、感受和研究，通过这些文本去体验他们在这片土地上的行走、见闻与思考，这也是一种“同情之理解”的实践。今天的人们可以从中感受这些作者所体验的中国社会，从而更具体、更深刻地观察了解中国近代化及现代化进程的艰辛与经验。

将中国放在整个世界大格局中来看，这一百多年的历史，大致就是摇摇晃晃、步履蹒跚地走向世界和走向现代的过程。鉴往才能识今和知来，但由于过去的观念、方法、习惯和经验等因素，有意无意地遮蔽和塑造了我们对于这段历史的认识与解释，因此，云南人民出版社推出的这套“行走中国”大型丛书，是在回头观看百年中国之动静，是在体会“我看人看我”的经验，其实质则是向前进，走向永恒的未来。

青山遮不住，毕竟东流去。历史的洪流和时代的浪潮虽然可能会被拖延，却不可能永远被遮挡。司马相如曾说：“盖世必有非常之人，然后有非常之事；有非常之事，然后有非常之功。非常者，固常人之所异也。”李鸿章有言：“处数千年未有之奇局，自应建数千年未有之奇业。”这两句话的时间相差2000年，表达的却是同一种心声，谨抄录于此，作为我们对国家和时代的期许。

是为序。

2015年5月

目　　录

第一章　香格里拉大峡谷

什么是耳朵？什么是时间？这称为音乐曲调的一系列特殊的声音，一支无形的、虚幻的从未将露水从任何草地上拂去的军队，它是否能被风吹穿过自荷马以降的若干世纪来到我这里，它是否曾熟悉眼下震动我耳膜的空中神秘的魔力呢？

——梭罗

发现了虎跳峡镇

既然在这个世界上我们已经决定出发，并且带上了耳朵和心灵还有勇气，我们就可以离开原来的地方。在车轮卷起尘埃的那一刹那，秋叶已经授予我们的旅程一片橘红色风景，接着我们就在那天下午发现了虎跳峡镇。雾从出门的那一刻就笼罩着，并不让我们轻易看见香格里拉世界。但雾却揭开了虎跳峡镇：这是下午，不同于任何时间的午后时间，这座从某一山丘深处隐蔽着真实身份的小镇终于露面了。

它的露面意味着我们进入了香格里拉的路线，虎跳峡镇只是世界上最小的小镇，置身在小镇中的人口比起稠密的地区来，仿佛一片树叶中疏密相连的纹线。如果它迟迟未露面，那么我们得乘车在世界的地图上艰难地寻找，因为这是神安排的普遍法则，如果在我们的旅途中没有出现虎跳峡镇，意味着我们无法进入香格里拉。然而，我说过，我们既然已经虔诚地带上耳朵和心灵出发，我们就决不会与虎跳峡镇错过。这时，我们逢着了一辆又一辆车，在虎跳峡镇你可以看见来自世界各地的各种车型，车身进入了神安排的普遍法则。这里有卡车，车身上负载的沉沉物体使我们模糊地感到它已经被一座座大峡谷训练过，因而，年轻的卡车司机皮肤黝黑，他们也许就来自香格里拉的藏区，看见他们，似乎就看见了靠诚实和智慧在雪山下生活的香格里拉的庶民；北京吉普和三菱车来自两个不同的国家，它们的车身为探险者设置好了越过危险的诀窍，乘着这两类车的人在出发之前已经梦见过了车轮绕着世界的香格里拉在旋转，那是马帮队伍游走过的道路，那是绕世界一圈之后发现了云端的路线；也有小轿车，这些蜗牛般的小轿车的身体已经被路上的泥濯洗过，不过，在我认为，泥同样是世界深处最干净的事物之一，尤其是通往香格里拉路上的泥，它是环绕车轮的芳香……还有旅行车，车身巨大，可以想象它进入通往香格里拉的路要花费多大的力气。然而，那些手握方向盘的男人，已经一次次地进入过藏区，进入过无人区，进入过高海拔的高原，他们在神祇的安排之下正将外地的客人带进神奇的通往香格里拉的路上去。

虎跳峡镇的客栈像张开了的群山怀抱，有时候看上去像鱼，鱼也可以张开怀抱吗？这时候天已经黑了。这是生命过程中，周而复始的一种场景：当我们感到夕阳罩住群山时，离天黑已经越来越近，也就是说，天色合拢，暮色降临，是神祇让我们获得梦境的一次机会。我们进入了一家客栈，这是典型的虎跳峡镇的客栈，硕多岗河的水声从窗口进入耳朵，我不得不再一次这样倾诉：既然我们已经带上了耳朵和心灵出发，就要让耳朵进入魔法之中去，听见窗外的硕多岗河咆哮着，我已经知道这条河流，它将朝着金沙江咆哮而去，金沙江就枕着虎跳峡镇的一只耳朵，在它的身边将稍纵即逝的美景短促地停留，它停留的时间只是人类时间中的万分之一，亿分之一，然而，尽管如此，它却用不同的形式停留着。现在，还是让我回到虎跳峡镇的客栈，让我熄灭灯，站在窗口，迎着一条秋季的硕多岗河，希图尽早地进入梦境去，是我每一天的理想，因为只有梦境中看见的情境才可能展现出我即将去寻访的香格里拉王国。这一刻我听见了马啸声，它犹如来不及环绕一圈的音符，从静寂之中升起。我仰起头来，在黑夜中四处搜寻着马长啸的地方，我看见了几匹马过夜的地方，在我们客栈的50米之外，在那些用横木搭起的空间，就是马停止了马蹄之声，闭上了双眼做梦的地方。这时，就在这时，我似乎看见了一支马帮队伍，它是过去部落之中坚持拒绝在公路中跟随车轮的队伍，它永远枕着一条条盘桓在高原深处的古道，因而也可以说我在50米之外看到的马匹再一次证实了虎跳峡镇是一座敞开的小镇，在昔日的历史中，一支支马帮队伍从这里经过了虎跳峡的落日进入中甸，就像我们栖居在虎跳峡镇是为了真实地进入香格里拉王国。

通往虎跳峡的路有多远

我是路上的一道影子。影子投射在距离向外延伸的地方，一种想亲身触摸到场景的激动——依据从虎跳峡镇折射出来的一条已经定型的路，这是一条覆盖着银灰色碎石的路，有谁会忽略一块卵石和银灰色碎石，我们需要它。在世界的石头城里有无数无数的石匠，他们仿佛在寻找布道词，犹如农夫在层层麦浪中寻找粮食中的金黄色语词，所以，走在通往虎跳峡路上的人谁也不敢忽视最似确凿的证据的银灰色碎石，它证实了来自世界石头城里那些石匠手中的一种由巨大而涣散、剥离开来的布道词，它命令我们的脚，在渐渐形成的小路上，一条通往虎跳峡的路上，温柔地触摸我们的影子。

尽管我的影子纤细、无名，不足挂齿，但我还是看见了我的影子已经映在道路两边的那些羊齿植物的影子上。还有另一些影子来了，他们来自谁也不会问诘的南方北方，来自某一特定的山丘上，也许来自灯火正在上升的城市中央。他们来了，男人、女人正在沿着金沙江岸上的一条小路去寻找著名的虎跳峡。金沙江像一部最南边的书籍，它是长江源头的圆形证据，那部书是圆形的，这是我个人的感觉，当我站在路上往下看金沙江时，它确实是一座圆形剧场。

陌生人同我一样悬着一颗跳动的心，他们站在金沙江岸上的一条被银灰色碎石覆盖的路上，他们那颗被秘密的想象力所悬住的心灵，此刻仿佛在平缓流畅的金沙江中寻找某一遥远岛屿的河流。事实上，我们的脚已经触到了大峡谷的一种沉沉上升的伟岸精神。一座峡谷的精神可以由两边的岩层展览而出，当我们变换了一个位置往右边和左边看去时，我知道，我们的灵魂的雀跃在这一刻可以追溯到我们——出发的源头，我们为什么要出发去寻找香格里拉，这是我们生命中的某一梦境，它出自世界更古老的想象力，不仅仅来自《失去的地平线》的牵引。事实上，我们人类的历史就是一部梦境之书，所谓梦境就是我们的精神之再现，所谓精神就是我们的灵魂之再现。现在我们置身在通往虎跳峡的路上，峡谷最初很平缓，就像云彩一样并不想证实它的高度，渐渐地，我们看到了这样的景象：在那些由缓慢而升高的峡谷之上，一些神秘字母依稀从深灰色的石灰岩上脱颖而出，它们是松球、蔓藤、钥匙、牛、羊、母性、男性的形状，这些字母并不会被走在路上的所有人看到，因为神秘字母不是复制出的世俗生活史，它的神秘是因为只有那些在不可测量的穹隆深处仰起头来看见花朵的人，才可以看见峡谷中脱颖而出的神秘字母。我当然是一名可以看见神秘字母的人，因为在昨夜枕着虎跳峡小镇的一只枕头入睡时，我似乎就时隐时现地看见了展示——与我们的血液互相交织的那只河床，而且是通往峡谷身体的一只河床，它在那一刻超过了一艘又一艘船的速度，我醒来后知道我今天将去访问世界上最为著名的虎跳峡。

一些陌生人已经走过去，在我之前通过了一个孤独的牧羊人的身边。这是我出发之后看见的第一个牧羊人，他披着羊皮衣，独立于我们视线之外，也就是说他有他的世界，他的世界就是那些在一个转弯处就会从我们视线中彻底消失的羊群，但他的双眼却很和善、亲切，如果想在他眼里寻找一丝对陌生人的敌意，那是一件十分困难的事情。一个孤独的牧羊人披着他的羊皮衣——那显然是一件温暖的披风，在他的世界里，那件披风陪伴他，与其在找一艘渡船或一座桥，不如说是在帮助他在一座座大峡谷中呈现优美的弧形——作为他夜晚的栖息之地。

他在我身后果断地消失，没有一些迟疑地离我们远去。就这样我在通往虎跳峡的路上看见了一个孤独的牧羊人，他从此岸到彼岸，从下游到上游，完全是为了自由地率领他的羊群在虎跳峡深长的峡谷中愉快地守候他的尊严。就在这时，我在前行，我得通过时间来触摸通往虎跳峡的路到底有多远。

危崖跃出的虎跳峡

在晴朗的阳光中走到一种源自灵感的场景中去，具有一种让人震惊的感觉：在中甸东南部的哈巴雪山刚刚触动我灵感中那根最敏感的心弦时，另一根弦来自丽江西北部的玉龙雪山，两弦颤抖中跃出的虎跳峡——在我们醒着的梦境中来临了。

我们沿峡谷往下走，如果站在高处的人往下走，在某种意义上来说是携带着我们的灵感往梦境中追逐着阴影的光芒。峡谷类似人类的身体，在最隐蔽的地方也是人类有峡谷的地方：每一道被光芒所折射的一波三折的波浪最后均变成每一片阴影的云朵。现在，我们往下走，往低处走，我们的身体正在接受上苍赐予我们的权力：往下走，在每一片阴影的云朵之下，寻找类似我们身体之精神负载的大峡谷。往下走，沿着那些石匠为我们开辟的道路，确实，只要走在路上，只要与石头相接触，我总是不能忘记石匠的影子。石匠总是面对着世界屋脊之上的石头，他们一生都在研究石头，离不开石头，并迷恋着石头，就像这些台阶引导我往下走，如果缺少石匠用石头铺成的台阶，到虎跳峡大峡谷深处去的梦想仅仅可以投下我身体的每一片阴影，而阴影之上的花朵会抛掷在我们精神无法企及的地方。我的影子投在石阶上，我不仅想起了石匠的生活状态：他们像蚂蚁一样聚拢在石头城中，寻找着自己可以使用的石头，但当他们涌出石头城，分散在每一个角隅，他们的日常生活便被一种球形的光芒所聚集。每一条石阶都是石匠们精心为世界设置的路线，走在路上的人很容易迷失在石匠们的路线之中，有些人迷失在路上是为了去寻访金字塔，而我则是去寻找虎跳峡。就这样石匠设置的路线越来越危险，仿佛想因此借助于危险使我们假设虎跳峡最深处的落差，那道213米的落差，还有它峡谷的幽深，犹如人类身体的内侧，用30米来测定虎跳峡的最窄的身形，无人敢沉稳地站在它的窄小的身影中炫耀自己的秘密，因为在我看来，个体最隐秘的故事一经进入虎跳峡30米的身形之中，必将被湮灭。经不住漂浮的秘密必将被湮灭——这是自然的真理，也是人内心恐怖的真理。

我敢于走近虎跳峡，说明我不害怕真理，尽管我敬畏真理。此刻，通过最后一级石阶——我已经被那个无名的石匠安排到他的梦境深处去；此刻，富庶的苍穹使我漂浮在虎跳峡的礁石上，让我的影子落在了一个传说的故事之中，像那只老虎一样，我最先看见了那只老虎，传说中的老虎有金黄色的皮毛，它越过了草原，越过了的草原就是中甸草原，也就是梦境之中那片开满了鲜花的草原。它从草原而来，只是为了显示一生中最显赫的勇气：越过那块江心的礁石，尽管那礁石像红色的烈火，闪烁着可以毁灭它身体的危险，它仍然要抖动自己那根冲入云霄的尾巴，抖动尾巴——显示它的时机已到，像空气中一根敏捷而准确无误的箭，金黄色的一只老虎就这样只须抖一下尾巴就越过了上帝为人类设置的激流，那汹涌直上的一道激流。然而，我并不可以像那只老虎一样抖动尾巴，我是渺小的、怯懦的使者。

现在沿着一条更细小的石阶我到了上虎跳的位置，因为一只金黄色老虎而形成的虎跳峡在这一刻显示出了与世界任何一条河流完全不相同的落差，激流喷溅在上，是为了不朽地证实一条著名河流的宏伟理想，就像那只金黄色老虎的理想一样。巨大的激流把传说中那只老虎抖动尾巴时的虎啸之声一阵又一阵地咆哮入云霄，虎啸声使我终于完全彻底地陷入了躯体的危机和精神的落差之中。我有很长时间一动不动地扩展开躯体，希望与那无所不在的虎啸之声联为一体，但这仅仅是梦想，犹如另一只小老虎，也同样想抖动尾巴，但等待它的只有激流的汪洋，

恣肆的激流淹没了那只小老虎。而我，仅仅是一个访问者：虎跳峡展现在眼前，比梦境中的虎跳峡要多一些让我无法抵挡的力量。

进入碧让峡谷的路

日出之前的出发每天都有新的幻觉：我们必须学会寄无穷的幻觉于黎明，当大地还在梦境中尚未醒来时我们已经出发了。我们的车发出的不是一只中甸草原上的云雀碰撞它时的声音，而是车轮休憩了一夜之后迎着黎明而振奋的引擎之声，这声音对我的影响意味着一支安魂曲将迎着黎明而去。今天我们进入通往碧让峡谷的路，碧让峡谷也叫香格里拉大峡谷，昨天夜里，当睡神笼罩住我时，到处喷荡着扑鼻的芬芳，在芬芳之中我的幻觉提前在梦境之中进入了碧让峡谷的路。路，在黎明之中弯曲着，世界上的每一条路都有自己的形状，进入碧让峡谷的路从车窗进入了我们的视线。

路在森林之中从一种幽暗进入另一种幽暗关系之中去：我保持着森林给我带来的清醒，也保持着我有可能会迷失的幻觉。当全世界倾尽全力保护我们的生态环境时，我们的生态已经遭受到了前所未有的浩劫。然而，我却在通往碧让峡谷的路上看到了延伸在路两侧的最鼓舞人心的事实：在这片森林上空的神投入了诗歌般的力量捍卫了它的每一棵树，每一根植物，每一片阳光，每一条小溪，因而我们才有可能触摸到了与心灵的器官相联系的每片树叶上的露水。因为黎明刚到来，潜伏在树叶上的露珠是那么晶莹剔透，犹如仙女的甘露从杯底溢出……什么是我们的生态环境，能够使我们清晰地看到的绿色上的云雀擦肩而去，能够摇曳在我们眼前的森林唤醒了神圣的生活……这就是我们美丽的生态环境。确实有云雀从这片黎明的森林中穿隙而去，有时候是从我们耳边而去……一只云雀就可以带来诗或神圣的生活，因为在缺乏绿色植物、露珠、小溪的世界里，云雀不会停留。森林越来越密，每棵树都穿着树衣，神谕必然会清楚地告诉每一棵树如何面对世界，所以，每棵树身体上的树衣都在保持着它们独特的姿态。车满足了我的愿望，让我下车呼吸一下林中空气，就在这时，我透过森林那纵深的峡谷看到了一条河流，有阳光照在河床上——意味着它会流进一个温暖的容槽之中去，类似心灵那样的湖池之中去，有人告诉我说这条河流进入碧让峡谷，用不了多长时间我们就会看见这条河流的原貌。

听不见伐木者的声音，看不见斧凿的痕迹，神谕环绕着茫茫原始森林，并让它永远自由地迎着太阳而生长，这就是通往香格里拉大峡谷必须看见的原始森林。于是，一群云雀在这个黎明同时醒来了，经过了睡眠我可以区别梦境与现实的差别了，然而，我仍然觉得这一切是梦境，当一群云雀擦着树叶嬉戏，发出天籁之声时——我以为经过神谕的光芒我终于进入了在永恒之中的确存在着崇高事物的环境之中。直到我看见了一个人，他好像在半小时前还在林中打瞌睡，现在却醒来了，他一个人穿过这片茫茫原始森林，还有一只口袋搭在他肩上，这是一个牧民，来自藏区的牧民，他的降临使我或多或少地寻找到了一种现实：我并没有生活在梦境中，而是正在出发，一步步地趋近事物的外貌。刚才看见的那个人从黎明的瞌睡中醒来，从我们的三菱吉普车旁边经过，他告诉我们：他的家就在山下，昨晚是他守林的日子，他是一位日日夜夜生活在森林中的普通的人，现在他要回家去带一些食物到森林中，他的手一指，似乎就可以看见山下的藏房，看见他的青稞架，但他却生活在森林之中。如果一个人穿过这片森林，到底需要多长时间？转眼之间，他离去了，“事物如其外貌”，透过一个守林人普通的面庞我看到了这片森林和一个掌握着神谕的守林人，无论他打瞌睡也好，在林中穿行也好，他永远是让神谕之光在森林中存在下去的人。

通往碧让峡谷的路使我看到了更多的露珠，这个超越梦境的地方，缔结着人类全部的在斑驳阳光中呈现出的每一棵树的灵魂，把我们捍卫事物全貌的那种梦想变为了现实，从而让我在一棵树上也会看见神谕的语言。

红色的山冈

有谁曾经看见过一座山冈被红色染红——那这个人一定会在这座山冈上停留，这个人一定会放下自己的面具，在冷冷的秋露正在红色树叶上融化出一个梦境时。我正是那个人，从我在车窗中看到进入镜头的第一片红叶时，我自己已经脱离了我任何一种伪装：通往碧让峡谷的路上有一座红色的山冈，尽管它的每片树叶已经变得很成熟，随时会飘落，但它仍然同所有的树叶一样变得越来越红，想抑制住它们缤纷的凋零期。要是世界上最红的树叶必须进入人的内心，那么，必须给予这片树叶以神祇似的名字，让我看见的树叶出现在香格里拉的梦境之中，那么这些树叶必须重新命名。

这是一个庄严的时刻，让我同那些红色树叶一样相缀成一座山冈，让它们支撑起重重松涛。就在这时，我多么希望看见一个人，一个可以解释这座山冈的人。然而，伫立在这座红色山冈要看到一个人影，一个住在神祇中的人，最好是一个古老的老人，像黑桦木和 100 年的古松那样老，因为在我看来只有老人才可以帮助我来完成对一座红色山冈命名的方式。没有人来，意味着这座红色山冈早已经布满了神祇，早已经布满了神秘的文字，犹如一条河流中的水银色的鱼群，橘红的鱼群一样有它们自己游动的秘诀。而在这一刻我看见了一座升入空中的玛尼就在面朝着这座红色山冈，在香格里拉王国，有玛尼存在并面对的山就是一座有神流动的山——就这样我寻找到了那些已经被藏民命名过的文字，它们就是神祇，是像玛尼矗立在太阳深处的神祇。可以想象那些仰望神山的庶民穿过林中小径面对着红色的神仙，早晨和黄昏他们虔诚地伏在玛尼之下，继承着一个神祇的预言和吟唱方式，直到一座神山渐渐变红，变成了红色的山冈。我所感到的安慰使我终于决定离开一座山，到通往香格里拉峡谷的路上去，这时我看见了一个老人，他是那么老，他仿佛从大山深处的一道巨大幽深的屏幕之中走出来，他正在走近玛尼——一个坚定不移的神祇附在他体内，散发出古老松枝的味道，难道这就是那个可以命名神山的老人，像史书和荷马的史诗一样古老的人？看不见的寂静给予他一种神魂颠倒的宁静，他将身体紧贴着玛尼堆下的那一片松针叶，松柔潮湿的松针叶上面的老人，是不是正在守候他最纯洁的灵魂？

也许他看见了我们的存在，然而对一个坚持守候心中的神祇的老人来说，尤其是对一个像史书和荷马的史诗那样古老的人来说，我们的存在并不会干扰他内心的思想。他躺下去贴紧那么芳香的针叶，而我则愿意屏住呼吸，我害怕打扰他，就像害怕别人打扰我的宁静，因为对守候内心神祇的人来说，别人的打扰就像多年的蜜蜂的喧闹，因而我竭力屏住呼吸想让我获得一种神祇的照耀，一种类似红色树叶的照耀。我们的车不能等我了，我们得离开红色山冈，在我回过头去时，那个老人仍然躺在层层的松枝之上，没有人敢打扰他，也决没有一个人可以打扰他。

红色的山冈和朝拜它的玛尼堆——决不可能轻易进入我们的梦中，因而我伫立在山冈上，我是渺小的庶民，听不见我的声音，我不敢模仿那个老人顶礼膜拜的姿态，因为那个老人是史诗，是像荷马的史诗一样古老的人，而我是谁？最奇异、最模糊的瞬间要求我静悄悄地离开这座山脉，这就是我们生活在梦境和现实之中的局限性。我轻轻地离开，尊重和敬畏一座神山使我知道，我们还在中途，神祇包含着自始至终的一个经久不衰的声音：那就是我们每个人都应该完成我们人生的梦想。

在车轮旋转起来时，那座有红色树叶的神山终于拉下了自己的屏障，“但是一个坚定不移居高临下的德行将会强迫甚至最奇异、最模糊的梦去尊重它永远的权威，正如我们习惯于漫不经心地说，我们决不该梦见这样一件事”。我在屏障之中再也没有看见那座红色的山冈，我的旅程正在抵达香格里拉峡谷的门户……

呈现香格里拉梦境的大峡谷

起初我进入了一条河流之中去，在通常的意义上来说，一条河流出现在眼前，意味着它有源头。这不是我可以假设出的一条河流：它既清澈又恣肆，可以看见河底的青苔和卵石交错，也可以看见青苔下面鱼游动的痕迹，但鱼并没有出现，这条河流的出现——把我们引入了进入碧让峡谷的弯曲小路。香格里拉的每一条小路都是马帮队伍走出来的，多少个秋日，还有冬日，春夏的时光，马帮走过的任何地方就开始有了路，于是一头猎犬、一匹栗色马和一只斑鸠也会从林中迷路，跑到马帮走过的路上去。在我听到过的一个故事里面，林中的动物只要听到马帮之声就会跟出来，其中有一头熊，一头身体笨重的熊，年龄已经很大，熊见过许多场面，在所有动物之中，笨重的熊能支配形体小的动物，当它追踪一头猎犬时来到了马帮队伍行走的小路上，它与一群马和一群人相遇时，以为进入了天堂……确实，这就是它的天堂世界，它看见了用脚走路的动物，它伫立着，马帮队伍并不畏惧它，也不伤害它，他们给它留下了一堆奶渣，然后就走了。从这个故事中我可以看到在香格里拉人与动物——如果一旦相遇就会有一次最美好的令人难忘的行为。我走在马帮走过的路上，渐渐地进入了高耸入云端的危壁之间，屏住呼吸，抑制着快感，我屏住呼吸后的快感仿佛开始了一次浩瀚太空的旅行。香格里拉世界已经映入眼帘：依凭自己意识的颤抖，我看见了奇异的植物。尽管抬起头来可以看见壁高 1000 多米的一线蓝天，尽管我屏住呼吸终于低下头，植物还绊住了我的身体，深峡激流的岸上生长着植物——这无异于给我们这个越来越变得干枯的世界增添了神灵的影子，每一株奇异植物身上都保持着一种矢志不移的意志，它要利用光和昼的交替辉映出入它的居处，出入世界的居处，从而形成螺旋般的力量可以绊住我们的脚。起初是绊住了我的脚，然后才绊住了我的身体，这使我开始被它束缚。在香格里拉大峡谷，每一种奇异的植物都有一种神灵的支配，它绊住你是想让你依凭自己的力量通过弯曲的朝向天空的小路表述自己的意义。

现在，我可以在奇异植物一根金银色的藤蔓中跨越第一座桥了，桥自然也是通向香格里拉源头的唯一地方，站在桥头，我等待自己有可能是一个侠侣，潜入深渊之中，然后再升至云霄，在云朵飘升的时候从那些发出光亮的石崖上攀缘而上。有一个故事被突然涌来的雾障所遮蔽着，如果我是一个游走在香格里拉大峡谷的侠侣，那么我就一定会成为一个战无不胜的英雄，我会怀着无限的勇气战胜在峡谷中出现的种种魔鬼；如果我是一个游走在香格里拉大峡谷的侠侣，那么说明我在寻找着灵魂的乌托邦世界，也就是寻找着香格里拉，对德行和真理的信念使我矢志不移地保持着自己的思想，而我的灵魂同样会被香格里拉大峡谷奇异的植物所启迪着，比如那些薰衣草，芬芳四溢的薰衣草，它无处不在，它有多种用途，它用一切香味启迪我……

尽管我不是一名传说中的侠侣，但我此刻同样出入它的居处，在第二座桥上，我似乎经过诱导可以进入石崖上的那些壁画了：以仁慈而进入香格里拉大峡谷的遥远的人们啊，你们也许就是那个侠侣，你们挥起一支石笔，笔尖犹如鹰唇，笔尖挥动着与一道雾障相结合，你们在石岩上留下了下面的一些象形符号：羊在时间中行走，怀着疑虑和快乐而行走；牛在炎热的预兆中行走，怀着忠诚的野心想弥补被烟雾所流逝的时光……还有老虎的形象从一道凹处中展现出来……此刻，我能在香格里拉大峡谷看见一只兀鹰的同时也看见一只小小的敏捷的鼠类动物，我能够把头探进河底，吮吸着从雪山脚下流来的甘露。突然峡底的一棵棵古木穿透云层，我们进入了一片林海，什么是惊喜，当一片红色草场出现在我眼前时，我差一点再次被一棵古木根须上的巨大藤蔓绊住了灵魂，我知道我被那藤蔓控制住了灵魂的走向……

漫游者出入的大峡谷

为一种寂静深远的理想而生活，是漫游者进入香格里拉大峡谷的信仰。我刚刚进入屏障之中去，一个人和他的马帮队伍也就进入了我的视线，他们仿佛进入了峡谷也无法进入的回声之中，光和影附在马和赶马人的影子上，白昼和黑夜、海洋和星辰、地震及日食离他们有多远。

他与我的目光相遇，他微笑了一下，在香格里拉王国，你碰到的任何一个陌生人都会用微笑回报你的目光，这个赶马人从最窄小的马道上和他的马帮经过了我的身边。我把他解读为漫游者。是因为在我的世界里，一个人和他的马帮队伍不仅仅在穿越香格里拉大峡谷，在我看来，尽管他是那片雪山脚下的牧民，他却已经绕过了世界上最美丽的景象和世界上最荒凉的景象，透过中午时分的一缕缕光线，这个年轻的赶马人的世界在通常意义上说并没有午后和傍晚的区分，他的微笑即生活在他生活的状态之中，一个赶马人被我命名为香格里拉大峡谷的漫游者——他给我的一个非常平和的微笑似乎已经泄露了他内心的秘密，他的内心编织着的景象犹如藤蔓在服从于一种古老的纠缠之后，也要攀缘向上，穿透云层，去寻找它的归宿。赶马人在寂静深远之中寻找着什么，在秋色之中他的微笑使我的旅程触到了一种无忧无虑的梦，像幻影一样的梦，同时我也触到了人类面对幽静的河流湖泊时呈现出来的那种忧伤……

马背上有他的奶渣制成的粮食，在两只布袋里装有他的粮食，我不知道他会到哪里去，因为香格里拉的尽头就在前面等待着他，犹如从我眼前升起的一种无忧无虑的梦过去之后——我所触到的人类的那种忧伤。这个赶马人已经离去，到处散布着一种新鲜的苔藓味道，一只只成熟的酸果蔓果悬在危崖之上——意味着它从来不会被人类的嘴吮吸、咀嚼，同时也意味着它是寂寞的，它将在危崖之中被时间短暂地展览之后死亡。如果那个赶马人的微笑可以镌刻在危崖之上，那么，这世界也许会很好地保存下来人类在瞬间变化之中的一种快乐。赶马人毫无疑问因有了他的马队而快乐，更为重要的是因为行走在香格里拉大峡谷而快乐。我之所以把一个普通的牧民和赶马人命名为漫游者，凭着我伸手触摸到太阳在子午线头的另一边的那种幻觉，我已经凭着自然界日臻完善的状态感受到了一个赶马人——可以到达一棵树和另一棵树身边，可以到达没有篱笆的牧场去，也自然可以到达他心灵化为每一片草叶的梦境之中去，所以，他是人类意义上的一名漫游者。穿越白雪皑皑的荒原进入了香格里拉大峡谷，这也许就是他的目的地，因而，在不远处的一棵树下，赶马人和他的马队伫立着——正在收集着他们相互的梦境深处的那只行囊的口，从高耸入云的危崖之上喷射在赶马人脸上的阳光，将年月日的秘密，每一棵树的阴影，每一时光的游戏原则展现出来。我看见赶马人伸手在马背上抓出一团圆球，一团可以滚动的奶渣作为粮食——可以让他充饥，他的马队走到河边，弯下头畅饮着河谷深处的甘露。

他的小憩让我看到了一个漫游者并不想在香格里拉大峡谷长久的停留，也就是说，对他来说，这峡谷深处每棵树的影子并不是他依傍的地方，沿着树的阴影以及危崖的影子，他已经用胃消化着那团奶渣，他已经有了力量。他将去哪里？哪里才是他赤着一双脚可以随着白日时光奔跑的地方，在什么样的情况下，他才会占据他的堡垒，甜美地睡一觉？这些纠缠我的问题显得有些荒谬，不错，沉浸在对一个漫游者生活不确定的幻觉中的人确实会产生荒谬的想法，然而，经过我身边的赶马人从那以后变成了我生灵中的一个漫游者：他就像香格里拉峡谷中的每道光线在移动和变化之中永无确定，哪怕他已经寻找到了香格里拉世界，但他仍然得走，有一种神看见的道路使他超越了神的赞美过的事物，所以，他不会留下来，他只会迈着稳健而节制的脚永远在走。

峡谷深处的迷路者

我就是那个迷路者，此刻我已脱离了我的伙伴，独自陷进了想去追踪一个赶马人的迷宫之中去。梭罗说：“这世界的年龄已大得足以激发我们的想象，甚至根据摩西的叙述，不必向地质学家借任何年代。从亚当与夏娃一下子跳到洪水泛滥，接着经由那些古代君主，经由巴比伦和底比斯，梵天和亚伯拉罕，到希腊和阿尔戈英雄；从那里我们可以重新开始，从奥尔甫斯和特洛伊战争，到金字塔和奥林匹克竞技，到荷马和雅典……”所以，我必须作为个体向那位赶马人学习在太阳普照和月光交织的夜晚如何迷路，如何迷失掉自我的形象，就这样，我在无意识之中已经脱离了伙伴。

事实上，我无法去追踪赶马人和他的马队，当我看见香格里拉大峡谷被正午的一道明亮的阳光照耀着，一座岩石变成了金黄色时，这似乎使我看到了岩石上像蝉一样轻吟，像蚂蚁一样蠕动的史前壁画，我的影子在不知不觉中已经靠近了那块金黄色岩石，这是我的第一种迷失方式，自我，那个来自灵魂的自我，如此鲜明而逼真的自我——正在学习那个赶马人被若干世纪以来一直熔炼着的那颗朴实跳动的心，所以，在一座金黄色岩石之下的迷失——也许就是我在炽热的太阳神之下与母亲手拉手的迷失。我的母亲同样像那位赶马人一样平凡，然而在世界通史上她可以是史前的夏娃。

我准备更深地陷入迷失之中去，我仍然想追踪到那位赶马人和他的马队，我摆脱了我的伙伴，于是我转而已经在另一道屏障之中看见了一棵树，纷飞的红树叶盖住了整个苍穹，我来不及去追赶赶马人和他的队伍，一棵树对我有着强大的吸引力，因为一棵树可以形成一个栩栩如生的故事：在香格里拉大峡谷中，一棵树可以让古老的哲学家变得眩晕，于是一个靠言说支撑的世界终于会撼动人类的肩膀，比如柏拉图，他的嘴只须张开，他一定会在这棵树身上言说出美妙、纷扬的红色。这就是人类的故事。“人的无意识是上帝的意识”，现在，我知道，那个赶马人经过了这棵树，我看见了他的足迹，马蹄布满了树下的凹处，可以这样说，那位赶马人和他的马队曾经站在这棵树下，因为他们可以在纷扬的秋天，同时间、峡谷之回声一道互相促进，相得益彰。

现在让我在香格里拉大峡谷中迷失我的影子，仍然在跟踪一个平凡的赶马人和他的马队，尽管我早就已经看不到他们的影子，我知道必须迷失自己的影子才能看见他们。果然，我看见那位赶马人正在蹚过河流，我想他一定赤着双脚，用脚摩擦着石头，听到的水流声就会变成耳边的潺潺细流，类似赞美诗中的半夜的钟声。我把鞋子搁在岸上，我决心学习赶马人迷失在一条水流中的方式，为了从帐篷中走出去，陶醉在人生的旅途，我必须亲自用我的脚丈量香格里拉大峡谷的河流到底有多深，到底有多浅。接着是一种冰凉的触摸，从雪山下流出的河流使我的一双裸足得到了一种从未有过的满足感，这是我来到人世之后一种新鲜的满足感：赤脚穿过了香格里拉河谷中最浅的一段河流之后，我开始抬起头来，就像人类不可抑制的快乐一样。我此刻心情激动，我学习到了赶马人身上的一种品质："于是我们如乔叟所说'依赖思想和快乐航行'，万事万物似乎跟随我们漂流；河岸本身及远处的悬崖峭壁则被纯净的空气所溶解。"我知道我的迷失仍将继续在香格里拉大峡谷的中段，在那里，我发现了几顶帐篷，有酥油味从帐篷中飘曳而出，我知道嗅到酥油味就已经发现了藏民的居处，难道他们就居住在水边，围绕着香格里拉大峡谷回首日月。我被那种酥油味所熏着，再一次迷失了方向。如果能掀开他们的帐篷，我想我会看见康巴男人和他们临时的住所，那些康巴男人也许正在这座显赫的香格里拉大峡谷中寻找他们迷失了方向的一头牦牛和一群羊……所以，我就这样迷失了。像牦牛和羊群一样迷失了自我。

澜沧江河谷的太阳

沿着阿墩子山之南岭，我们再一次于拂晓出发。澜沧江河谷让我想到了太阳，秋季的河谷上的太阳是不是仍那么炽热。出发之前的想象力盘桓着远处隐约闪现的阿墩子山之南岭，山上的颜色越来越红，没有一棵树，只有层层叠叠的岩层，这使我想起诗人聂鲁达歌颂过的一条河："你在哪里？在夜里，在白天，在路上，在草原上奔驰的不能入睡的火车上，还是在寒冷黎明湿润的玫瑰旁，或者更好在衣服之中，接触着那个漩涡，落到大地上来吧，让你的脸接受这盘绕的秘密的水的强烈冲击。"沿着阿墩子山之南岭，我们从神圣的梅里雪山身边经过，沿着214国道进入一次复杂的旅行之中，车轮带着我们下到最低处：阳光照在这一醒目的澜沧江河谷的断裂地带上，刚刚一个小时，我们还穿着毛衣经过了梅里雪山，现在我们都在脱衣服，因为这是一片被太阳环绕的热带河谷，在上面海拔是 4734 米，在低处，从江面到顶峰的坡面倾斜度为 14 公里，每公里都在上升着距离，最精确的上升是：每公里平均上升了 37 米。我们步入河谷深处，秋风的悲鸣并不会在这里落脚，澜沧江是一条红色的江，宛如枫树叶子飘在河床上，这也许就是太阳离它最近的原因。在我们这个世界上，太阳依凭它伟大的力量正在把我们的澜沧江水变成浓艳的深红色，而我则依凭我置身在河谷上的身体，想让自己的身体掠过澜沧江的一片汪洋。所以，我站在澜沧江河谷上的留影是为太阳的合影，是想借助于太阳的一抹红色，太阳神在澜沧江河谷深处颁布的那道古老的法则，笼罩着河床，一条河床经过了长久的磨炼——逐渐变红，这正是太阳的颜色，也正是人类身体中血的颜色。临近的一座村庄吸引了我的注意，我想去访问随河流之红色和汪洋一起经过了日月穿梭的那个仅有十多户人家的小村庄，村庄的地名对我来说并不重要，我所期待看见的只是依傍着这条红色河流而生存的村庄，一些庶民的影子，一朵云彩之下上升的炊烟……

太阳在照耀着澜沧江河谷时，也在照耀着那座小小的村庄，一头牛、一匹马出现之后一个人也就出现在我眼前，这种最朴素的法则使我很轻易地就看到了一张脸，一个老人正坐在一头牛和一匹马之间的那块石头上，他握着烟头，换句话说，这个老人正握着人间烟火的一只烟头，作为一个已经衰老的老人，那只烟头使他看不见我的存在。在他的意识之中，只要有一头牛和一匹马在他两边，他的生命就不会干枯，他的生命岁月就没有湮灭的那一天。无论如何我也不能上前去打扰他的世界，这个老人的日常生活是一头牛和一匹马，也许还有一条汹涌的澜沧江守候他的家园。我看见一个男孩，背着书包正从澜沧江河谷步行回家，我问他到哪里去上学，学校在哪里，他指了指一个新的地点，我还来不及发现的新地点，顺着他手指看去，我看见了很远的一幢房子坐落在澜沧江河谷上，而他就是这样步行着走去进入他的学校。与一个男孩交往就像一场游戏，我将一支笔送给了他，他就让我看他的课本，对他来说，书包中的课本就像投射在澜沧江河床上的太阳，是红色的，可以散发出无所不在的魔力。在他的作业本上，我看见了我们日常生活和精神世界的母语，那些不规整的词语使一个生活在澜沧江河谷上的男孩充满了新生活的希望，他有着明亮的眼睛，我确信他会穿越这条江水，他会选择一个新的地点实现他的梦想。现在，目送着他朝着那个村庄走去，他一路回头，他已经把我当作了朋友，所以他回头是因为我仍然站在澜沧江谷地上，对他来说，今天是一个愉快的日子，他认识了一个新朋友并得到了一件意外的礼物，因为对他来说，一支意外的笔可以让他在作业本上写更多的中国汉字，就像一条澜沧江一样流动的母语，使这个小村庄的男孩区别了那个在一头牛、一匹马之间握着烟斗的老人的日常生活。澜沧江河谷的太阳使一条江水变得越来越红，我的那张留影中有江水的红色。

澜沧江峡谷腹地上的一只鸟

一只鸟与我相遇是偶然的，当我目送那个小村庄的男孩的背影时，一只鸟栖在澜沧江峡谷腹地上，我们可以怀疑梦境的虚无性，但我却不能怀疑一只鸟的现实意义。澜沧江峡谷腹地上涌满了红色的沙砾，这是上帝在睡眠中无法形容坚如磐石的永恒时梦见的一堆沙砾，它无法与旁边的岩石相比，它对此让步，但它让步的方式是多么动人，它在岩石之下，紧贴着澜沧江水，就连这只鸟儿也愿意栖居在它的腹部。

一只鸟看见了我但却并没有离开腹部，同许多与我相遇过的鸟儿对比，这只鸟显得友好、沉着，不惧怕人类。它是一只绿翅膀的鸟，嘴却是红色的，也许沙砾染红了它的嘴，所以，它发出一阵鸟语时，我感到一种玄机妙语正在它的嘴唇中回旋，随即从鸟的灵魂深处逐出。鸟有灵魂吗？我想，任何生灵都应该拥有它们的灵魂，这就是我可以面对一只鸟的基础。然而，我应该如何去解读一只栖居在澜沧江河谷腹地上的鸟语呢？那天下午我一直站在鸟的对面，我看见那座小村庄冒起了炊烟，我知道炊烟上升也就是他们的世俗生活开始的时候，我完全可以嗅到来自一座澜沧江河谷岸边的小村庄的全部味道，苞谷和土豆的味道多么香，它是原始之味，是我们的人类蹚过河流，在水势浩荡之中迁徙的味道，而他们劳动过的味道则从一个芳香或不朽的夜晚溢出，那是人类繁殖的气味……至于那个男孩，我想起了那个男孩，他应该有汉语的味道。什么是汉语的味道呢？美梦超越了他的田园诗，超越了一条滔滔流动的澜沧江——这就是他母语的味道。一只鸟栖居在澜沧江腹地对我充满着诱惑，因为在城市动物园的鸟笼中我无法看见它，在一卷卷鸟的书籍的叙述之中我无法与它相遇，这是一只我无法叫出的小鸟，它无名字，只有形体——如同我们人的形体一样与诸神同行，“如果你想要那只鸟，我可以捉住它送给你，让你带走……”我不知道也没有看见那个男孩已经来到了我身边，他的脚步那么轻，他赤着脚，他告诉我离开我之后他刚刚去了澜沧江的一个拐弯处在里面游了泳，所以他赤脚而来。在澜沧江游泳也就是在澜沧江沐浴，这是一件勇敢而奢侈的行为，这种奢侈让我望尘莫及，因为它不属于我的生活，我不可以像这个男孩一样裸体在澜沧江峡谷中游泳，除了缺乏勇气之外，我缺乏的是一种命运，命运不让我生长在一条澜沧江河谷之中，命运不会让我在河岸酣睡到天明，然后到一所澜沧江岸边的学校去，学习母语的咏叹调，命运也就让我丧失了在澜沧江河谷中游泳的快乐……他已经沐浴上岸，红着脸，这是太阳的恩赐，他刚才提到了那只鸟，如果我喜欢，他可以将那只鸟送我，我摇摇头，他以为我摇头是因为我不相信他会捉到那只鸟，他将手指放在嘴里发出一阵呼哨之声，发生了我意想不到的奇迹，而且这奇迹来得如此之快，正当我还沉浸在这个男孩的唿哨声中时，那只鸟已经栖在他手心，他果然捉住那只鸟来到我身边说：“如果你想带走它，我就送给你……”我伸手捉住那只鸟，我并不想带走它，我只是想抚摸一下这只来自澜沧江河谷腹地上的一只鸟。

红色的鸟翼已经轻轻地降临在我的手心，犹如我在意料之中得到的一种爱——鸟与我的体温接触着，它是如此的轻，然而体温却是如此的灼热，心中怀着对这只鸟儿的呵护，更为重要的是对一条澜沧江河谷的敬畏，我让我的体温留在了鸟翼上，最后我托起它的身体，在一条澜沧江河谷把一只鸟托起来。这样的姿态会让鸟获得自由，鸟的自由仍然是一条澜沧江的自由，它从我手心飞了出去。那个男孩笑了，他告诉我了一个秘密：在上学的路上，他总是用呼哨将鸟儿唤到手心，同它们嬉戏了一阵之后，他就是用我刚才的姿势将鸟儿托起来，将鸟儿放回澜沧江河谷上……这个秘密与我刚才的姿态融合在一起，我抬起头来，那只小鸟正展翅飞翔在澜沧江的大峡谷中，去寻找它的自由。

悬住人体的溜筒江渡

寻找一个地名，对我来说就是寻访散布于传说和梦境之乡的现实。当我们来到一个地名之中，那是阳光最灼热的一天午后，午后是时间的中段，连日来我们总是在午后发现了我们正在寻找中的地址。当灼热的阳光像一件巨大的袍衣将德钦县佛山乡覆盖起来时，我们正在从这件金黄色的袍衣之下穿过一条小路，进入香格里拉世界，我们已经脱离了高速公路，脱离了霓虹灯影，脱离了水泥、钢筋的世界。接触到的每一条小路都使我们意识到我们正在马帮部落的路上，我们正在像一支活跃在寂寥之中的马帮部落的支系一样学会忍受艰难困苦，学会忍受口干舌燥和孤独……因为我们必须保持体力，也必须振作精神，稍不留意，我们就有可能从峡谷之中滚下去，跃入滚滚的澜沧江中，被激流迅速地湮灭……迎面跃入眼帘的是溜筒江村的溜筒江渡——它的存在不仅仅是一段历史，而是一条漫长的茶马古道上的冒险者的乐园。当我进入溜筒江村时，澜沧江的渡口已经不再是传说，我想着那些冒险者，他们从遥远的马道上来到这里，注视着红色的、咆哮之中的澜沧江，唯一的路，唯一的渡口就是靠篾索桥过往这凶险之江。

什么是“溜筒江”，在我未踏上通往佛山乡溜筒江村的马道时，我在传说和梦境之中看见了一只金黄色的大竹筒，它在雾蒙蒙的澜沧江边上晃荡着，犹如一只麻袋罩住了人的身体——将人的灵魂送到彼岸。

有好几天，那只金黄色大竹筒仿佛把我也装了进去，我屏住呼吸，仿佛想经过一场浴血奋战而全面获胜……现在，这只传说之中的大竹筒就荡在眼前：尽管人们靠大竹筒，并倚此在篾索上滑江的历史已经成为过去，它仍然荡悠在眼前，它的荡悠非常虚空，仿佛从一道岩穴之中掠过我耳畔，仿佛只是一阵风中送至眼前的大竹筒，里面装着的不是人体，而是一些气味，一些无法触摸只可以在空气中嗅到的气味，那些已经被我嗅到的气味来自历史中的冒险者，因而那只大竹筒就是冒险者的乐园。在传说之中，清康熙帝下令云贵总督蒋陈锡督军进西藏，在一个类似今天这样的澜沧江大峡谷灼热的午后，蒋陈锡的军队来到了艰险的澜沧江峡谷，他们颤抖着，望着溜筒江渡口——这是当时唯一的渡口，悬在空中的那只大竹筒迎着一只空中低飞的鹰而去，这使他们彻底心惊胆战……很显然他们无法让身体悬入那只大竹筒而过江，一条江和一只悬在空中的大竹筒折磨着他，他们不得不调集军队及民工来到渡口岸上，几日之后，溜索旁边铺了木筏，渡口已改变。他们虽过了桥，但悬在空中的那只大竹筒同那只鹰仍然折磨着他，使他夜不能寐——竟死于进藏的另一条路上。然而，在所有传说之中，那只空中被雾、云、鹰的翅膀悬起来的大竹筒，确实是冒险者进入其中的乐园。那些常年在漫长的茶马古道上行走的马帮部落，带着他们的激情与理智交融的时刻，也带着他们路上的物资——必经这只大竹筒，将身体投入其中，眺望着澜沧江峡谷做一次短暂的肉体和精神上双重冒险，这种传说震撼着我。一只可以看见的鹰来了，我之所以看见它，是因为悬在空中的那只大竹筒可以使那只鹰产生幻想，鹰只沉溺有危险的飞翔方式，它看见了大竹筒，可以用它的身体做一次游戏，用鹰的身体碰撞大竹筒，让它沿着那排篾索，由此滑行可以使那只鹰产生节奏。尽管溜筒江上架起了两座钢筋混凝土桥，我仍然可以把想象变成一种现实，那只大竹筒仍然在溜筒江村的上空悬荡着，它因传说而悬悠出一幕幕冒险者的乐园，它因悬悠可以迎着热风轻吟它的古老沧桑史，它因悬悠可以与那只飞来飞去的鹰一边互相碰撞，历史和传说正是因为互相碰撞才可以变为不朽。这只悬住空中一片云彩的大竹筒已经被过往的行人闲置废弃，它因沉重的冒险史而被废弃，它因人类在睡眠中梦见的一种伟大的桥梁而被废弃，然而，它的存在使人类补充了想象力和体力，为了新的桥梁出现在我们眼前，人类付出了巨大的努力。

澜沧江上游的岩墙

沿着澜沧江峡谷走——以抵达上游的阴风口岩墙。这已经是又一个上午，我们按照传说中的路线走，这样我们才可能寻找到保存其品质的澜沧江岩墙。空气中尽管有一条澜沧江，仍然显得那样干燥，历史就是干燥的屏障，这使我忍不住会想起特洛伊的废墟中干燥的木马形象。澜沧江大峡谷有许多废墟，那是我们的前辈虚构梦想的遗址。我们正是去寻找这遗址，事实上是去寻找澜沧江流经洛马河入江口，在遥远世纪的某个有惊雷、风暴的日子里，遇到山岩阻挡，我想阻挡澜沧江的那座山岩一定受到了诸神的启迪——江面陡然变窄，好使澜沧江飞满兀鹰，果然飞来了一群兀鹰，江水借助于诸神的另一种力量，从空中飘来一枚锋利的宝剑，把雄踞的山岩劈成了两半，江水仍然奔流而下。就这样我看到了澜沧江的岩墙：江两岸的岩石笔直如墙，长约100米，这是诸神的岩墙。从水面垂直而上，高200余米，这是诸神安排的高度。江面宽不到50米，这也是诸神让我们看见的手指间的一线天，伸出我们的手指，在那空隙之间确实飞来了成群和单独的兀鹰，在岩墙之间筑起温暖的巢，甚至还在巢穴里繁殖了幼小的兀鹰。

不仅仅有兀鹰在岩墙上筑巢，人也来了，人仰望天空时看见了那群飞往澜沧江的岩墙筑巢的兀鹰，这激起了那些想成为英雄者的梦想：他们沿着陡岩一步步趋近兀鹰飞过的地方，一浪高过一浪的江水永不停息使人望而生畏。然而，一群人又一群人还是占据了东岩的那片岩墙，他们占据它有一个众所周知的理由，就是想利用它来发挥自己冒险者的勇气，利用它来展现我们的路，尽管它挡住了我们的去路，同时还要利用它来实现人活着的目的，让岩墙为人的行为服务。就这样，那群人开始在岩墙上凿石穿木，他们沉溺于其中，就像人类的历史沉溺于诚实纯朴的传说，就像个人的命运沉溺于落满灰尘的阁楼，那群人沉溺于荒凉的澜沧江岩墙之中，直到他们的凿石穿木形成了一条栈道，这是一条微不足道的栈道，这也是一条联系外界事物的最为重要的栈道——北通西藏及印度。

然而，就是在他们凿石穿木的过程中，兀鹰在旁边飞翔的时刻，这条古栈道上有一天发生了一只兀鹰与人相撞的故事，兀鹰和人一起受伤坠入了滚滚的巨浪之中。后来，古栈道上有传说中的几只马队和商人滚岩落江，当灵魂变为诸神手臂之下的一缕缕阳光，他们必然要在这条古栈道上让灵魂虚空，起初他们葬身鱼腹，后来游走在澜沧江中的鱼便把他们也变成了鱼类，游走在澜沧江上游，这就是神安排的人的来与去的过程。

我在一个个传说已经从仙人嘴里变为仙气之后，伫立在这条古栈道之上，鹰仍然在这岩墙四周飞翔，鹰只喜欢沉溺于荒凉的危险之中，这就是兀鹰的本能，我从鹰的本能之中感受着人类的本能，也就是那群凿木穿石的冒险者的本能：他们似乎仍然在我眼前的屏障之中出现，他们从不微笑，他们严峻的面庞上有着无数被风吹得坚硬的线条。我想起他们在岩墙上的生活状态，与那群兀鹰相比，我们人类的本能是为了享受精神的快乐，这么说，在危险的只有兀鹰飞过的澜沧江上凿石穿木的过程也是在享受精神上快乐的时刻，所以他们不害怕滚岩落江，也不害怕葬身鱼腹。那群兀鹰的巢穴仍然在岩墙上，我甚至能触到里面的温度，那群幼鹰已经倾巢而出，它们的日常生活是围绕着一条澜沧江而飞翔。

一群兀鹰带着幼鹰飞翔的过程，也是我站在岩墙上的古栈道口打算离去的日子，因为我始终不可能变成鹰，所以即使看见了它们的巢穴我也不能进入。我的生活始终在路上，这世界上有一个香格里拉，我正圈入其中，我的行踪跟随着一只兀鹰，也会跟随一只云雀，而且我还会跟随一条澜沧江去寻找“勇敢的、超越月球的东西”。

第二章　香格里拉的湖

给我一个任何智力都无法理解的句子吧。一定有与它对应的某种生命和颤动，在它的词语之下一定有某种血液永远循环不已。人的说话声只能在咫尺间听见，我们眼下超出了任何同时代人的听觉范围，而这声音竟从如此遥远的地方传到我们这里，真是妙不可言。

——梭罗

当我们越过高原看见了湖

现在我理解了梭罗为什么要生活在瓦尔登湖：“一个湖是风景中最美丽、最富于表情的姿容。它是大地的眼睛，观看着它的人同时也可衡量着他自身天性的深度。湖边的河生树是这眼睛边上细长的睫毛，而四周林木郁郁葱葱的群山和悬崖，则是悬在眼睛上的眉毛。”湖使梭罗生活在幻景和现实中，他在瓦尔登湖的各种季节之中装扮成一个凡人，并在宇宙四周体味着一个凡人，最后才是梭罗自己的快乐。转眼，100多年已经过去了，我对湖的沉溺便来源于瓦尔登湖。

头一天傍晚我才离开一座著名的澜沧江峡谷，我顺着云岭山脉向着有草场的地方而去，此刻我的心灵是那么干燥，伫立在澜沧江峡谷的岩墙之下的那种干燥使我渴望看见湖。我想起了梭罗的生活，这个世界上最纯粹的人之一有自己的瓦尔登湖，所以，瓦尔登湖因为有了梭罗而成为世界上最著名的湖。我似乎看见他的某一天：“我用指南针测定西南方我前行途中一个美丽的湖泊的方向，此刻我朝它走去，按我自己的路线下山——恰恰在我上山道路的相反一侧，我便进入云雾和蒙蒙细雨之中。当地的居民说，整整一天都是阴天，小雨下个不停。”

我面临着高原的秋天，我刚刚从沉入鹰的岩墙中转过身来，我才意识到这是迪庆高原的九月，这是一年之中最好的季节。所以我寻找着湖，我希望越过那片山脉我就能看见湖。因为湖总是让我想起了梭罗和他的瓦尔登湖，现在，车轮跃过一片山脉，一层薄雾，像面纱那样薄，透过一层薄雾我们站在山脉之中：我想起了梭罗所描写的湖“用一幅海市蜃楼般的幻景将普普通通的河流扩展为海湾或内陆湖泊。眼下它甚至发出芳香，沁人心脾，而我们把它当作一种更早的目光或纯洁而年幼的光来欣赏……”一面镜子似的湖变得有限，它从薄雾之中跃出来，我的双眼变得湿润，连日来在澜沧江大峡谷行走的那颗干燥的心灵在此刻经过了——镜子似的湖面上，那波浪缓缓一起一伏，我还听不到浪声，湖距离我们还有几十公里，在这些距离之中我仍然在想梭罗，没有他的那部著名的《瓦尔登湖》，我就会面对湖失去激情和尊严，我就会丧失想象力变得无知，梭罗看到了这样的景象：“啊，瓦尔登湖的狗鱼！我看见它们躺在冰上，或是在渔夫在冰上凿的井里，井里挖个小洞让水进来，我总是惊叹它们那种罕见的美，它们似乎是神话中的鱼，在街市上甚至在森林里，人们对这种鱼都很陌生……”沿着迪庆高原我看见了像镜子一样平缓的湖，它坐落在一块晶体似的峡谷深处，很奇怪，只要我抬起头来，我的双眼就会很湿润，内心就像充满着一种水晶体的溶化，那些水晶体溶化为一片湖，我站在高冈往下看去，这决不可能是梭罗生活过的瓦尔登湖：“我所观察到的湖的情形，跟在伦理学上所观察到的一样。这就是平均法则。这种两条直径的法则，不仅指引我们观察天体中的太阳和人心，并且在人的具体日常行为和生活浪潮之总体的长和宽中画线，进入他的小弯和入口，而且进入它们的交汇处，那就是他性格的最高或最深的点。”

从高冈往下看：湖不仅仅是一面可以容纳峡谷的镜子，我想它还具有无限包容性，那就是一面镜子似的湖可以照亮我们的影子，还有任何在湖畔的影子，比如马或牦牛，再比如失散飞舞的香味，湖可以让香味弥漫在水面上吗？我想即使相隔几十公里，我还是闻到了湖面上的那种香味。当然，梭罗也把瓦尔登湖称为：“一面用石头打不碎的镜子，它的水银永不磨损，它的装饰，大自然不断地加以修补；任何风暴，任何尘土都不能使它那常新的镜面为之黯然失色……”从高冈上往下看，迪庆高原的湖，从镜面上掠过香气，早已经掠过了诸神的面颊，现在，它正在掠过我们的面颊，所以，我们往下走去，湖是一面巨大的镜子，我做好了准备，用那面镜子照亮我的影子。

然后看见了卓玛

卓玛就是从我下车的那一瞬间闪现在眼前的，先是看见一个卓玛，尔后是两个，然后是三个卓玛。我想，凡是与牧场、草甸子和香味有关系的姑娘都应该叫卓玛。隔着很近的距离，三个卓玛穿着藏衣牵着三匹马守候在碧塔海的门户，她们守驻的这个地方被群山隔开，那面镜子看不到了。唯其如此，碧塔海才显得遥不可及。三个卓玛姑娘手腕上的铃铛是银色的，藏民喜欢银器，也许是因为银色有利于他们的生活如同日月一般古老而新鲜。看见了卓玛，我就看见了香格里拉最渺茫的传说，在那个具有圣殿、白云、流水，又有藏袍从空中飘曳而过的传说之中，那群世界上最漂亮的仙女就是卓玛，传说依附在我可以看见的卓玛的眼睛之中，不能忽视卓玛的眼睛，她们的眼睛似乎正在穿越眼前的山脉，事实上，只要我与卓玛的目光对视，她就会与我交流，一个卓玛牵着她的马向我走来，只因为我们的视线重叠在一起，此刻，我必须赞美眼睛，在卓玛牵着她的一匹枣红色中甸马向我走来时，赞美卓玛的眼睛，也是赞美我的眼睛，在某种意义上来说也是赞美人类的眼睛。眼睛可以把挡住我们的居住屏障——平展而有界限的那层屏障穿越，因为借助于眼睛的相逢、重叠，身体的言辞仿佛触摸到了四周的游荡之物，我们可以用眼睛寻找节拍，有时候可以寻找到横笛和鼓的合奏，有时候则可以寻找到露水般的溶解过程，那与我们的身体和谐一致的溶解。卓玛来了，卓玛是谁？当我看见卓玛时就会想起卓玛和她的草原，当她牵着马向我走来时，我更多的本能被她激起了一个梦，既然看见卓玛就看见了她的草原，为什么不让她带我到她的家乡去看看呢？宛如我的灵魂在与卓玛对话，卓玛对我笑一笑，问我想不想骑马到碧塔海去。骑马到碧塔海——这又是一种多么奢侈的享受啊！它跨越了节拍、时间的交流方式，我问我自己：能不能骑马，骑这匹属于卓玛的中甸马到碧塔海去。卓玛笑了，她一定看见了我的迟疑，她正在用汉语向我解释——通向碧塔海的路有多远，在她并不流畅的汉语里“彩色的、弯曲的、流利的、灵活的思想，它的水晶般的喷泉被阳光染上色彩，它潺潺流动的波纹倒映出青草和白云”，我似乎并不在乎她说什么，我想在她的汉语中感受到她作为卓玛姑娘向我展示的意象，要知道卓玛的生活与她表达出的意象有关系：她为什么牵着一匹枣红色中甸马出现在通往碧塔海的门户之中，因为她就是碧塔海上的仙女，她就是那个仙女带着神秘的魔力将我们引入虚幻的，由虚幻而变得现实的将若干世纪以来的镜子展现出在外，让我们由她看见灵魂的卓玛。我伸出手去，我并不害怕马，上个世纪末的一个特殊的日子，我和我的妹妹在果洛藏族自治州，在玛多县扎西让我坐在了马背上，那是浩瀚的大草原，扎西让我学会了在草原上骑马。扎西是一个英俊的藏族小伙，他几乎用他藏民族的那颗灵魂影响了我的一生，这些东西扎西并不知道，因为他早已经与我丧失了联系。所以，我喜欢看见卓玛姑娘生活中的意象，我问卓玛为什么不上学，她告诉我，她初中毕业就辍学了，因为她的藏族阿妈无法再让她继续上学，在所有的意象之中，唯有这种现实让我感到一种莫名的伤感。卓玛告诉我，我有点像她上初中时的一个老师，声音、长相以及我的身高都让卓玛想起了她生命中的一个女教师。这种意外的交流，一定让卓玛感到了某种忧伤，她转过身的那一刹那，我决定骑上这匹卓玛的枣红色中甸马——这多少会让卓玛感到一种欣慰，因为她会看见她的女教师，在人的一生中，一个人的老师总是会像花纹一样从各种各样的时间中映现出来，卓玛笑了，不知道为什么，在她与我之间有一种默契：它是绝无仅有的一种旋律环绕在四周，我骑在马背上，卓玛就将绳子递给我，她仿佛早就已经熟悉我的历史，因而，她再也不用牵着那根绳子，她只是我的伙伴，走在我身边。

离开了一条圆木铺成的路

我们刚刚接触到一条圆木铺成的路时，我听见了马蹄踩住它自然而然地存在着和谐的声音，许多人走在这条路上，有人骑马，有人步行，如果不是卓玛牵着她的那匹枣红色中甸马迎着我的视线走来，我也是步行者的一员，踩着脚下的圆木到碧塔海去。行进时一种与四周的脉搏一起跳动的声音就像延伸在外的那片矮小的野栎树林，它用许多狂乱的，甚至是无节制的声响呼啸着。走了一段圆木铺成的路，我们就走上了另一条路，去碧塔海的路有两条，圆木铺成的路让步行者走，我们现在走的路是马行走的路，由于刚下过雨，路上到处是泥，卓玛就在那条泥路上走着，每天走四趟，这就是卓玛生活的地方。我坐在马背上，马行走了一段后，卓玛打了一个呼哨让它休息，马低下头吮吸着马路旁边的一条小溪，我就在这一刻又开始了与卓玛的对话，当我问卓玛还想不想上学时，卓玛正在用手梳理那匹马的枣红色缨须，卓玛说，她上学时，学习成绩很好，她每天走三公里路去上学……一种又一种意象就这样飘至眼前，小卓玛走在那条从藏区通往学校的路上，她按照宇宙的节拍行走，于是便有了梦想，她想做一个女教师，像她喜欢的那名女教师一样，说着悦耳的普通话，赐予藏区孩子以音乐般的声音，教给藏区学生支配灵魂的种种技艺。于是，路，那条有三公里，来回六公里的路程使小小的卓玛产生了飞跃，就在这时，这种生活突然中断了，卓玛幼小的心灵想跨越藏区的牧场，她在寻找跨越的方式，就这样年仅 16 岁的小卓玛牵着她的枣红色中甸马来到了碧塔海，如同所有的卓玛一样站在碧塔海的门户看到了许许多多的陌生人，这些陌生人带着激情而来，他们的激情深深地感染了16岁的卓玛，陌生人使她感受到了藏区之外的世界有多大。她，此刻的卓玛已经把那位女教师交给她的灵魂的技艺用来与陌生人交流，比如，当她面对陌生人时，她能用她那并不流畅的汉语讲述她身后被山脉所隐蔽的碧塔海的全貌，她的声音具有一股深深的活跃的激流，使陌生人想在这激流之中看到高原的明珠，看到卓玛姑娘传播出来的音乐之声从碧塔海流出来……比如，看到我的出现，使卓玛看到了她的女教师，这种人类场景中偶然的巧合，使卓玛的双眼变得明亮，所以，我们之间产生的那种默契来自那位我不认识的女教师，来自那位说着普通话的女教师赐予卓玛的一种灵感，她没有想到，在这陌生的人群中会看见了她从前的女教师，不仅仅因为我用普通话与她交流，还因为我的形象、身高以及神态都与她记忆中的女教师相似。卓玛告诉我今天是她最快乐的一天，是的，我已经看到了卓玛的快乐，她走在马路上，眼前窄窄的马路是她生活的地方，她轻盈得几乎没有脚步声，她已经熟悉这条马路，就像熟悉了女教师教会她掌握灵魂的技艺，她走在马的旁边，就像马的伙伴。偶尔，她会回过头来看我，使我感到欣慰的是在这个存在着许多神秘魔力的世界上，我与卓玛之间存在着一种魔力，在她看来，我就是她记忆中的那名女教师的影子。这种魔力赐予我快乐，卓玛对我回头一望，在这种笑靥里，我获得了一种世界上最大的快乐和满足。我甚至忘却了我来自哪里。我坐在马背上，一心一意地想扮演那个女教师的角色，事实上那是我与卓玛对视的那一刹那我看到的一种意象。因为我沉游于香格里拉王国的方式就是“把最遥远、最细微的当作最神圣的本能，使一个梦成为我们唯一真切的经验”，现在，骑在马背上，我就是卓玛的女教师，按照这种力量，我可以看到卓玛真正的女教师，在藏族学校用一口流利的普通话向卓玛描写另一个世界，一个连接着香格里拉王国的邻邦，从那里走出去，就是我们的人类。什么是人类，可以变成彩色的花，可以变成弯曲的河流，可以把灵魂放在牧场上放牧，这就是我们的人类。所以，16岁的卓玛现在把我引向了去碧塔海的小路上。

通往碧塔海的路有多远

现在我才意识到我正在进入去碧塔海的路上去，我仰起头来，卓玛意识到了我此刻的状态正是所有人通向碧塔海之路的状态。我们从香格里拉之外的邻邦不远千里来到此地，幻想的力量正在用速度跨越这旋律，卓玛让我产生了另一种旋律，现在，我要回到这条小路上——在此旋律之中，我骑在马背上，卓玛说：快到了。我发现四周是那么肃静，另一个卓玛的歌声从树林中飘出，我问身边的卓玛会不会唱歌，她告诉我在藏族地区每一个卓玛都会唱歌，卓玛们唱的歌是藏歌，我的眼睛期待着——仿佛想追溯旁边的一条弯弯曲曲的小溪，一条并非想象之中的小溪就在我旁边流入阴暗的小树林之后——有可能会流入碧塔海……卓玛看了我一眼，她无意识中的一个姿势让我很激动，因为卓玛已经张开了嘴，她正准备让我们这一次短促的旅行进入藏歌的核心之中去——因为用藏歌才有可能更好地表达雪山脚下的牧场，晨曦千百次清晰地笼罩并显露神的姿容的雪山，还有一堆牛粪火，在牧场上燃烧，可以让寂寞的林中动物感到欣喜而胆怯的牛粪火……还有青稞在风中抖动，可以概括一部牧民史中游牧的青稞正在积雪的牧场上发挥魔力……

卓玛的藏歌宽阔遥远，伸入茫茫草甸中……可以让我的目光越过这条通往碧塔海的小路……在香格里拉，每个卓玛都是歌手，卓玛告诉我，她从小就跟随父辈在牧场上放牧，每个牧民都遇到了同样的考验。当他们把牦牛和羊群放牧到天边去时，面对的是永恒的寂寞，于是他们让目光越过牧场，开始表达花朵的香气和白雪皑皑的雪山之谜。起初，他们只是在情不自禁中发出声音，模仿河流的声音模仿鸟拍动翅膀的声音，模仿一切生灵在希冀之中生存的声音，渐渐地他们在自己的声音中发现了某种无法表达的感情，于是，他们用舌头的旋律获得了自己在草甸子和牧场上一种浸入白云深处去的思想，他们开始像祖辈一样放开嗓子，他们唱得越自由，他们的思想和感情就表达得越缥缈，这就是卓玛为什么可以陪同我，把她的藏歌送给我的秘密。一个用自己民族的语言表达感情和思想的民族，他们才会在自己的编年史中录制一个民族的低语声，哦，那是一种情不自禁的低语，是一种与神的痕迹靠近的低语。

在卓玛的藏歌之中已经开始呈现出这种低语，一个 16 岁的女孩，一个 16 岁女孩的卓玛——她幼稚的低语声环绕着这条小路，事实上是环绕着香格里拉世界中所有写成文字的故事，我必须再一次在低语之中展现卓玛的意象：16 岁的卓玛“犹如破晓的曙光之中，一群最先醒来的鸟儿，在安静的树林里鸣叫，将细细的树枝折断”，然后她不顾历久不变的传说的羁绊，她牵着父辈在沉沉黑夜之中拴着的一匹枣红色的中甸马出来了，她是自由的，她既可以在雪山脚下的牧场上放牧，也可以来到碧塔海的门户之中，迎接着外来的朋友。尽管如此，在 16 岁的卓玛的低语声中，我仍然感觉到了一种忧伤：我在自己的内心深处触摸到了年仅 16 岁的卓玛正跟随她的家族在雪山的牧场上生活，她向往着一座学校，她想用学校给予她的智慧来解释一片薄雾与日月的关系，因而，16 岁的卓玛也是迷惑的。

在卓玛最后的一缕缕低语声之中，马已经转过了一个弯又一个弯，通往碧塔海的路到底有多远？此刻，卓玛对我会意地一笑，我已经感觉到那片镜子似的高原湖泊将出现在我眼前，此刻，我翻身下马，我知道用不了多长时间，我就会像人类贴近那片湖一样，在湖边低声细语。果然，卓玛让我抬起头来，我内心的秘密此刻从那座湖面上正冉冉升起来，随同那缕日光，下午的日光最适合升起我的那片秘密，它像光一样柔软，像光一样不可分裂，像光一样有谦逊的缄默感，像光一样从未亵渎神圣的事物……就在这时，牵着枣红色中甸马的 16 岁卓玛在我临近碧塔海时消失了。

卓玛的湖和仙女的湖

在靠近碧塔海的小径上看见了成群的卓玛，她们的藏衣像花朵一样鲜艳：花儿为什么这样红，因为花儿正在模仿人类的色彩。她们散布在湖畔的四周，她们是牧民，在草甸上放牧着她们的马群。我的灵感已经产生：对我来说，碧塔海是卓玛的湖和仙女的湖。卓玛们对此心领神会，她们是一支支鲜花般的游牧队伍，从她们的藏房带着酥油味和藏歌，她们来到碧塔海的牧场就驻足下来，仿佛像传说之中那支遥远的军队，在姜岭大战中到了碧塔海，那是一个遥远的冰天雪地之国，在湖边朦胧之中，他们的营地已变为银白色，岭国的骑士们不远万里追敌被湖中的朦胧所笼罩，后来全部湮灭于湖底。后来，姜国的那支军队掀开了他们银光闪闪的帐篷，转身面对碧塔海，朝拜着使他们转败为胜的湖并在湖面临近的山村中建造了庙宇。在种种传说之中，碧塔海对卓玛们来说都意味着是牧场上最美丽的地方。她们把马群赶到牧场，然后就到碧塔海边去照镜子，有时候她们也会看见碧塔海的那座岛屿上有明代纳西族木天王的影子，在传说中，每年最炎热的季节，木天王都要骑马而来，木天王的马队驻足在森林中，而木天王却驻足在岛屿上度过他的夏天。木天王的影子出现后，卓玛们便让镜子似的湖面隐藏好自己的影子，她们不想打扰那个仙人的休闲时光。不过，我想，当年木天王同他的马队进驻碧塔海，不仅仅是一次个人历史上的避暑，而是为了在这座岛屿上澄清自己的思想。我知道一个面对明镜似的湖面的人，一个传说中的王子，他无疑有自己称之为立场的东西，而且是永远独立，始终如一的东西。当他在炎热的夏季隐藏在岛屿上看见这面明镜时，他的立场将会更加坚定，内心的灵魂将得到一次又一次永恒的澄清。现在，我把这面镜子放在我眼前，还有另一个神话与碧塔海有关系：一个离我们太遥远的早晨，一个静悄悄的早晨，雾气罩住了天女梳妆时的一块镶有绿宝石的最美的镜片，她一失神，那块镜片嘘的一声落下大地，经过嘘的一声，那只银光四溢的镜子破碎而形成了许多高原湖泊。碧塔海就是一点碎片，洒满了绿宝石——落在香格里拉世界的一片森林深处，所以，我认为碧塔海也是仙女的湖。

谁也没有见过仙女，我们唯一能够称之为有灵感的东西也就是我们的想象力，在我的想象之中仙女是世界上最美丽的女人，也可以说是只有赞美诗中才有的最完美的女人。仙女在我们的意识深处，在我们的想象中具有意义的地方出现，它就是美。美啊，人真是太美。而仙女们环绕的湖也正是卓玛的湖：年轻的卓玛们此刻已经随同她们的马群和牦牛返回她们在森林中的居所去，那虽然是她们临时的居所，却可以使她们看着每天中在任何时刻都像一面镜子的碧塔海。

我站在碧塔海边，微风吹拂，湖面上竟然没有一丝波纹，如果我在春天来，我会被碧塔海四周的杜鹃花所笼罩，花海属于仙女和卓玛，我意识到了那种香味的笼罩，我意识到了如果明年春天我来到碧塔海，那么香味会使我了解春天的卓玛，那时，年轻的卓玛更像仙女。现在，在这深不可测的镜面之中，沿着湖畔——我所嗅到的味道来自卓玛们的香气，我的唯一工作和唯一兴趣是赞美这香气，它超越了季节的潮流，同时也超越了我们对仙女的所有想象力。如果我可以变成站在湖边的卓玛，如果我也有一片望不到边际的牧场，我就会成为世界上最幸福的人，我就是那个最幸福的卓玛，我就可以赞美这面镜子，在这种赞美诗中：牧场上伸展美丽花朵的藤蔓，卓玛姑娘正同她们的先辈一样，同那些传说中的卓玛姑娘一样“按照宇宙的节拍行走，于是便有了真正的勇气和无敌的力量”。这种力量从碧塔海镜面上循环进语音之中去，我现在明白了卓玛的藏歌表达的是一首关于人出生之后寻找灵魂的歌。

湖边的马群

马群在草甸上如此寂静地弯下颈，九月的草甸子是一片浅绛色的牧场。我从碧塔海旁边的草甸子上看见了这群马，没有卓玛在它们身边，在这里它们是如此独立，马群独立地面朝碧塔海。面对这面明镜似的湖泊。马群能在它的旁边游牧——这让我感觉到这群马正生活在别处，它的别处就是碧塔海湖畔漫无止境的、闪烁着宁静中的一片疯狂的牧场，看见这群马，我表述出的惊讶是难以言喻的：我过去经常透过那些想象中的草场去看见马群，看见马群，犹如看河流流逝，犹如看一种水元素落入世界的编年史中那样，既宁静又疯狂。马群——仿佛会让我们访问在头盔和盾牌之中漂浮的人类，不错，马群在短暂一生中漂浮的足迹是那样漫长和疲倦，马群在香格里拉的王国中出现，不仅仅是一种现象，而是一种古老的结局：当香格里拉有动物穿越森林和河流时，马群最先投入一条河流的怀抱，它们从出生的那一刻开始就站在人类的那一边，也就是伫立在香格里拉的牧民这一边，所以，每一匹马必须招来一群马，它们在所有的动物群中与牦牛一样同人类站在一起，唯其如此，人类才可以漂浮过浩瀚的编年史。

碧塔海湖畔牧场上的一群马，有枣红色、白色、黑色……牧人无须放牧它们的魂灵，因为牧人一旦进入了碧塔海的牧场就会迷失在明镜似的碧塔海中，马群也会迷失，然而与牧人不一样的是马群只会迷失在牧场上，在碧塔海的草甸子上有世界上最肥沃的草叶。马群的影子投入在依湖畔而绵延的草甸子上，它们就像一支漫长的游牧部落经过长途跋涉终于寻找到了自己的乐园，有风轻吟得像梦境，有时候我甚至想，那风曾经穿过一只特洛伊的木马，穿过荷马漆黑而有力的想象力，穿过密西西比河、恒河、长江、尼罗河，到达喜马拉雅山最后才吹入香格里拉王国的草甸子上。此刻，风正吹过一群马的脊背，它们那裸露的身体长年累月地面对着峡谷、群山和冰川，最后才面对着碧塔海湖畔的草甸子，一群马有了自己的乐园，所以它们即刻停止了呼啸，停止了扬蹄，停止了与宇宙、时间和万物所遵循的同一法则，现在它们是独立的，它们垂下头，放牧着草地上自己的影子。

我还是头一次看见马的影子，一群马的影子垂在碧塔海湖畔的草甸子上，形成了它们自己独立的不被一条河、一座雪山、一个牧民所束缚的王国，马群垂下头，也许是它们最惬意的时刻。面对碧塔海湖畔那一片与桤木相连的沼泽地，它们此刻置身的地方更开阔，美景尽收眼底，所以，它们的影子像是有了归属感，就像人类寻找到了自己的香格里拉王国，他们尽可能地在这座天国中享受微微弯曲的马颈，在潮湿的风中享受卓玛姑娘的那曲牧歌。

静悄悄地生活在牧场上，就是生活在远方，生活在名闻遐迩的草甸上必定随同它们的伙伴牧民一道与隐蔽在丛林深处的各种动物做伴，这是一种古老的景象：假如符合天意，一只灰色野兔会在林中寻找到欢快的节奏，一只熊会支配自己的躯体笨重地穿越一座冰天雪地的屏障，而一群马自然也会遵循天意越过人们的视野，跟随人的足迹寻找到最远的水草肥沃的草场。我，正是我站在一群马的影子对面，看见了一群马沉浸于寂寞草地上的一种情趣，它们弯下头温驯地听任树林发出回声，凭着牧民的一阵呼哨它们会仰起头来。

马群的目的也就是马群活着的意义：它们依然会仰起头来，在牧民到来之前，它们已经做好了出发的准备，它们知道碧塔海虽然美景宜人，然而不是它们久留的天堂，它们已做好准备，跟随牧民到碧塔海之外的草场上去。于是，我看到了一群马与一个牧民的故事：牧民和一群马离开碧塔海牧场时，也正是我离开碧塔海的时候，我们都在默不作声地离开，仿佛正在默不作声地顺流而下，静悄悄的马群和一个牧人比我消失得更快。

黑颈鹤来临的时候

另一座湖称之为纳帕海。在我未见到这片湖泊时，我的耳畔早已经有黑颈鹤的拍翅声，这是一种越过茫茫天空欢快地寻找香格里拉王国的沼泽草甸的拍翅声。在那天夜里，我居住在中甸县城，也许是纳帕海离我很近，距县城才有 8 公里。哦，8 公里之外就有黑颈鹤的拍翅之声，那片荡漾的湖水使我夜不能寐。

黑颈鹤来临时是冬天，我将头探出车窗之外，我们的越野车那么快就到了纳帕海身边，我总是想着一群群从遥远中飞来的黑颈鹤，它们有细长的颈，每年冬天，它们就伸展开翅膀，在很久以前的一次飞翔之中，当黑颈鹤飞翔到香格里拉王国时，无意间它们发现了越冬时的一片一片沼泽草甸子，因此，一群群黑颈鹤便降落在纳帕海冬天的沼泽草甸子上，从此以后，每年都可以看见草甸上栖居的黑颈鹤。我下了越野车，身体变得有些眩晕。昨天夜里，飞满梦境中的那片黑颈鹤的飞行状态简直是一条从峡谷上空一路拍翅而下直抵香格里拉王国的黑色的飞瀑。此刻，没有一只黑颈鹤，看不到我梦境中的一只黑颈鹤，冬天离纳帕海还有多少日子？

有时候，我们的日子不是以年月日计算，而是用分秒来计算：一座可以让黑颈鹤拍动翅膀从万里之路来寻找栖居地的湖，事实上并不像我想象中的那样开阔，这就是让我沉溺的原因。一座湖，即使是香格里拉王国最小的湖也可以超出我的想象力，所以，我想象不出当纳帕海由于荡漾而变成一块块沼泽地吸引成群的黑颈鹤飞来时，我开始想象进入冬天后的纳帕海，它的荡漾状态，水在香格里拉就是银光闪闪的链子，它串起了河流、峡谷、雪山脚下的水。在水的上游我们不可以完全从一部编年史中读到瀑布的响声，也不会从编年史中看到某些水在分秒中的碰撞、演变的过程。纳帕海在荡漾时，一定静悄悄地不会引起我们的注意，它是流水中的一次美丽而准确的革命，没有阴谋的演变，它要将冬天的纳帕海演变成一块又一块沼泽地，因为它的荡漾过程是那样快，当人们察觉时，成群结队的黑颈鹤已经占领了它们的领地，至此，纳帕海完成了一次有意义的荡漾。我就是在想象完纳帕海年复一年的荡漾之中了解了一种演变的秘密。

秋天的纳帕海还看不到一只黑颈鹤，我想起这样的状态：“阴影飞快地在树林和草地上互相追逐，它们的轮流交替与我们的情绪一致。我们可以辨认出投下每一片阴影的云朵，虽然它们从来没有在天空如此高处。当一片阴影在心灵的风景画上掠过，那实体在哪里？”一只黑颈鹤此刻在哪里做个人式的飞翔，一群黑颈鹤此刻又在哪里做比赛式的飞翔？这简直就是梦幻，也许只有纳帕海在静悄悄荡漾中才能演化出。此刻的黑颈鹤已经飞翔在路上，然而它们到底在天空的哪一条路上飞翔？

我没有想到，想象纳帕海沼泽地上的那群黑颈鹤会赐予我这种与精神的朦胧相混合的想象力，一种像折射的月光那样具有阴影又具有透明度的想象力才可以让我仰起头来：当黑颈鹤来临的时刻，沉静的纳帕海早已经荡漾完了它们全部的过程，它们在静悄悄地荡漾中早已演化了它们的全过程，让那成群结队飞翔而来的黑颈鹤栖居在冬天的沼泽地上，正是一座纳帕海以不间断的荡漾过程所完成的某种理想。

尽管我看不见一只黑颈鹤，秋天的纳帕海还没进入荡漾期，它让我看见了水底明亮的石头，一只光滑的石头被我用手托起来，不轻也不重。如果纳帕海进入真正的荡漾期时，这块消失了的石头会被我带入一只巨大的箱子，随同我的旅行进入每一片阴影的花朵之中去。那时候我或许会看见飞翔在路上的黑颈鹤，但愿它们可以栖居在我的箱子中做一次短暂的小憩，不过，这个梦只具有幻想的色彩，因为它不降临，我才显得忧郁。

醒来的纳帕海

森林后面的湖静悄悄地醒来了，它的三面环山，其海拔都在3800 ~ 4449米之上，与中甸的一座座隐藏在峡谷深处的雪山相比较，纳帕海的森林显得稍微平缓一些。此刻，拂晓刚刚到达这里，它就像是告别梦境，当纳帕海醒来时，三面环山的森林却挂起了雾幔。赤着脚的牧民现在已经将裸足放在他们的鞋子里，纳帕海边居住的牧民也许是世界上最幸福的牧民，他们悄悄地从一棵森林中的树攀缘到另一棵树——来到这有水的牧场边永久地，急切地扎下了根，自此以后，他们就做了纳帕海最忠诚的守候者，他们同纳帕海一道醒来，或更确切地说牧民们同纳帕海的最后梦境一样丢弃了一缕缕梦境中看不清楚的烟雾，然后以梦境者醒来的那种神态，以缓慢、无形、不停的步态开始把他们的羊群和牦牛放牧到了纳帕海四周的牧场上。

森林后面的湖面临着拂晓的沐浴，因为只有通过沐浴人才会迎来曙光四射的一天，纳帕海也是如此。每夜的梦境让森林后面的湖下落不明，它也许是为了失踪在它的最明亮的梦境之中，也许是为了回溯到很久之前的一次故事之中去，它的失踪意味着它的古老的梦境会让它疲倦，所有的疲惫一经拂晓的沐浴——令它热情愉快。我在这个属于纳帕海的清晨之中，早早就站在它四周：我们不必回溯到森林之中去寻找远古时代在纳帕海使用弓箭和藏歌来放牧的牧人，我从拂晓一直踯躅并守候着纳帕海醒来的那一刹那，我既不是牧民，也不是神，我早已忘记我是谁，并忘记了我来自何处？我像是无形的一团梦境，可以在纳帕海的拂晓停留，并不会干扰牧人，也不会干扰纳帕海正在沐浴。慢慢地，我看见纳帕海脱去了它夜晚必穿的睡袍，它的凌晨也是它每个新生的开头日子，它的沐浴，令它原形展露，我看到了没有穿着绿色睡袍的纳帕海——在环形的森林之中校准着牧民们放牧的历史时间，于是，它刚原形展露，那群牧民就已经将他们亲爱的羊和牦牛放牧到了牧场上。

我也在此刻显露了我的原形：面对一个早晨，一轮太阳冉冉上升的新的时刻，当我看见纳帕海的牧民像一种古老图画的原貌，框住了我的镜头，我再也无法变得无形，我必须来分享纳帕海牧民生活的最早时刻，因为一天中的晨曦永远也“不受阻碍地被那些它为之成熟的人们所接受”。站在纳帕海，我有种梦想：“如果你能说出你将永远闻所未闻的话，如果你能写出你将永远读不到的东西，你便做出了奇迹。”纳帕海依据它醒来后的日常状态，在新的一天中早已为我们制造出了一种完美的现实：清澈的波浪涌向四周的平缓中的草甸子，我听不到秋风的悲鸣已经来到此处，因为任何一种悲鸣都与纳帕海的早晨无关。当雾霭渐渐飘散，正是纳帕海沐浴出场的时刻，我已说过，它早已原形展露，当森林之中的树叶变成了成熟的红色，随时有可能飘落时，我们看见的纳帕海庄重得像秋天的一只果实，掠过一片汪洋映入眼帘。

如果你到春天来，你一定会看见世界上最小的花朵在纳帕海的牧场上开放，那是一片令人心旷神怡的草场，牛群和羊布满每一片草地，而我则想在这秋天也会看见一朵草场上最小的花朵。来到香格里拉，我渐渐地忘却了那些城市玫瑰的香味，浓艳的深黄色是秋天香格里拉的颜色，在香格里拉一年四季都有浓艳的颜色，它们从来不会抑制自己自由的色彩，它们按照古老的法则盛开着并怒放着——好让牧民跳过一道道栅栏，不忘记回家的路线。此刻，世界上最小的那些花朵竟然也会在九月，在我访问香格里拉世界时露出它的怒放期：我的手充满人的气息但却不敢采撷一朵牧场上的花朵，因为那花朵太小，我的手在空中犹豫了一下放弃了采撷一朵世界上最小的花朵的欲望。就在这时，我知道，一朵小小的花即将从这秋天的牧场上逃逸而去，它会逃入纳帕海深沉的梦境之中去，让香味弥漫纳帕海的梦境正是这朵小花的意义。

进入睡眠的纳帕海

睡眠在日月穿梭之中假定了我们明天的透明度，未来在睡眠之中、在阴影的秘密之中才有可能使纳帕海得到白昼忽略了的东西，即编撰寓言者们需要的大量纯洁、偶然的做证从睡眠中降临；那漫游香格里拉梦境的无形的人需要在纳帕海的睡眠中证实横亘着森林的坚韧，经久不衰的元素，因此可以向长满了苔藓的历史致意……我此刻看见了纳帕海的梦境：牧民们钻进了他们夜宿的营地，他们爱啾鸣的鸟儿，爱旋律进入烟雾般流逝的森林之中去，以弥补他们的忧伤；他们爱梦境，因为唯有梦境才可以产生白昼不可能产生的低吟——比起牦牛和马儿低吟声来，牧民们只可能在夜里贴近藏房，这就是他们扎根的密室。噢，我知道，牧民们夜晚的密室也是纳帕海低声细语的密室。所以，就在此刻，我看见了一个梦游症患者，一个真正的在低吟中产生了诗篇的牧民，他从他的藏房中的秘室悄悄地走了出来，梦越过了深沉的睡眠，同时也超越了藏房之中最枯萎的那次漂浮状态，他此刻正绕着月光辉映之下的青稞架而唤醒他梦境之中的仙境。现在，一头牦牛也被他唤醒了，跟着它主人的脚步声来到青稞架下，一头牦牛和一个牧民都是典型的梦游症患者。我就在纳帕海的后半夜看见了他们，看见了四周全是梦境所唤醒的银色的仙境，我无力进入仙境之中去，我只好绕道回到了纳帕海的一座房子里。

纳帕海的睡眠正在表述着纯洁无瑕的一次梦境：我站在房子里，窗户抵近了纳帕海的湖面，在这样的时刻，我竟然看见了纳帕海的母亲，她难道也是一个女梦游症患者吗？在我们这个时代，我知道，只有那些被真理所引导过心灵的人才可能变成纯粹的梦游症患者，一个看上去很年迈的女人，她肯定是纳帕海的母亲，她肯定是那个用无与伦比的智慧和勇气承担着梦境和现实的女人，所以，她实际上面对这寂静的后半夜——也会变成一个梦游症患者，她怀着对一座湖泊的热爱和崇敬，怀着那种我们难以想象的机智和智慧，披着她巨大的红黑色袍衣——多么宽广、温和，多么热情、优雅，我没有想到，我会在这个难以入眠的纳帕海的下半夜，看见这个像神一样秘密的女人，看见这个纳帕海古老的母亲，她的身体——一种朴素的元素，她的灵魂——一种只有纳帕海的上空银色的云彩才可能匹配的品质，正在变幻她纯洁的本质，正在向我揭开纳帕海的下半夜——一个杰出的、罕见的时刻，使森林后面的湖，呈现出亲切而又天真的湖，呈现出枝条苍翠，由古老的纽带所捆扎的湖。在香格里拉世界，每当我遇到一种让我震惊的景况时，我唯一所能够意识到的事就是屏住呼吸，我唯一能够学会的就是在这个下半夜，让我也变成一个梦游症患者。实际上，我正在变成一个梦游症患者，所以，我才可以在纳帕海，既看到一个牧民在他的下半夜携带梦境出游的事实，也看到一个纳帕海最古老的母亲，她在夜里出游，正在帮助她的儿子们撒播种子，那些银色的、亮晶晶的种子——抵抗着时间的衰亡，把神灵和风雨的法则在纳帕海的下半夜用梦境依托到她的儿女们身边去。

万事和万物就是这样均通过日月的穿梭来互相传递自己的梦境，以让岁月无法磨损的面貌一次次在梦境之中相遇，这不是我们的历史可以记载着的——灵魂可以互相依托的环境。所以，我醒着，在纳帕海的后半夜始终清醒着，所以，我发现了纳帕海边的一座座藏房，随着那个牧民的梦境出游，我悟到了在那种缥缈的时刻，正是牧民的日常经验表达出诗意的时刻，他有了自己的诗篇，才可以透过后半夜去跟踪梦境之中最崇高的事物。而那位母亲，她那么年迈，却披着遮挡阴云的红黑长袍，永恒是什么？是谁设置了永恒的大门，我想，在纳帕海，那个老人，纳帕海的母亲正在亲自为梦境和现实设置出永恒——所以，梦境在纳帕海的睡眠深处，在下半夜——终于使我看到了用生命本身的气息产生灵魂的那个最激动人心的时刻。

到白水台去

经过了车轮声的辗转，我现在将目光投在了迪庆州的那张地图上，依稀可以看见，地图上可以辨认的一座村庄，那是中甸县（现香格里拉）三坝乡白地村——同世界上任何获得了抗拒时间的侵蚀所具备的钥匙的村庄一样，那座因拥有白水台而闻名的村庄，现在使进入香格里拉世界的游人有了一种被召唤的伟大的力量，因为白水台就像任何雕像一样抗拒了时间的侵蚀，所以它不可避免地要诱惑我们，它之所以可以诱惑我将目光移动在地图上——不只是被展览在露天下的那座巨大的雕像经受住了时间的侵蚀，还因为它是神秘的，只有神秘事物才可以让我认识到我自己缺乏某种灵性。所以，我跟随车轮，多日来，那车身下的车轮声并不悦耳，在迪庆高原的公路上，到处设置了陷阱，那是影响了我们梦境并使梦境可以在艰难的雀跃之中获得一次更振奋人心考验后——看见的梦境，所以，我甚至已经拥有了这样的经验，越是陷阱最多最复杂最危险的道路——抵达的地方都有最伟大、杰出或不朽的事物在等待着我们。

白水台必然与一座村庄有关系，白地村在哪里？按照种种传说，跟随一条道路就可以寻找到令人鼓舞的人与事。道路是香格里拉接纳漫游者的途径，没有它，我们的车轮永远只会闲置在路上，车使我们可以缩短距离。在车轮声中，我没有闭上双眼的习惯，从踏上香格里拉之时，我那永不疲倦的双眼每时每刻都透过车窗，那道明亮的大玻璃，去接触路上最普通的事物。景色仍然是那样扑朔迷离，一个牧人并没有从一块礁石跳到另一块礁石，牧民以朴素的方式偶尔出现之后，牧场消失了，道路进入了林区。在香格里拉干燥的林区小路上，由于一次迷路，我们会下到一座大峡谷，最终我们走进了一座磨坊的废墟，想寻找到一个人问路。峡谷深处到处飘荡着我们的回音，没有人露面，那座磨坊的废墟上挂满了大蜘蛛。这是一次有意义的迷路，尤其是我，可以借此机会想象那座大峡谷深处的磨坊为什么变成了废墟。

“对于一个胸中藏着一个秘密的人来说，有一个更大的未经探索的秘密，我们最无关紧要的行为也可能成为秘密，然而凡是我们以极端的诚实和正直所做的事，由于其纯洁无瑕，一定都像光线那样透明。”迷路对漫游在香格里拉世界的我们来说应该是常有的事，这次迷路的宗旨包含着一种哀怨的情调：那座峡谷之中成为废墟的古老磨坊已经被时间所遗忘。那里面曾经有着粮食的芬芳，也许曾经有过磨坊的水车在峡谷的河流中轰鸣的一次次歌唱，然而，它之所以被遗忘，只是因为我们的人类始终如一的精神是产生家的灵感，所以，在另一次特别的灵感之中，那座废墟似的磨坊被遗弃了。

现在，我们终于通过一个道班的养路工人问讯到了准确的通往白水台的道路。那个平凡的养路工人是一个年轻的小伙子，他独自守候着一条路，当我们的车到达他身边时，他的眼睛露出一丝平凡的惊喜，因为对他来说，只有车经过，才能验证他维修的道路是否合格。他的皮肤黝亮，牙齿洁白，有藏汉血统的脸庞在惊喜之中向我们指出了另一条通往白水台的道路。自此以后，我们再也没有迷路，而是始终如一地在路上，于是产生了一系列新的想象力：那座白地村一定在接近日月的地方，所以它才可能让我们迷路；那座白地村因有白水台，又是东巴教的发源地，因而它充满了难以言尽的魔法，所以，它用魔法使我们迷路。

既然如此，我们就应该带着一种古老魔法式的庄严去接近它。

尤其是我，许久以来热衷于在魔法的一次次想象之中理解有关旋转的物体，理解格外寂静深远的东西，现在，我终于有了一个机会，去访问隐藏在白水村的那片闻名的白水台，我看见了那些台阶，穿透云层，“在蛮荒状态最甚的自然界不仅有最富教养的生活材料及对一种最终结果的预期，而且已经有一种比人类达到的文雅更优雅的文雅”。

仙人遗址

登上去白水台的台阶，我应该说那次迷路让我们的天资和灵性同时被唤醒。因为当我们缺乏天资和灵性时，都不能攀登通往白水台的阶梯，越往深处走，越有一团又一团白色，纯白色的雾气缭绕在眼前。哪里来的雾气，而且是白色之雾？从儿时我们就向往高处，并在游戏中往高处爬，越往高处走，心旷神怡使我们感受到孤独，孤独是弹奏乐章的最好时光，天资和灵性没有被唤醒时，孤独就从不会涌现。一把桨上的水声，一张蜘蛛网上的弧形圈，一片树叶上的露水，一条嫩枝上的水天一色，一块石头上的影子，一只燕子低低飞过水面的轻盈……现在，在孤独中我要保持我独特的天资与灵性，好让我接近白色的台阶，经过了熔化，像是从仙人的遗址中打开了门帘：巨大的碳酸氢钙像纤细的游丝，濡湿了向上涌动的台地，泉水从上往下流淌，两者在阳光之下熔炼。这是怎样的熔炼啊，终于让我们看到了色泽更深的白色碳酸钙沉淀物。经过了轻轻的熔炼，一种痛苦和渗透的熔炼，水流弥漫，向着梯田似的台阶弥漫，这就是白水台——乳白色的台阶，展示纯洁的台阶。我上了台阶，脱去鞋子，在我的天资与灵性互相交错时，我弯下腰，在沙质的白色台阶上看到了一道道乳白色的波痕，这波痕年深日久，已变得坚硬。据另一个古老传说：我眼前的白水台梯变成了纳西人伫立在一阵清新的春风之中，向他们的子孙叙述故事的地址之一。我听过那故事，创世之祖美利东和美利色示范纳西子孙造田耕地的模型——就是白水台，美利东和美利色不愧为创世的老祖宗，当他们将纳西人从云岭高原召唤在身边，在那个特殊的日子里，天上的酿奶仙子掠着长袖从柔美的东方下凡，盈动的白水从仙子丰硕的乳液中流出——染白了白水阶梯，而美利东和美利色教会了纳西人如何忠诚自己的位置，这些乳白色的梯田日后果然启迪了纳西人，他们不仅仅学会了在云岭的高山上造梯田，而且让梯田长出了果实。在另外一个与东巴有联系的传说之中，东巴教的祖师爷选中了白水台，因为在白水台上可以制造神秘的东巴文字，那些文字从乳白色的阶梯中被熔炼在古老的纸书上，概括日月变幻的文字即是东巴文化宗旨，第一个东巴的祖师爷丁巴什罗站在白水台上触摸到了那些松果中有白色味道的充满神韵的文字，因而他在此设坛传教；第二个祖师爷阿明什罗当日月高悬在自己的思想中停留时在此修行，修行之道澄清了阿明什罗的意念——因此留下了他的“阿明寻洞”，它就在我眼前，它已被日月风化为一溶洞，站在洞口即能感受到当年的阿明什罗修行自我的声音。他隐居在洞中，眺望从地平线上升起的东方的明月，那是在阿明什罗的意念与微风的轻吟，与神韵的气息，与天堂毗邻而居的一个阳光灿烂的时辰：东巴的象形文字宛如日月交织出现在眼前，于是，在漫长的隐居生活中，阿明什罗编撰了那部简朴、秘密、不朽的东巴典籍，获得了如此令人惊叹的永恒意义。我置身在阿明什罗被象形文字所环绕意念的溶洞口，眺望乳白色台阶，这是仙人的遗址，或者叫仙人遗田。

白水台为什么会永恒地流淌着乳白色的水？我拜谒着这片圣地，我想着当年的阿明什罗，历经了无数最孤独的时光，他也许在修行的路上碰到过猛兽，我们惊叹他的象形文字，在有关动物的那些文字里生动地展现了那些猛兽的四蹄；他也许被寂寞的生活笼罩太久，因而他在寂寞之中抚摸着我们劳动时的姿态，所以在有关人的躯体与万事万物的接触过的那些东巴的象形文字中，我们才可能看到那个触目惊心的最古老的姿态，那就是人类在大地上劳作生活的影子。

在仙人遗址之中，我依稀看到了种种传说中的乳白色颂歌。它无法被时光所湮灭，也无法压制我们的想象力，因为我们惊叹在那些乳白色颂歌中的文字，它记录了人类原始的、朴素而宏伟的场面，所以，我在白水台朝上仰望，当我吸入了最清新的空气时，我仍在了解那些秘密。

一个纳西老人每天走的路

向着白水台走去，每天往返于路上，这是我看见的一个纳西老人，当我与他擦身而过时，我就已经感觉到了他不平常的那一面：他大概已经在这条通向白水台的路上耗尽了他那青铜色面庞的绝大部分激情，正如东巴文所记录的是历史在原始中的花纹之光，那些日月的互相辅助使“我看、嗅、尝、听、触摸那我们与同源的永恒之物，它既是我们的创造者，我们的住所，又是我们的命运、我们自己；这一历史的真理，显著的真实——它能够变成我们独特的、自发的思考对象，宇宙真正的光彩；它是一个人不能不承认，或在某种程度上无法忘却或免除的唯一事实”。所以，这个老人无疑也是东巴文的解读者，他从出生以后就已经感受到了白水台的种种传说，他将脸转向我，面对我的语言时，用手指指向白水台，那无疑是在回答我刚才的问题。他生活在通往白水台的路上，他生活在潺潺流动的乳白色泉水的波纹之中，也生活在青草和白云之下；他生活在白水台地上的那些深不可测的秘密文字之间，而且他还会跳东巴舞，他一次又一次站在白水台边挥舞着东巴长袍，他出生后的生活就是从山下走到山上去。

我不想打扰他，在他手指之间——我不想跨越他的世界。然而，我想，如果一个人用一生走同一条道路，他会不会太寂寞，于是我只好跟在他身后，他习惯了同许多慕名而来的漫游者走在同一条通往白水台的路上。因此，他仍然不慌不忙地朝上走，我就走在他身后，我知道，当纳西老人到达目的地后，我一定会看到他生活在白水台的原因，也就是说我会看见他的住所，看到他命运的那一时刻——把我这个陌生人带到一种神奇的交流之中去。他进入了白水台之上的一片密林之中，消失得那么快，难道这真是仙人遗址，在这个地址中难以解释现实与神的关系。我不顾一切地往前走，我像一个最诚实的香客一样带着一颗跳动的心，进入了一片密林之中也就是进入了那个纳西老人生活的地方。森林中突然闪出一片平地，那个纳西老人穿上了他的东巴服装，一只古老的录音机正放着我从未听到过的古乐，他像是从一片跌宕起伏的云区游离而出，又仿佛是从一面最古老的岩石上的壁画之中唤起了我的注意。我还是第一次看东巴舞，对此，我像一个幽灵一样隐去身影，这个纳西老人犹如那些获得了想象力的象形文字，他的手与脚正柔软地交融，仿佛想在尘埃之中不断地攀缘并寻找到一条解释神秘字母的文字，那是从地面上缭绕他身体的音符并未流逝那些象形文字中的旋律——一种笨重而轻盈，可以减轻我们迷惘状态的旋律，对这个老人的身体产生了那么大的影响。他在那片密林中远离了村庄，寻找到了寂静处，犹如当年的阿明寻找到了隐身的溶洞，他的脚在旋律中始终想追寻象形文字中的灵魂，因而这个纳西族老人耗尽了自己的一生——不仅用血液的脉跳，而且用自己意识中的光芒，我已经看见那一缕光芒在他的头顶上空笼罩着，如同笼罩住了我们的欢娱行为。

悄悄地离开密林，我将离开白水台，今天对我来说是一种磨炼——我从这个老人身上体会到的磨炼——使我犹如穿过了一次黑暗，我在这个世界停留的时间不算长也不算短，我们一直在探索每个有意义的时刻，殊不知寂寞会把我高高地抛到空中，只为了让我的身体发出声音，在火光熄灭之前——真正地感受到水果的芬芳。所以，此刻我走在下山的路上，这也是那个纳西老人下山的路，他为什么要下山，因为任何象形文字均来源于民间的花香，民间的舞蹈，民间的火把，民间的夜曲……民间的一次次世俗生活会让那个下山的纳西老人在阳光灿烂之中摸索到我们人类亲密无间的演变过程。

所以，水果的芬芳在我个人的摸索中等待着我，我下山的路——就像是在遵循着各种各样的诗意的活动，我此刻的生活蕴藏着旋律，如果有一天我被这旋律碰撞而死，那就是我的命运。

第三章　青稞与牦牛

很久以前我丢失了一头猎犬、一匹栗色马和一只斑鸠，可至今我仍在追踪寻找它们。我曾对许多旅行者谈及关于它们的情况，描述它们的足迹，以及它们对什么样的呼叫声会产生反应。我曾遇见过一二个曾经听到过猎犬的吠声和跑马的蹄声的人，有人甚至还见到斑鸠飞没云层后面。他们很想重新找到它们，像是自己失去了它们一样。

——梭罗

青稞的愿望

世界有着戒律同时也有着局限性，它在浩瀚洪荒年代把一种可以生长在寒冷干旱中的种子撒向了青藏高原东南缘横断山脉腹地——是时候了，种子在寒冷的、寂寥的高原上经受住了日月风化的侵蚀以及一种静肃和与世无争的境界之后，以它的力量终于局限在中甸或中甸境内，这就是青稞。作为横断山脉腹地上的一种粮食，它就这样生活在属于世界的秘密的香格里拉，当我看见青稞的种子时，我早就已经开始让青稞存在于一次和谐的远古的梦幻之中，它的身体落入迪庆高原的泥土，那些雪山之下的斜坡上生长着青稞，大峡谷的窄坡上也生长着青稞，只要有一股深深的激情的地方青稞就会发芽。我没有看见过青稞在泥土下发芽的场景，虚幻的力量让我在做一次漫长的旅行，除了访问雪山、峡谷之外，我在从此岸到彼岸的路上看见了青稞——我们对青稞的名字来源于藏歌，来源于青稞酒，来源于香格里拉世界的农业传说，只因为有了青稞，香格里拉的农业便像它的雪山一样古老有着光荣的传说。所以，为了访问青稞，我开始访问了一个人，他叫刘群，他把我们引进了一座藏族聚居区，在那座像宫殿一样古老的房子里——我看到了那么多的青稞，作为农业的象征——闪烁着褐色光芒的那种秘密感情。刘群从小就开始随同他的父辈了解着青稞，我们见过许多果实和粮食——但我们并没有在品尝之前了解果实和粮食的灵性。此刻，面对刘群，他也是迪庆藏族自治州的一名官员，但我从未见过这样的官员，竟然沉迷于青稞的灵性——他第一次向我讲述香格里拉的农业世界，所以他讲到了青稞，他那双被岁月熔炼的眼睛闪烁着智慧的光芒——使我们随意识到了香格里拉。生长青稞的高原有着青稞的愿望，难道青稞也会有自己的愿望吗？刘群沉默了，他想让我们独自去访问青稞，但他说了一句重要的话：青稞与牦牛的关系就像人与空气的关系一样。

空气，谈到空气，我把我的头伸进香格里拉世界清新的空气之中，在香格里拉世界到处是“氧吧”，因为它拥有我们梦境中的水和雪山，森林和藏歌，所以我不理解那些进入者，他们进入香格里拉后竟然会带上氧气面罩，也许他们还没有进入香格里拉梦境，他们在梦境之外游移，他们进入不了香格里拉的空气之中做一次畅快的呼吸运动。我感受到了刘群概述的那种关系：我们正在与纯净的空气互相交融，没有呼吸到空气，我们的身体就会丧失力量。就这样，在香格里拉世界我看到了它的农业被青稞所覆盖。在天空之上太阳覆盖大地，太阳移动着光线同时也变幻着大地的颜色，对香格里拉人民来说，太阳的照耀影响着青稞的生长，一切生物皆在难以觉察之中，在自然的潮汐和力量之中让自己的愿望从隐蔽到脱颖而出，所以，面对青稞，也就是面对广阔的牧场，面对青稞也就是面对湖泊、河流和面对一个人，宛如我们面对刘群，只要谈到青稞，他的双眼就会燃烧着明亮的火花。他迷恋香格里拉高原上那些具有香格里拉秘密的青稞，它就像永远的自然潮汐那样经受低温和高原地带种种艰险之考验。

要阅读到青稞的愿望，我们必须去面对香格里拉的农业王国，虽然已经到了秋季，我仍然将我的影子逐出了越野车，逐出了窗口，逐出了我的灵感之外。就这样沿着香格里拉的农业王国，我们已经再一次来到了呈现幽雅的蓝色的地方，就像梦境中已经发现了燧石，发现了一种跟随青稞的意象而去的方向。我独自看见了青稞，它们正在一杯青稞酒中飘浮，青稞味从杯底上升，轻轻地被我呷了一口，品尝可以把我引向青稞的生长期。我已经看见了横断山脉的寒冷地段上到处都是青稞发芽的现状，绿色的胚芽超越了寒冷，也超越了人类永不湮灭的幻象，所以，青稞的愿望是要到达芳香四溢的杯底，到达小麦和谷粒及万物一样的芳香四溢之中去，变幻香格里拉农业王国的主题，为人类提供一切欢愉。

当牦牛面对青稞

牦牛经历着巨大的、罕见的寒冷，它每一次仰起头来都在经历从青藏高原吹拂而来的寒风，它从不畏惧寒风，因为牦牛有青稞为它补充热量。我第一次面对牦牛时，是在小中甸的草甸子上，竟然会有那么多牦牛，那么多黑白色的牦牛穿过藏区来到牧场上，而且我没有看到一个牧民，因为牧民无须驯服它们。是的，“人类驯服大自然，只是为了他们能最终使她变得比他们当初发现她时更自由不羁，虽然他们或许从未成功过”。一群群牦牛就在青稞架下开始了它们新的一天，有时候我发现了这样的现象，牦牛围绕着金黄色的青稞架，这是一种方式：“我们正穿过这柔和的环境前进，像幻影悄悄溜过无忧无虑的梦。”当一群牦牛仰起头来看到秋天的青稞架时，就像人类看到了一棵棵长绿树，在风中和时间的流逝中散布着人类想亲近的那种味道，于是那种味道使我们感到满足或惬意；牦牛的本能趋使它渐渐地靠近青稞架，晾晒青稞的架子为牦牛提供了它所需要的那种味道，因为只有青稞可以提供牦牛可以品尝看见的粮食，所以，当牧场上的牦牛面对青稞架，也就是面对我们人类所寻找到的那种散布在颤动的苔藓和大地上的果味的香气。

这世界之所以动人心弦是因为它四周荡漾着万事万物的各种气息，世界通过无穷无尽的实践来寻找到了让万事万物自由生长的状况。所以，当牦牛出现在牧场上时，我看到了它们的那种强劲的自由。它们奇迹般地出现在我眼前，它们是那样健康地出现在我面前，因为青稞架在草甸上空支撑着它们生存的王国，所以，它们可以自由地出游，就像人类嗅遍了芬芳之后可以把发生在梦境之中的事情亲自看见一样。根据刘群的理论，牦牛无法离开青稞，这已经是香格里拉世界的农业王国人所尽知的普遍真理，所以，我来到有牦牛的地方，因为有牦牛的地方也是有青稞的地方。

青稞，在香格里拉出现在颂诗和酒歌之中，这是一种奇迹，从某种意义上来说，青稞已经进入香格里拉的神话，而牦牛正是因为在神话之中带着它们的身体一步步地知道自已离不开青稞。夜晚，它们披着月光，咀嚼着青稞——那是牦牛生活在梦境中的最为愉快的时刻，我无意之中看见了这样的场景，牦牛的咀嚼声有点像节奏缓慢的藏族歌谣，那些朝着雪山而去，缥缈在一个雪白的哈达上的歌谣使披着月光的牦牛，感受到的不仅仅是它们自已的梦境，还有一部农业史的梦境，它用杰出的现实优越地证明了青稞是若干世纪以来使牦牛变得健壮的真理。青稞是牦牛上好的粮食，如同它的咀嚼声，它披着月光，如此诗意地生活在它与青稞的世界之中。当牦牛面对青稞，它便有了自已的信心，只要它的世界有着青稞的咀嚼之声，它就可以跟随它的主人游牧到更远的雪山脚下的牧场上去。我，在香格里拉的农业世界看见了现实最动人的场景，我带着牦牛披着月光咀嚼青稞的声音，想竭尽全力地分享这种喜悦：“我们如今读到古希腊人和伊特拉斯坎人的节日、运动会以及游行队伍时，带着几分怀疑，或至少不抱同情；但每个民族对大自然热忱而明显的问候都是多么自然，多么不可抑制啊！”于是，我已经分享到的一头牦牛披着月光低声的、欢快的咀嚼青稞的那种声音，不可思议地进入了又一首流传的歌谣之中去，这首歌谣来自藏族聚居区最古老的法则，来自一把低音提琴流畅地向我们展现的一种娱乐活动，我赞美牦牛的歌谣，同时也开始赞美青稞。但我知道青稞在香格里拉的农业史上能够不随波逐流地紧跟住寒冷和荒凉，香格里拉的庶民一定付出了艰难的代价。顷刻间我开始沉思我所经历过的每桩事，每个人，每一种风景……不管怎样，今天晚上，我已经看见了一头牦牛披着月光咀嚼青稞的情景，有了这种情景我终于可以想象，像梭罗一样去想象："然而，我们不会忘记，有一种埃及小麦是由一个木乃伊流传到我们手里的。"那么，把青稞带到香格里拉的第一个人是谁？

青稞架为什么迎着太阳

九月的草甸子上到处布满了青稞架，青稞架为什么会迎着太阳？我渴望掌握这秘密。在香格里拉，每一个秘密都需要遵循想象力的轨迹，但这还不够，仅有想象力只能相应地掌握自我的许多碎片，并用这碎片呈现出鲜明的世界观。此刻，我不仅需要想象力，我还需要迎着太阳，就像迎着柔软的绯红色的藏式歌谣，这样我可以走到那些青稞架下去，并同它们一起迎着太阳——以每天的姿态环绕太阳一周，哦，金黄色的青稞架，在九月的草甸子上高高地耸立在上，编织出的并不像是花环，而是干枯的青稞，人们用这种方式不仅仅是晾晒青稞，而是让青稞在成熟之后朝拜日月。

青稞的晾晒——一直保持着藏区最古老的方式，青稞架矗立着，仿佛像一道道敞开的大门，它总是既有规律又很准时地面对青稞——就这样，一座香格里拉的青稞架在阴沉沉的沼泽地的另一面撑起了一轮朝阳，青稞收割之后就会上架，那些潮湿的根须逐渐地晾干，生命亦如此，它是一次彻底晾干的过程。在这个九月，当我看见青稞架时，我无法避开青稞架上的支撑点，正是它使我明白了我们四周的微风和水流需要一种东西撑起来，青稞架可以撑住藏区古老的文明，因为青稞要面对的是日月，每一个民族都敬畏日月之交的每一个瞬间，因为每一个民族都有赎罪、祷告的方式，也必须有与日月相交的轨迹。青稞是藏区的吉祥之物，犹如梦境撒向地，就会诞生新的未来。所以，到了青稞收获的季节，牧民们将收割的青稞晾晒在青稞架上，像是经过了与日月的沟通，一种无声无息的诗性——远离了世俗生活本身，将香格里拉那种无所不在的灵魂高高地递交给日月的运转。太阳来了，太阳穿过了森林、雪山，用热烈的光使青稞变得饱满，从一颗颗呈现在松林中的青稞的新栖息处，月光也来了，月光给予新栖息处的青稞一缕缕凉爽的光，让它不至于在黑暗中失去灵性。

所以，青稞架不仅面向太阳，也在面向月光。有时，当你迷了路，走到月光下的青稞架下去，你会感受到离一条路已经很近，不是靠视觉，而是靠青稞架依凭的证据，它可以通向任何一座藏族聚居区，只要有青稞架存在，你就仍然在香格里拉世界漫游。对此，这样的迷路对于我来说，即使在隆冬，我还是能沿着青稞架的方向，我会穿过那片有黑颈鹤来往的沼泽地，我会在我远离了一座藏区之后找到新的藏歌的地方。

青稞架上的青稞变得干枯之后，它在每一只举起来的银器之间晃动，庶民们用这种方式展现出他们内心的吉祥物，展现出那品质优良的青稞粒，一粒青稞子会变成多少青稞，这有待于与日月的关系——当银器中的青稞在滚动时，我恰好在他们点燃的火炉架前做客，我意外地闯进了一片藏族聚居区，一个年老的藏族阿妈让我坐在她的火炉架旁，让我喝着酥油茶，而她正举起一只银器，在明月升起之际，她的祷告之声犹如久燃不熄的炉火是那样虔诚而痴迷，是那样热切而亲切……第二天凌晨，我再次看见她举起了那只银器，我听见了银器中的青稞粒在滚动，它们丰硕地躺在银器之中，藏区阿妈面对日出，正在进行第二次祷告：我的灵魂就是这样在偶然之间接触到了那只圣洁的银器，随同那些青稞粒的每一次滚动，我通过了这种方式理解了青稞架为什么会面对太阳。

那只银器在香格里拉的王国——“沉浸在这里的精神和芳香之

中”，明月和日出之中的祷告，使那个普通的藏区阿妈生活在明亮的光线之中，让银器通往一片日光，然后，青稞子撒向大地；而当那只银器面向明月时，这种令人感伤的时刻是否就是荷马失明在黑暗之中，跟随奔腾的汪洋而去的时刻。我的脚步就这样移动在香格里拉的青稞架下，我想起了这样的诗句：“我们显得多么美，我们是多么冷，我们如此急促地腐烂，但繁星在我们的夜空闪烁，它们仍索取和煦的白天。”我离开了青稞架让脚移动在不同的美的形式之中，以便让自我真正地迷失方向。

一个牧人与青稞、牦牛在一起

“有时我们仿佛透过一层薄雾看见物体处于它们永恒的关系中，它们似帕伦克或金字塔般屹立，而我们想知道究竟是谁，为了什么目的把它们建立起来……”一个牧民向我缓缓走来时，我已经领悟到了那个藏族阿妈举起银器中的青稞作祷告时的两种方式，牧民带着他口袋中的青稞和他的牦牛在一起——正在作一次漫长的游牧生活。在头一天晚上，那些巨大的银器之中的青稞进入了他的口袋，于是，他携带上了新的与日月接触过的青稞出发了。进入香格里拉，我每天都面临着出发，一次全新意义的出发——意味着我会在路上看见梭罗所描述的那种现实：“只有永远沉浸于我们四周的现实之中，我们才能领会什么是崇高的宏伟。宇宙经常顺从地和我们的概念相适应；不管我们走得快还是慢，总是有条路为我们而铺设。”于是，我在新的一天中看见了那个牧民带着口袋中的青稞——把他的牦牛引导在去另一片牧场的路上。年轻的牧民起初并没有发现我，他平心静气地走着，让牦牛对着草甸子上的一片湖泊照了照影子，每经过一片牧场上的湖泊，牧民都要让他的牦牛走到湖边去，不仅仅是为了饮水，而是为了让牧牛看见自己的影子，就像人在湖边发现自己的影子一样，一群牦牛在湖边愉快地看见了自己的影子——于是，漫长艰苦的游牧生活即将开始，这时，牧民解开那只装满青稞的口袋，我没有想到那只口袋中会装有那么多口袋，每一只口袋似乎都有编号，牧民将编有号码的口袋依次挂在每一只牦牛的脖颈上，对此，我看到了一个牧人和青稞、牦牛的关系：“时间无非就是供我垂钓的河流。我饮着河水；但当我喝水的时候我还看见河底的沙，发现河流是多么浅。它那薄薄的流水逝去不复返，可是永恒却留了下来。我要更痛饮一番；到空中去钓鱼吧，天上的河底到处嵌着卵石般的星星，我一个也数不出来。我不懂得字母表中的第一个字母。我始终引以为憾的是我依然和过去一样一无所知……”然而，刚才，我却面临着一个现实，那个牧民的生活引导着我的不仅仅是视线，我终于越来越理解了那些银器中滚来滚去的青稞，为什么会被藏区阿妈举在空中，为什么会随同她的祷告之声进入牧人的口袋然后挂在牦牛脖颈上。

一支由牧民、青稞和牦牛组成的游牧队伍，出现在草甸子上，靠着他们的灵性去让自己的影子越出牧场之外新的牧场，他们的影子在移动的过程之中从来不会展现随波逐流的现状，因为那些挂在牦牛颈上的口袋装满了青稞，因此，靠着青稞的魔力，他们会迅速地越过我能够看到的那片牧场。这正是我感到悲哀的原因，我无法进入他们的队伍，但我正沉浸在那一只只青稞口袋中，因为有藏区阿妈举在空中的那只银器作为与日月相融的——一次灵光闪闪的祷告，我就明白了牧人为什么带着青稞游走四方的牧场。

那个牧人的天地是那么大，他之所以有携带牦牛消失的能力，是因为他带着虔诚的梦境，可以让他滋生梦境的是虔诚，可以让他穿越梦境的是灵性，而可以让他面对漫长游牧生活的是他的青稞与牦牛，两者将他挟入其中，这就是他可以战胜寂寞、灾难和死亡的一次又一次的游牧生活。我就在看不到他的队伍时同样地消失了，消失意味着我们已经沉醉于奥秘学的乐趣，一个人之所以可以消失，是因为这个人有消失的才能。牧人和他的游牧队伍利用了时间、屏障和过去未来的奥秘的快乐，所以他消失得那么巧妙，我从他的消失之中学会了寂寞的消失，富有灵性的消失，带着憧憬去消失。于是，我想起了牧人挂在牦牛颈的口袋，那些粮食中的词语，那些金色的青稞足可以让那些牦牛蹚过世界上最险恶的冰川，然后到达一片水草肥沃的牧场上去。这种消失的快乐暗示着我的旅程，我仍要继续走，无须害怕变化，因为我正在学会消失的才能，如果我能像牧人和他的队伍那样消失得快，那么我已经陶醉于奥秘学的琼浆之中了。

藏族聚居地的青稞酿酒师

深蓝色的藏族聚居地——正在把它的青稞晾晒在青稞架上，这情景同任何情景一样展现了瞬间中发生的情景，所有的家庭生活中都有他们的青稞架，我情不自禁地被这种规律所迷住，我看见一个藏族牧人已经爬到青稞架上去，这是黎明，黎明如同梦境可以产生幸福的感受。牧人爬到青稞架上去是为了翻晒青稞，而有些牧人正将已经变干的青稞从架上取下来。我看见整座藏区正在他们的秋季收获着青稞，我有一种惬意，如同我已经感受到了藏区在秋季中的吟唱。毫无疑问，秋季是藏区最为重要的季节，青稞饱满地脱颖在藏区的任何一个地方，那些小的、中型的、巨大的银制容器又是展露青稞的皿钵，他们在银制的皿钵前跑来跑去，按照古老的习惯把一年中最幸福的瞬间牢牢抓住，唯有这样他们才能酿制蜂蜜一样甜美的青稞酒。我再一次想起了梭罗，因为梭罗在他最自由的生活体系之中经常被外在的美所感染，这是梭罗的一个平常的日子，在沿着康科德河漫游的那个星期天，梭罗的内心激荡着："我爱这些大地的儿子，每个母亲的儿子，他们兴高采烈、吵吵嚷嚷，成群结队地从一个场景冲向另一个场景，仿佛担心在日出和月落之间没有足够的时间观看所有的景象，而且太阳并不比翻晒干草的季节更多地等待。"不同的是，梭罗生活在康科德的 19 世纪，而我则生活在香格里拉王国的 21 世纪。

21 世纪的初期，我来到了香格里拉王国的一座名副其实的藏地。看见牧人们正在把他们的青稞盛放进银制的皿钵之中去，在后面，我看见一个牧人正在酿制青稞酒，他们把皿钵中的青稞倒进一只发酵缸子里去。他们并不是世界上最好的酿酒师，但他们中一定有一个人，也许是整座藏族聚居区最特殊的酿酒师，他的身上有一种不可抑制的激情，只要他看见青稞，刚刚在秋季收获的青稞粒就会弥漫出一种只有他才能幻想出的芬芳，在那种最古老的芬芳里，这个头发已经渐渐变白的酿酒师有一种巨大的才能——他发现了在青稞发酵后的一种味道，他唤起了藏民生活在过去和未来之间的热情，他用酒的香味把一种即将泯灭的酒歌重新笼罩在藏区。此刻，在藏区最冥寂无声的时刻，酿酒师在这个永恒的日月交叉的地方，也许是他生命中最奇特的日子里，他酿制出了一种可以让牧民们带来幻想星辰的青稞酒，只要嘴唇碰一碰杯子里的酒味，每一个藏区的牧民都会用喉咙里的感觉——触摸到无穷无尽的星辰的光泽。此刻，头发渐渐发白的酿酒师，使我想起了亚里士多德的前额上只有日光才可以映现的伤疤，想起了耶稣、荷马、苏格拉底生活在隐喻和发现之中的快乐和苦难的经历。我想，这个站在藏地的缸子边缘，用他一生的幻想超越自然哲学的香味的酿酒师，他的背影微微有些弯曲，当然是朝下弯曲，这是神的姿势，人在年轻时没有这弯曲下倾的姿势，只有经过真理和幻想的双重经历，人才能进入神俯下身衡量世间万物的姿势。

生活在藏地的酿酒师那天傍晚让我品尝到了一碗青稞酒。毫无疑问，在那一刻，我似乎已忘记任何美酒的香味，因为我已等待多日，以至于我手捧那只木碗时感到幸福像泉水一样环绕我的血液，幸福就像青稞酒的香气沁入了我的心脾……我又想起了梭罗，因为一路上我忘不了读他的文字："人们依恋这首古老的歌曲，因为他们生活中仍有未受洗礼、不受约束的时刻，使他们渴望享有更多这种生活。对于天真无邪的人，既没有天使，亦没有守候神。在难得一遇的间隙，我们超越德行的必要性，进入恒久不变的晨光，在晨光之中我们只须继续生活，呼吸芳香的空气……"

酿酒师的酒味是整座藏地的芬芳，青稞酒使我对藏地的着迷程度

不亚于对一条河流的着迷，就像迷恋无人弹奏的一把乐器，仿佛在乐器与酿酒师之间有一种机智和智慧在芬芳中弥漫，犹如音符被显露出来。

如果看不见青稞与牦牛

在香格里拉的藏族聚居区如果看不见青稞与牦牛出现在眼前，那我们已经开始迷路了。总之说来，无论你去任何地方，你都会与青稞与牦牛相遇，这才是香格里拉的藏族聚居区。在这样的时刻，我问自己，如果我们在藏族聚居区看不见青稞与牦牛，那是一种什么样的境况？多少天来，青稞进入了我的视野，也进入了我的语言和生活方式之中。站在雪山之下嗅到青稞味就像透过起伏绵延的雪山看见了野杜鹃的颜色，透过青稞酒的味道我已经了解了那个藏地酿酒师的幻觉，透过青稞架上晾晒的青稞那个复杂的秋季显露出了它的美，透过青稞的银钵、透过银钵中的青稞，透过那咀嚼之声，我开始在香格里拉中寻找到了既有形象、又有文字的传说。所以，我无法设想，当我走在香格里拉看不见藏区的窘态，但我绝不会让你看见我的迷失。如果我会迷失，那么我一定会迷失在香格里拉藏区的青稞架下。九月的青稞架下似乎有一张张牧人的脸在日月星辰下不断地出现，他们的陌生性使我发现了地图不能完全概括的容貌，还有亲手触摸到的青稞粒——它可以进入到一个藏区的博物馆中去，连同那些挥舞在空中的银钵，界定了神圣的东西，让我们的想象力添枝加叶地歌颂……所以，我不会迷失方向，因为香格里拉世界按照神的路线安排了一个又一个村庄，在他们的图腾之上，我看见了森林。这可能是维吉尔日日夜夜歌颂过的森林，我还看见了河流，河流让我获得了时间在敛集之处的秘密，它使乐器永不干枯……

而那些牦牛散落在牧场上的任何一个地方，在开阔地的牧场往任何一个地方走去，我都会看见牦牛出现在的地方，出现了荷马的神话，出现了一望无际的草场——包揽了人类的风景、宁静、寂寞、黎明的场景，所以只要看见一群牦牛出现在香格里拉的藏区，我们就会希望看到激动人心的场景，几条河流在牧场上转弯，在某种意义上来说河流使那些牦牛寻找到了瞬间，只有瞬间才可能产生永恒，所以每时每刻我们都与瞬间相遇。看吧，那群伫立、狂奔、一动不动使牧场的每一种风景都可以产生遗迹的牦牛——面对着我，所以，我从不会从香格里拉世界迷失出去。

我甚至忘记了日期，整个九月我都忘记了日期，每天，每个黎明和傍晚都如同缥缈的光阴一样把我的影子投在牧场上，牦牛是我看见过的最亲切的动物之一：这片牧场属于它，属于那群包含着晨曦与晚霞的牦牛。但就在我仰望那头已经奔跑在高高牧场上的牦牛时，我突然感受到了那头牦牛的苍凉之感，似乎想摆脱已变得干枯、发黄的视线，它的剧痛在我身临其境的牧场上：“高于一切风格，一切时代的大自然此刻正带着忧郁的神色创作她秋天的诗，人类的任何作品都无法与之相比。”

青稞与牦牛影响着香格里拉王国的荣誉，所以，为了让青稞与牦牛永远不从香格里拉消失，藏区的庶民们正在日月穿梭之中维护他们王国的尊严，就像那位酿酒师，他的智慧弥漫出了那种青稞酒的香味，因此可以弥漫那纯洁的、崇高的、优美流畅、美丽丰裕的事物。

我一次次地意识到青稞与牦牛的重要性，谁未曾进入香格里拉的地域，谁就进不了香格里拉的灵性之邦。谁也无法听见那断断续续的神谕的告示，谁若没有看见青稞和牦牛谁就无法感受到香格里拉的语言，那从银钵之中浸透出来的语言使我生活在他们的吟唱时代。这是一个新的时代，那只银钵举在空中，我似乎看见了彩色的釉料正环绕着那些手中的工具……

我不可能迷失。我和我的伙伴们有时候笔直地穿过了一条河流。然后再进入一片牧场，更多时候我们就在弯曲的河流中寻找果实和枝叶的香格里拉，同时也寻找青稞和牦牛的香格里拉。有时候我们就坐在牧场上休息，咀嚼着青稞。由此，我感受到那些红色牧场上的花朵使一群群牦牛喜悦的理由，生活在有花朵的牧场上的牦牛也许是世界上最幸福的牦牛。

铃声系住了一群牦牛的梦境

领头的牦牛在铜铃声中带领它的队伍判断着牧场上的东西方向。我是在翻越一座山脉的时候听见铜铃声的。伫立在山脉的中间垭口，铃声宛如天籁之声——越过红色的牧场，越过芳草和药草根须下的黏土，起初，我不相信这天籁之声是从牦牛系着的铜铃上传来的，我不相信牧人会有那样虚无而享受愉快的绮丽而质朴的特权，把他们的特权系在牦牛的脖颈上。需要说明的是，每一头牦牛都有它的铜铃。除了领头的牦牛的大铜铃之外，其余的铜铃更像梦的铃声，馈赠给我们人类日夜储备编织的梦乡。没有别的声音传来，在香格里拉，有一些地方，就像潜藏着秘密的人，潜藏着元素的人，潜藏着爱情的人——有那么一种寂静是那么持久，每时每刻都可能让你成为天籁之音中行走的隐士，每时每刻都有可能让你梦见古老的陶皿和维吉尔的诗句。就在这时，我听到了那天籁之中的铃声。那天午后，在金沙江峡谷的后面，在进入一片牧场之前，第一阵天籁之声使我想起了一个牧民的形象以及他所留下的部分歌谣，一个看不见的牧民，一个有着日月般容貌的牧民，一个缔结了灿烂的指环和铜铃的牧民，来得那样虚幻，来得那样现实。我俯身往下看，这是尼西乡的一片牧场，尼西是一个红色的名字，它当然会使我想到红军，以及红军经过的那座桥。现在，尼西乡的牧场跃入了眼帘，我的身影是那么渺小，面对牧场，面对那个看不见的牧民，犹如我看不见“高深莫测的赫拉克利特的那著名寓言”，我有可能看见的只是领头的牦牛，它那像万物的物形般一样可以再现时间的铜铃，可以再现黑暗所吞没的忘川的铜铃，放在世界面前是那么小，又是那么大……午后，被这个时间的漫长旅程，被天籁，被看不见的牧人，被瞬间，被喜悦、兴奋和激情——被空间一次次地过滤了生命的时间和人类的距离到底有多远？然而，我仍然在策划我的时间，当我往下看时，有人正在策划着阴谋和诅咒，有人正在策划着魔鬼的谣传，有人正在发明一种快乐……而我却在策划着如何利用我影子的移动走到那群有铜铃后面的声音中去。如何仰起我的头来倾听世界独一无二的天籁之声。因此我早就忘记了我的敌人的面庞，也忘记了幸福的束缚，我应该在这午后，既然我还活在这世界上，我就有吟唱的自由，仿佛那些牦牛可以吟唱它们的自由时光一样。我愿意把我的午后时间留在尼西乡的那片牧场上，就像当年的红军把他们命运中的时光留在那座红军桥上一样。我离开那片山脉，我下山的路使我的影子变得修长，我再说一遍，我从未害怕过我的敌人，因为我的敌人面对的是我的自由，而自由就意味着我有才能把奔流的恒河的根基看见，自由就意味着我是草的影子，我是水的影子，我是荒无人烟的地方可以触摸到的一部杰出的寓言。此刻，我很快就丢弃了囚禁我的另一道影子，我很快就摆脱了那漫长梦幻的煎熬，我摆脱了那个置我于死地的敌人——因为对面就是我梦见过的鲜艳花朵的乐园；我摆脱了时间的骗子——因为我的存在只与那悠远的天籁之声有关系，只与那被我抚摸过的真理有关系。我下了山，会见了尼西牧场上的那群牦牛，领头的牦牛摇动着金色的梦幻中的铃声，它面对我——当然就像面对它的牧人一样亲切。接下来，所有的铜铃都发出了向我问候的声音，所有的仪式是那样简单，出自神的完美境界。这是我的午后时光，这是与我的敌人毫无关系的一次时光的印迹，这是一条明亮的道路，我在午后的牧场与一群没有牧人的牦牛从相遇到分离，我成为那群牦牛的朋友。于是，在我生命中的所有午后记忆之中，我听到过的天籁之音通过这篇文字带到了万古不变的真理面前，我听到过的一次天籁之音被我感受到的一阵阵芳香，会刺激那个衰亡的魔鬼的城墙，他的面庞犹如散架的希望，他从未有过灵魂，今后也同样没有灵魂，而我听到的天籁之音可以摧毁他的面庞。

回家的路有多远

一群牦牛正在寻找回家的路线，回家的路到底有多远？路在牦牛脚下，在它们移动的过程之中，我们人类也在寻找回家的路线。回家，尽管我们每天离家，尽管我们为了那不可看见的梦，曾经试图穿越芬芳的百合花，尽管伟大的赫拉克利特早就暗示人类，谁都不可能两次涉足一条河里的同一水流之中。

赫拉克利特早就是一名哲学家的漫游者，他游遍了他记忆中的种种途径，他死于传说之中的那次幸福的体验，在同一条河流之中涉足了一条河里的同一水流。我看见香格里拉的一群牦牛，想起了赫拉克利特，这位最古老的哲学家回家的路使我再一次变得无形。

尽管如此，我仍在追问，走在牧场上的那群牦牛它们回家的路到底有多远？倦意涌上来，倦意中我仍然跟随那群牦牛。香格里拉到底有多大？深藏着一切秘密的可能性，会使这个世界无边无际，我们认为进入了香格里拉的木槛，其实我们仍在门外徘徊，我们之所以用漫游的方式接近这个世界，是为了尽我们生命的渺小力量“为了一种铁的词根”，为了跟随那头领队的牦牛看到它以为可以到达的地方，为了保证我们未被看见的梦境有可能被篝火所照亮，为了我们从未了解过的语音像祈祷声那样永远变得缥缈，为了不可企及的幻想像爱情一样让人愉快，此刻，我们的游牧队伍就这样紧紧追寻那头领队的牦牛鼻息之下的每一次雀跃。

尽管如此，回家的路仍然是那样遥远，我现在明白了，越是自由的精神，就能产生漫长的道路，就像游牧的牦牛，它们自由地系着铜声出游心旷神怡的牧场，它们用自由的代价赢得了遥远的梦境及开阔的牧场，然而当它们寻找回家的道路时却是如此地艰难。所以，渴望冒险的勇士，历尽艰辛的梦想者——最后的安慰是保存了短暂的奇迹般的回忆。

尽管如此，我仍然想看见那群牦牛回家的路到底有多远，变幻着天气的云彩已经显得黯淡，牦牛们仍然摇晃着它们那天籁一样的铜铃声，仍然想把震撼人心的心灵之泉——随同轻风飘到牦牛们栖居的藏区去，飘到真正的一部正在翻开的书籍之中去，飘到笼罩天际的每片血红色的回忆之中去。

尽管如此，我们已经越过了一片巨大的牧场，此刻，脚下像是踏着棉花，这是疲惫的象征。在这漫长的疲惫之间，那群牦牛仍然用同样的方式，同样的天籁之声，同样的愉快时光寻找古老的哲人赫克拉利特的那次旅行：谁都不可能两次涉足一条河里的同一水流之中。世代交替的秘密此刻就在路上，似乎有赫拉克利特旅行中的沙粒在我们脚下，它发出的摩擦之声使21世纪的一双旅游鞋发出铿亮的光。

尽管如此，前面的那群牦牛突然欢快地奔跑起来，这意味着它们已经发现了回家的游戏规则，只有掌握了欢快的游戏规则，人类才能丈量“井然有序的天空”。牦牛也一样，在它们掌握的游戏规则中现在出现了欢快的声音，它们终于结束了一次自由的旅行，此刻它们带着天籁之声回到了藏区。

尽管如此，一种现实在此刻却产生了距离，当一群牦牛已经通过漫漫旅途寻找到了乐园，我却开始置身在此处。“一个人到了生命的某个阶段，习惯于把每个地点都视为可能安家落户的处所”，我，跟我过去的那个自我完全不一样，是那群牦牛回家的路启迪了我，是那个古老的哲人赫拉克利特的格言安排了我今天的居所。

尽管如此，我还得面对一条河流，当我辗转不能入眠时——这是我可以伸长梦境，可以随那顺水漂流的梦境，可以失去我的纤弱，失去我的虚荣心，失去我的面具——享受生活的最好时刻，谁如果进入这时刻，那么这个人一定会见过赫拉克利特的那张面庞。我呼吸芳香的空气，会见过了那张悲哀而智慧的脸，所以，我可以继续同那群牦牛一样欢快地寻找家园。

朝着夕阳下的藏地走去

现在是我被夕阳全部笼罩的时刻，假如在你的一生之中，你从未被任何一件事，一次隆重的告别，一次错误的离散，一次热烈的邂逅，一次有限的爱情……笼罩过，你当然也不会进入此刻的夕阳之中，在辽阔的香格里拉牧区，我忘了我是谁，甚至我早就将手腕上的表遗弃，因为我可以根据日月的移动来判断时间，而过去我是在穷尽想象力的情况下看着手上的秒针来计算时间。现在，夕阳把我笼罩着，犹如我已经经历过的一次隆重的告别的笼罩，发生在不该告别的一个地方；一阵错误的离散的笼罩使我得不到任何的慰藉；一次热烈的邂逅的笼罩使我抬头在一只夜莺的歌唱之中迷失方向；一次有限的爱情的笼罩在一夜之间彻底改变了我的命运……此刻，香格里拉上空的一次夕阳的笼罩，缓慢之中让我停滞在牦牛走过的路上，牦牛们留下的足迹保留着它们带着铃声耽于幻想时的形状。沿着夕阳下的藏地，我在暮色之中看见的是一个隐秘的傍晚，即将来临的这个傍晚——象征着藏族地区一个不眠的梦境，“不可捉摸的赫拉克利特的长河，它神秘的过程没有让过去流向未来，遗忘流向遗忘”，所以，我沿着藏地的一条小路，牦牛的足蹄和马的足蹄——引起了我的梦，在寻找一个傍晚的故事。

故事就这样开始了：一个牧民发现了我，紧接着是他的儿子，一个年仅 8 岁的男孩发现了我，不仅仅发现了我，还发现了我的伙伴，彼此在暮色中的藏地发现了一种简朴的问候。那个男孩雀跃而出，他看见了摄影师胸前的照相机和他的脚架，机器引起了这个男孩好奇的愿望，他把我们带到他的家。我的脚踝正需要一次小憩，我已经无力再显示一次自己的力量，是这个男孩把我们带到了一只巨大的火炉前，看见那些红色火焰——夕阳笼罩我的一次神秘的历程总算有了它最喜悦的燃烧。那个男孩此刻开始了解我们，他对我们的好奇感就像对摄影师的照相机和脚架一样热烈。终于，摄影师在火炉架前支起了他的三脚架，那是一个故事的开始，男孩站在三脚架前透过镜头看见了我们，看见了日日夜夜为他梦想而燃烧的三脚架，看见了他做牧民的父亲和母亲，看见了被烟熏黄的壁墙，看见了银色的茶壶，看见了微笑和心底的狂喜。此刻，摄影师让他按下照相机的快门，他的脸上出现了惊喜，那是一个被夕阳笼罩之后我看见的最幸福的狂喜。摄影机唤醒了那个男孩的一种希望，他希望一次又一次地透过镜头看见他现实的梦境，那些炉架上的火焰正将他牧民的阿爸阿妈的脸映红，以某种永恒的方式，他又一次果断地按下了快门；他希望他的灵魂可以在镜头上停留，于是他唤醒了他的牧民阿爸，那是一个缄默的牧人，只有在他的微笑之中我才会阅读到他的声音，他已经被他的儿子唤到了镜头架前，沿着夕阳中的藏区走去，给予我安慰的是牧民和他的儿子在摄影师的镜头之中看到的梦境和现实。男孩的阿爸眯着双眼，他的儿子显然是一个牧民血统的再版，在他们的血统之中潜藏着无穷的希望，那个牧民在镜头中看见了他日常生活的中心，他的藏族妻子正围坐在炉火前，为无穷无尽的希望而忙碌着，给予他们一家真理的三脚架正用它们旺盛中的燃烧状态，使他们一家获得了时光的秩序和快乐的结果……于是男孩的阿爸把男孩的阿妈也唤到了三脚架前，这是我意想不到的故事，这也许就是我沿着夕阳中的藏区看到的一个男孩和这个男孩的梦境。那天晚上，男孩和他的一家站在三脚架前用不同的角度感受到了他们生活在火炉前的秘密和快乐。那天晚上摄影师的三脚架和他的照相机给一个牧民家庭带来了无法言喻的快乐。摄影师为了满足他的愿望，决定在黎明到来时，把他的三脚架支在牧场上，这样就能让那个狂喜的男孩，那个一夜未眠的家庭进入晨曦的一次笼罩之中去。此刻，我正在那个男孩的狂喜中向你讲述这个最简单的故事，好让我的安慰可以感染你。

我看见的青稞和牦牛

黎明刚刚从一抹粉红色的朝霞之中移动在藏区的一角隅，男孩就在狂喜之中跑着——穿过一大片湖泊，他要把摄影师带到他经常放牧的那片草甸子上去，因为那就是他的天堂。他跑得那样快，在牧场和藏区，这是我唯一看见的一个男孩，为了看见他的梦境，他遵照一种神给予他的速度而奔跑，接下来，他的跑影响了他的牧人阿爸和阿妈，他们也在他身后开始跑了起来。而我呢，为了跟随那个男孩的梦境展现在镜头上，为了那抹粉红色日光不会尽快消失，我也开始跟在他的身后跑了起来，整个黎明之下，都是一片巨大的跑场，一片九月金黄色的跑场。

昨晚，我们每个人都是不眠者，牧民的一家因为在摄影师的镜头中看见了他们的日常生活而不眠，而我们则是因为看见了牧民一家因为一只摄影师的镜头，因为一支意外的三脚架给他们带来狂喜而不眠。两种不眠充分享受生活的欢乐，直到黎明降临，由那个男孩跑起来——用我们被整座藏区的透明，被那抹粉红色日出彻底笼罩的一个时刻，超越了时间。

时间现在已经把那三脚架和那只镜头映得一片火红，这是藏区牧场一个火红的时刻。那个男孩已经按照他学会的一种最简单的常识，眯着双眼紧贴着镜头，于是我看见一群牦牛已经开始出游，那群经历了一夜欢乐梦境的牦牛正出现在男孩所希望看见的镜头之中，他的又一次狂喜毫无疑问使他隔着镜头看见了一个框住的永恒世界。他按自己的心愿按下了快门，一个永恒的，不可能改变的牧场上的现实也就是他希望永远保存的梦境。于是他回到了牦牛身边，让他的牧民阿爸站在三脚架前——寻找在牦牛中的儿子，寻找那个即将像他一样成为牧民的儿子。他的阿爸的喜悦使那次按响快门的时刻变得有些迟疑，那是一个战栗的时刻，一个牧民在那群牦牛之间发现了他儿子的快乐。就像发现了他自己沿着牧场流向外面的一个梦，男孩的阿爸还是按下了快门。我知道这个瞬间将保留我沿着藏区寻找到的一个故事，在我所经历的故事之中，一个男孩，一个藏区男孩在镜头中把自己和他的牧民家庭永恒地放在了一个合适的背景之中，在这背景之中不仅仅有燃烧着火焰的炉架，还有一群出游的牦牛。

就在这时，我看见男孩的镜头正对准青稞架，青稞架，这是美丽而鲜明的背景，它把藏区的景色装饰成一种理想化的牧区。云彩出来了，香格里拉王国的云彩一旦缭绕在藏区，仿佛把我们眼里的牧场放在一片仙境之上，就这样，在这个早晨，我看见的青稞架和牦牛被藏区的这个男孩放在了镜头之中，这也许就是永恒的秘密，这个秘密像所有不可解释的秘密一样——确定了只有一把乐器才可以歌颂的旋律深处的世界。

世界也同时保存了这个秘密。

此刻，摄影师已经收起他的三脚架，在这个世界上美好的记忆之所以永恒，就因为它出现了离别：男孩的眼里出现了一种感伤，一种只有我才可以明察到的感伤。不过，摄影师已经保证过，他绝对会再一次带着三脚架和镜头，还有那些已经成为永恒的照片再一次回来，这多少给予了这个藏地的男孩子一次等待的希望。好像从我们离开牧场的那一时刻，男孩就已经开始了他的等待，哦，为了这种等待，男孩要在他的牧场和藏房之中策划多少秘密的行动，为了让这次等待快些到来，不断销蚀的日光会将一切声音和梦想变幻出色彩，那群牦牛和青稞架仍将陪同着他……

我们离开了。这是一场发生在牧场、青稞架和牦牛之间的离别，路的尽头有绵延的牧场，男孩把我们送到了一个很远的地方。我知道，我如果有机会再次与男孩相聚，我送给他的礼物是一只三脚架和一架照相机。我想，当我再一次见到男孩，我的生活一定与这片牧场有幸福的联系，如今我要让那个男孩学会去等待，如今，我已经决定离开。

第四章　香格里拉的雪山

神光漫游，几乎完全把我们包围，而如果我们使自己保持光泽，借助光的折射，或某种自我发光，抑或某些人会具有的透明度，我们就能照亮自己阴暗的一刻。

——梭罗

雪山下的升平镇

峡谷之中的迷宫闪开了，于是我们从虚无进入了升平镇。在遥远的年代，升平镇也叫阿得赛、阿墩子，这些名字来源于元明清年代那些寒冷而灰色的搏动，以及不可名状的展现在历史面前的一条条古道。在古道上有勇敢的捕猎商人，采矿商人，药材商人，皮革商人，他们汇聚在这峡谷中的迷宫，从事着冒险的职业，并从这些职业中获得了乐趣。所以，从阿得赛到阿墩子到升平镇，名字的变革将这座云南省海拔最高、最北端的城镇上升为迷宫深处的一座相聚之城。越野车翻越了让我产生不眠的夜的神山之后，我就置身在升平镇那海拔 3400 米的一块石头上，我落在了一块有可能是雪山花园的石头上，从一开始我就落入了它的名字之中。先是那个叫阿得赛的城镇，从高处往下看，那是一座深蓝色的峡谷，我似乎看见了那些捕猎的商人在寒冷的一个梦魇之中进了峡谷之城，到处隐藏着像雪山杜鹃花一样的香气，那些香气把一个捕猎商人的目光笼罩，使他透不过气来，然后是那个叫阿墩子的城镇，那好像是清末年间的一个黄昏，跟我此刻置身的黄昏一模一样。一群药材商人赶着马帮进城，从马背上弥漫出来的芬芳是不可思议的事物的芬芳——它保留这座阿墩子城镇一夜之间产生了神奇的秘密，到处是芬芳，把每个阿墩子的人的心灵都重新渗透了一遍；然后是升平镇，很简单，这个名字的更改意味着那个捕猎商人已经消失，意味着那个药材商人已经消失，然而从雪山跋涉而来的一只雄俊的雪山虎经常会消失在升平镇的灯光之中，许多动物也会消失在升平镇的灯光之中。这里是著名的古道，可以从融入虚无的日月之道中看见通往喜马拉雅山脉的一条充满冰雪的道路。就这样，我的身体落在了升平镇的一块石头上，落在了昔日的赶马人和捕猎商人经过的花园之中，我睁开双眼，伙伴告诉我，升平镇就是德钦县的政治、经济、文化教育中心。

我回过神来，当升平镇进入我视线时，我就开始迷恋上了这座城镇，一座从峡谷深处的迷宫中闪现出来的城，一座海拔3400米的城——蕴藏着多么神秘的时间年表，还有那些已经消失的捕猎商人、茶叶商人、盐巴商人的商队经过时变幻万千的景色……于是，“我多么怀念那一条两侧竖立着矮墙的大路，和在旷野中的一个平常的日子、一个没有日期的日子里，遮蔽了初显的晨曦的那位魁伟的骑士（身披长大而破旧的斗篷）……”的场景，那个在雪山脚下用银光闪闪的晨曦和黄昏召集马队抵达它的城镇，此刻正召唤着我，抵达它那静谧而纯净的土地。我开始迷恋它的黄昏，每条小道上汇成了错综游戏的中心，依然可以看见阿得赛、阿墩子古代的商人出没在这里，他们披着各种各样的披风，在这个九月的日子，无疑是在交换着他们的游戏之谜……雪山下的升平镇确实像一座迷宫，万古不变的语言仍然在每一条窄小的小道上召唤着金光灿烂的钥匙。夜色上升之后，我看见了一群群香客，他们来自这个地区的任何角隅。啊，想到角隅这个词，我当然会想起没人梦见过的那些与魔法师的气息有关系的词汇，它们就像是容貌、薄雾、遗忘、回报、豁口一样只可能在那一瞬间停留而产生了往事，不停流逝的时刻，而在另一瞬间则不可能产生任何一个比喻。所以香客们来自魔法师展现生命的镜子所照耀的任何一个浩渺的地方，它就是有傍晚交织的角隅，它就是有精灵闪现的角隅，它就是香客们可以手举神灯历尽艰辛朝圣的角隅——只有从任何一个角隅才可以抵达魔法师用镜子闪现出来的迷宫，比如，这座升平镇。升平镇也同样是雪山脚下的一个角隅，它是我看见过的最小的城镇，然而却是我看到过的神秘而清晰的城镇。

从阿得赛那个神秘捕猎商人的消失，我感到了它遥远将来的那座学校的日出；从阿墩子那位孤独商人的消失我感受到了升平镇那个古老守望者的忧伤；从这里到升平镇的午夜，“我紧闭凡俗的眼睛，不敢看那明丽的容貌……”

梅里雪山

梅里雪山在哪里？在这个名字之中有我们的多少梦境无法抵达的多少等待。在涌进升平镇的香客们步履蹒跚的身影之后，走着另外一个香客，我就是那个渺小的影子，此刻却被那个无法抵达的梦境所折磨着。我只好跟在一群香客身后，而当我仰起头来，我们就在雪山脚下。梅里，那“药王之山”——那些神秘的傍晚带来了幻想的音符，远古的植物似乎可以使干燥的喉咙顿生清凉，这就是“药王之山”的秘密，我此刻看不到那些植物，但依稀可以嗅到药草的美妙之味——沿着升平镇的夜环绕着我。那一夜，对我是一段漫长的煎熬。一夜的时光终于将我的等待变为了现实。六点钟我们已开始出发，梅里雪山在哪里？

梅里，就是深深插入云南和西藏交界的怒山山脉，仰起头看这段山脉，我感到眩晕是因为神在其中，在人类进入睡眠期时精心设计出了有穹隆、有祭坛、有尖塔、有圣殿的崇拜之物。当我仰起头来，在这座复杂的北南朝向的庞大雪山群体，我如果往北看去就会看到那称为梅里雪山的地方，它晶莹，透着星宿的美，可以给我们带来惊喜的那种美；我如果往中段看去就可以看见被称为太子雪山的地方，同样是晶莹，是演绎月亮的一个寓言，是注定要让朝圣者仰起头来看到的美；我如果仰起头来往南边看去，会看见被称为碧塔雪山的地方，岁月流转的美，月亮过分痴迷的晶莹之美……总之朝圣者把坐落在德钦县境内的北段、中段统称为梅里雪山，即可以崇拜的神山，即深藏着神的声誉、神的颂辞、神的足迹、神的话语的山。

很显然，我一生中注定要朝拜这座有神韵游动的梅里雪山。什么是朝拜？朝拜是依托着我们的梦想正在感受到的一种喜悦，是引导我们的梦想沿着思想的轨迹，被时间的每分每秒改变色彩的某一种倾向，是一面静止的镜子在我们人生的旅途可以照亮的失眠，也许那次失眠就是一次飞跃——沿着神秘的喜悦，因喜悦而涌出的露珠，因喜悦而产生的琥珀色，以及我们在白天和夜晚相交的那一瞬间突然感受到的眷恋，还有带着“自己的声音，自己的名字，对往事的不断回忆”，还有带着自己的母语，注定要使我们用动词和形容词来暗示世代交替的母语……这也许就是我的朝拜方式，此刻，我就在仰望着梅里雪山。

我在看见中日登山队的墓碑时，似乎已经进入了 1991 年 1 月 3 日的卡瓦格博峰的南侧，17 名登山队员全部遇难的事实，使我的心情忧郁而倦怠。我钦佩登山队员的勇气，在某种意义上来说，17 名登山队员同样也是朝圣者，是按照自己的方式——摆脱了自己肉体的畏惧，摆脱了“自己的声音、自己的名字，对往事的不断回忆”的一次历史上最有勇气的朝圣。然而，梅里雪山矗立着，它拒绝自己的圣地被人征服，因为梅里雪山是神山，那无所不在的神并不想让自己的梦境被别人打断，17 名中日登山队员全部遇难，他们带着自己的肉体，“自己的声音，自己的名字，对往事的不断回忆”去朝圣，同时也想征服神山的高度，他们失败于他们无法超越“曙光的重负”之中，他们失败于他们无法进入的一次与神山的相聚，他们失败于他们无法战胜的一次冰雹就像人无法战胜一根火柴所点燃的世界……

我们都在朝圣，而我只想远离梅里雪山，我只想站在神山的梦境之外，我对神山怀着一种从未有过的敬畏，也许是一种从未有过的从梦境到梦境的呼唤。我们的越野车可以攀越种种距离，我们在香格里拉的

牧场看见了牧人、牦牛和青稞，我们曾经在澜沧江大峡谷寻找那群兀鹰，最后我们真的看见了一只灰色翅膀的兀鹰在岩墙上筑巢……应该在我的朝拜之旅上带上我的面孔，于是，我让我的真实形象面对着梅里雪山而显现，我显现了我的怯懦之后再显现我的善变，显现了我的善变之后再显现我的深情，之后我才显现我的喜悦，仿佛在那一瞬间，在看见梅里雪山的那一瞬间，在我的喜悦之中感受到了放在诗集之中已经装帧成册的那些花瓣，以及在我每一个失眠的午夜所面对的无尽的奢望……

凌晨的卡瓦格博

我显然是最幸福的人，当我作为一位香客把手中那束散发着幽香的，因为旅程而早已弥放的香气点燃时，香气环绕着一条幽色山径向下飘去，就在那时，我看到了凌晨的卡瓦格博，它确实是白色雪山的王，是白色雪山至尊至贵的王。日出使经过了漫长黑夜的卡瓦格博峰带着那“可能是一块柱石或一次战役，或一片天使聚居的天空，或一个神秘而又必需的无限境地，或一个我们看不到的神祇的欢欣，或另一块苍穹里的银色星系，或一个没有玫瑰形状的硕大无朋的物体”出现在我眼前，我想从我手里飘曳而去的一个香客敬献给卡瓦格博，在这个黎明时分的有松枝轻拂我梦境的一次日出之中，我敬献的幽香已经散发出我的秘密从雪山之下飘曳而去，它会到达卡瓦格博的身边吗？我仰起头来，在我渺小的姿容之中注定了要承受梦境给予我的折磨，那些淡雅的折磨，有时候也是浓烈的折磨，比如，在进入香格里拉王国时，一路上我总是做着这样的梦：我想站在卡瓦格博的白色雪山之下，这是一种来自神灵的期望，有神灵告诉我，真正的卡瓦格博他置身在白色茫茫的远方，在河流之上，在一切镜子之上，在每个黎明和每个傍晚交织的梦境之上。所以，这就是我作为一个朝圣者可以站在雪山之下，仰望卡瓦格博峰的喜悦。

这是迄今以来我仰望中看见过的世界上最美丽的雪峰。卡瓦格博是谁？没有传说中编织出的让我们神魂颠倒的魔法，在不同的传说之中，有一个重要的主题是永恒的，人们之所以朝拜卡瓦格博峰，是因为在一切传说之中卡瓦格博是一位英俊的神：他手执长剑，剑使他伸张正义，剑光使他闪烁着梦想，他身骑白马，那是一匹从未被尘埃浸入的白马，那是一匹他可以在稀薄的冰川上驰骋的白马。还有他的面庞，我相信，没有一个人会看见过卡瓦格博真正的面庞，然而每个人都透过卡瓦格博峰看见了在那个极乐世界向我们世人所仰起的那张英武的脸，如此动人的脸，给我们带来了仰望者的惊喜。

我在寻找洛克所伫立的地方，在玛尼堆的每个位置上我都在寻找着洛克的足迹。20 世纪初的那个早晨，洛克下了马，他牵着的是一匹可以在卡瓦格博峰的雪山脚下抵抗寒冷和梦魇的中甸马。我曾经梦见过洛克手中的缰绳，这个了不起的美籍奥地利人类文化学者，在 20 世纪初的那个早晨，他手中的那根缰绳突然从他手中下垂，缰绳下垂到雪山脚下。洛克，那个被不可预测的未来放逐到梅里雪山脚下的人，那个冒着 20 世纪初的危险把梦境变为现实的人，终于让他的缰绳垂在雪山脚下，当他仰起头来时，他是一个朝圣者，他不仅仅朝圣梅里雪山，他还朝圣神圣的植物，他还朝圣具有水、火、土、气的人类……我站在那块石头上，我想这块石头所在的位置也许就是当年洛克伫立着，仰起头来寻望远方的地方。当他仰起头来时，就在那个早晨他看见了卡瓦格博峰，他的喜悦使他忘记了别的事物，忘记了忘川的流动，忘记了在不久之前看见过的黑陶，美镌刻在他心灵。

卡瓦格博峰就在我仰起头的每一个时刻不断地变换它的亮光、色泽，因为亮光与色泽的变幻毫无疑问会给卡瓦格博的极乐世界带来新鲜的梦境，神同人类一样在时光的移动之中同样需要梦境。这样，卡瓦格博峰在一层层白色的图形之中，使我们再一次看见了日出所罩住的时刻，他像是在昨夜的最古老的沐浴之中看到了银白色的女人，那个著名的女人就是卡瓦格博的妻子面茨姆，因为这个美丽女人的存在，卡瓦格博可以在无穷无尽的变幻之中到达极乐的境界。所以，我在这次日出的

笼罩之中看到了卡瓦格博度过了幸福、缠绵的一夜。这得以使我们看到了那神光流溢的卡瓦格博峰，那处处被喜欢所变幻的山峰。

洛克伫立在此处，所以他看到的梦境传达给了詹姆斯·希尔顿，他在梦境之中复述了卡瓦格博峰是“世界上最可爱的山峰”，是“美妙绝伦的金字塔”。此刻，我仍然仰起头来，除了朝拜卡瓦格博峰，我也在朝拜面茨姆峰。

面茨姆峰醒来了

面茨姆峰已经醒来了，她的一缕缕香气倾诉着她幸福的梦境，她在传说之中是大海的神女，从海洋之中漂泊而来的神女此刻就在卡瓦格博峰的南侧。当她醒来时，她的美丽使我发现了梅里雪山的秘密，透过朝拜的距离，我发现了面茨姆的面庞，那张无与伦比的脸，可以让卡瓦格博在与她的幽会中独一无二地享受香气、声音、乐器、风声、花园、彩虹、动物、星辰、手指、嘴唇有关系的极乐世界。她的传说使全身铠甲的卡瓦格博沉浸在拥抱她时的眷恋之中，她的脸，曾经被卡瓦格博千百次地抚摸过，他之所以抚摸她，是因为在他看来：“她就是一个神祇的女儿和另一个神祇的母亲。”

在有一种传说之中，面茨姆为玉龙雪山之女，因为爱情，她从另一座雪山乐园来到了梅里雪山，然而尽管卡瓦格博给予了她无限的爱情，她仍然思念家乡，面向家乡，每当她思念家乡时，雪峰上总是被云雾笼罩着。从远处往上看，美丽的面茨姆身披白色的面纱，这是一块掩饰着神韵的面纱，我没有想到面茨姆刚刚醒来，就披上了面纱，现在，在我们与面茨姆之间有一层薄薄的屏障，这样我们就可以依据这层屏障想象屏障之中的面茨姆正在干什么，如同所有美丽的女神一样，面茨姆度过了一个爱情的夜晚，她的醒来意味着她想过一种秘密的生活：她开始面对镜子梳妆，这是一个无法进入的时刻，但却可以猜测。我想，面茨姆梳妆台上的那面镜子也是一面魔镜。

在魔镜的照耀之下，面茨姆已经真正醒来了。一个女神生活在白雪茫茫的冰峰，在所有女神的住址中，这是一种最纯净的选择。今天，面茨姆坐在魔镜对面，听到寂静的山峰一只白色鸟的翅膀，听到了那只鸟飞进她的窗扉，正如进入了她神祇的史诗之中，她开始了在魔镜中梳妆自己的容颜，开始被那只鸟迷住，而那只鸟已经是卡瓦格博峰巅上历经了光明与风暴的鸟，也许是卡瓦格博心爱的信使……面茨姆面对那只鸟开始掀开了她的面纱。

这就是我有幸看到面茨姆那容颜的一刹那，银白色的面纱掀开之后，面茨姆面带圣洁而秘密的微笑看着雪山脚下的朝圣者。那时候，我产生了照相的念头，我产生了与那张女神的容颜合影的强烈念头。在香格里拉王国，摄影和被摄影都被某种激情所牵引着，在雪山脚下，我开始寻找我们之中的摄影师，他此刻正置身在一个寂静的岩石上，他的三脚架不可思议地支撑着他的照相机。那是一块危险的岩石，摄影师之所以选择它，是因为从那个角度可以看见卡瓦格博山峰的雄峻，也可以看见面茨姆峰最秘密的地方。在每个地方都有摄影师，他们除了是一名虔诚的香客之外，也是一名捕捉神祇的大师。

女性执迷于卡瓦格博山峰上那个遥远的神，那个纯粹的梦中之物，她们让照相机镜头对准自己，实际上是想留住卡瓦格博山峰的露面，她们想进入神的世界去，或者想回到家后呼吸到神留在记忆之中的气息；男性久久地凝视着面茨姆峰，当她被面纱所罩住时，他们为女神的那种朦胧的容颜而寻找想象的芬芳，当她一旦掀开了面纱，他们便举起了照相机，每个男性都希望与美丽的面茨姆合张影，哪怕仅仅是一幅被虚幻所笼罩的记忆和会面。我寻找到了摄影师，既已经被卡瓦格博峰的雄峰所迷惑着，我也同时被面茨姆峰的纤纤雪花笼罩的灿烂容颜所迷住，所以我要选择不同的神，我要留住这次短促的会面。在我记忆之中，从来没有一次留影像此刻一样庄严，从空中飘飞的不是雪花而是一种神祇的芬芳，也许是卡瓦格博献给面茨姆的雪山玫瑰，那雪一样的白的雪山玫瑰，来自梅里雪山的一只巨大的花园之中，那些白玫瑰的花瓣被一阵风吹得纷纷扬扬，落在我的镜头上。我要留住这个永恒，留住我朝圣的往事以及对未来的向往，因而，我站在镜头里面，我知道“或者那个你曾经倾尽全力，日夜探究而终未破解的谜”就在眼前。

雨崩村

梅里雪山上的一座村庄当然不可能是世界上另一座村庄，我的手轻轻地滑过那张香格里拉的地图，绘有符号的地图在一片浅蓝色的雾幔中展现出各种各样的箭头，一只银色的小箭头指向了一座村庄：雨崩，梅里雪山上海拔最高的一个村寨，即称为经书裹起来的村庄。从看见这只银色的小箭头那一刻开始，我的心似乎已经去触摸那无法看见的被一圈经书裹起来的村庄。然而，去雨崩村必须准备好一双最好的旅游鞋，因为我们的越野车无法进入那座有时间，有经书，有瀑布，有几十户藏民的村庄去。事实上，我早就已经为这趟香格里拉的旅程准备好了一双诗意荡漾的旅游鞋，一双红色的鞋子——好使我去寻访“我在梦幻的镜子里隐约看见”的时间。突然闪烁在一卷经书上，在里面有一张张面庞晃动着，我无法去想象那些面庞是如何守候着梅里雪山，静止、忠实、不变地守候着梅里雪山。所以，我穿上了那双红色的旅游鞋，就像感受到了那卷经书裹起来的村庄在召唤我，对于编织着梦中呓语的人来说，这种来自雨崩村的召唤无疑有一种巨大的力量。出发对于我们来说早就不是梦中的一种语言，它是活生生的现实，沿着通往梅里雪山的一条小道，我想，那是雨崩村中的村民从内心深处走出来的一条小道，它是那么窄，可以让马行走，如果从远处看去，这条小道就像弯曲中的一条缰绳那样纤细。然而，一旦进入这条通往雨崩村的小道，我们的心情就像在经历着那只轻轻移动的银白色的箭头的引导，它引导我们面对着一条道路的原形——进入了雨崩村的地域之中去。路上陌生的植物在这个秋天仍然茂盛，它并不比玫瑰给予我们的那种抒情性强，相反，通往雨崩村的小道上盛开的那些小花使我感受到了在每个时间的秒针之下，神灵安排的树枝和花草——更接近我们人类最抒情的那种本能。我有一种强烈的本能想尽早地通过这条小道上的树枝和花草感受到雨崩村离我们到底有多远。于是，那只银白色的小箭头的轻轻移动，产生了让我渴望的那种轻盈的魔力。我终于看见了雨崩瀑布，它是一条秘密地挂在梅里雪山之间的银色幕帷，也是一匹晶莹剔透的衔接着香格里拉梦境的银链。看见雨崩瀑布仿佛看见了卡瓦格博尊神从上天取回的圣水，我喝了一碗圣水，并按照传说在圣水的照耀下，开始占卜我今后的命运，因为依据这一传说，圣水可以照耀我的未来，并帮助我消灾免难。所以，香客如朝拜梅里雪山，必须在雨崩圣瀑布中沐浴。噢，我应该怎样珍惜这次沐浴呢？时光在耗尽着我们的力量，但如果你有机会在雨崩瀑布中沐浴一次，你就会沿着神祇映现幻影的地方，看见自己躯体的镜子，那面看见的镜子会给予你无穷无尽的力量。

当我们看见雨崩村的时候天已经黑下来了。卡瓦格博创造了这个梦境，只有几十户人家的村寨，就像早早地就进入了逝水一般的宁静之中。慢慢地，我开始进入了他们的一缕缕炊烟之中去，一个从窗口探出头来的藏族姑娘看见了我，她那音乐般的怯笑，随即给我带来一种气息，一种象征，一种已臻完美的图画。那个给予我们怯笑的姑娘就像精灵一样突然站在我们面前，她仍然怯笑着，看上去只有 10 岁的小姑娘到雨崩村来干什么？寻找谁？我们所有人在那一刹那都把这个姑娘当作了我们寻访的人，一个从雨崩村突然跳出来的精灵，一个年仅 10 岁的姑娘就这样把我们带到了她的家。仿佛有梅里雪山的神祇密布在她的家，我想起了那卷经书，人们称雨崩是——经书，那么，她的家就是经书裹起来的圣城。姑娘捧着一只银钵来，里面放着奇异的水果，那些我们从未见过也从未品尝过的水果，仿佛是在雨崩瀑布的圣泉滋润过的果实，它散发出从未有过的芬芳；我们就这样品尝着水果在那个傍晚进入了雨崩村的经书紧裹的梦呓之中去。在那个小姑娘的大家族里，我们有机会认识了她的老祖母，那是一个九十多岁的老人，却像一个保存着潮湿晶体的器皿一样，给我们带来了与雨崩村有联系的一切歌谣和传说。

我在那个有树叶和果实散发芬芳的梅里雪山之间的村寨突发梦境：坚信香格里拉就在此处。

明永冰川在哪里

沿着苍凉的澜沧江河谷就能看见明永冰川，它因为梅里雪山而成为著名的冰川。从海拔 6740 米的卡瓦格博峰往下，我们看到了一条神祇渴求的冰川之路，它被神祇安排在明永村的上方，那条银白色呈弧形的，有着密码和痛苦的冰川竟然会一直延伸到 2660 米森林地带……我举起了镜头，在被框住的镜头里，明永冰川正在化为一支广阔无边的梦幻曲，它冰冷吗？它为什么那么绵延，用它独特的姿态绵延了 11.7 公里，我所框住的这座冰川竟然有 11.7 公里的距离，而它的宽度是我的镜头无法框住的，因为在它的宽度中有 520 米的迷人的形体使我的镜头无能为力。这个世界上罕见的纬度，低海拔季风海洋性现代冰川，使我的这次旅途增加了一种无法测定的闪光的渊源，这是如梦如幻升起的一道现代冰川，在这样晴空灿烂的秋季，通往明永村的道路幸运地为我们敞开着。明永冰川在哪里？越野车又进入了一条条危险的道路，我们在澜沧江的岸上，感受着一阵阵欢乐的源泉同时也感受着冰川的诱惑。更多时候，明永冰川从我们的镜头中消失了，在我看见了斯农村之后我知道离明永冰川已经很近了。斯农村是澜沧江河谷上一座房屋密集的村庄，车子从它身边经过时，我看见了斯农村小学的红旗，那杆红旗高高地插在小学校园的红泥土墙上方，正迎着澜沧江河谷上的一只鹰迎风飘拂。看见红旗飘扬，就像用我的母语反映着一种飞行或翱翔的感觉。我有种激动，仿佛在红旗与我的母语之间有一种生机蓬勃的抒情，而当我转眼看见了红色的澜沧江水，心灵的抒情正沿着那条危崖中的道路，转眼之间，我们就看见了明永村。“明永”即生活在火盆之中的村庄，它终年被四周山峦起伏的火焰所笼罩着，那些从火盆中上升的火焰炙烤着明永村的房屋，因而他们的藏房看上去就像被火焰熏过，一年年的熏烤必然使藏房的色彩变暗，仿佛从那褐红色中可以看到明永村50多户人家那隐秘而等待的生活。他们在等待之中已经有了一代又一代的赶马人，在旧时代里明永村的赶马人就是沿着火盆笼罩村庄来到了澜沧江的古道上，与外面的汉人交往，所以，明永村的男男女女都会用汉语表达他们的感情。我们的车停在了明永村的村旅游所在地，我看见了一条奇怪的河流，沿着明永村往下流动，这就是从明永冰川上面融解的河流。我将手伸进河里，触到一种巨大的冰凉，无论明永村的火盆如何炙热，那河水依然冰凉，就这样我已经进入了明永村并用我的手指接触到了冰川所融解的——那深蓝色的一条河流。

有30多匹马跃入眼帘，那些藏族年轻男女已经像他们的父辈一样学会了敞开怀抱，迎接那些朝拜明永冰川的外地人。所以当他们走过来，用汉语表达出他们有韵律的笑声时，我已经知道去明永冰川的道路是一条艰难的道路。我们骑上了马背，我骑的马属于一个年轻的藏族小伙子，他牵着缰绳走在我前面，他有卷曲的黑发，皮肤被火盆里的火焰熏过，使我想起印第安人中最年轻的那个男人，他可以保持自己神秘的习惯，又可以敞开怀抱迎候那些荒原上冒险的美国白人。他偶尔会转过身来，给予我一个微笑，他的微笑使我感觉不到去明永冰川的路有多艰难，有时候我会置身在那条有着茂密植物的小道上，红色的野藤会绊住我的身体，这处情景使我的内心有一种饥渴感。当红色的野藤从树的枝干中间伸出来，我的饥渴是想触摸到时间，那正在把我带进所有古老的水和植物的原型之中去的一分一秒的时间。那根缰绳在阳光下晃动，事实上，即使不要那根缰绳，我也是一个马背上的人，可以坐在马背上，支配路的每一种渊源的变化。然而，我喜欢那个年轻的藏胞牵着那根缰绳，因为这样我就能看到明永村的一张面庞和一道影子，因为牵着缰绳的他偶尔会回头给予我一个微笑，这使我可以透过微笑，营造一个明永村的年轻藏胞的故事，营造在一条通往明永冰川的路上，明永村的这个年轻人把我引到了一个永恒的时刻，“我找到了一个缺失的字母，上帝早就知道的完美形式”。

缓缓融解的冰川之谜

曲折蜿蜒的冰川向我逼近，我下了马，竟然忘记了与那个藏族年轻人告别，而他的消失是注定的，他把我送到了被梅里雪山的神祇所营造的一座迷宫，他必须从这座迷宫之外消失。这使我感受到人生的许多意想不到相逢的面庞都会在一瞬间消失，它为我们的记忆提供了珍贵的时刻，我会在某个有围墙和窗户的路途之中回忆这个时刻，回忆明永村的一个藏族小伙子的一张脸上的微笑和他手中的那根缰绳。但愿我的回忆不会增添他的焦虑。

现在我正在凭借一阵热风往明永冰川上走，我已经忘记了，在过去的时光之中，与各种事物和人进行交流时使用过的那种钥匙，因为面对冰川我必须寻找到另一把钥匙。起初，我听到了冰川融解的声音，天啊，倘若在这个声音中你可以像进入梦一样包藏那无所不在的声音的音乐，那么，你现在就会使用你的耳朵，我再一次想起了梭罗面对他的康科德时产生的激情：“为什么我们的一生及其景象不该如此美丽而鲜明呢？我们的生活都需要一个合适的背景。我们的生活应当像隐士的生活给人以深刻印象，如同人们看到沙漠里的物体，看到漫无边际的地平线上一根断了的树干或一丘崩溃的土冈。”我此刻把我的耳朵贴近冰川的一次次融解之中去，上帝为什么让我们人类具有耳朵，必定有上帝的安排，上帝想让我们用耳朵倾听到宇宙之间，昼夜与水火，色彩与金属的结合，它们在互为结合时必会产生音乐，声音就来自音乐本身的组合。我正在使用上帝给予我的耳朵，面对明永冰川，我来到了它的一个角隅，这是明永冰川上被魔幻所映现的一个幻象。晶莹的冰川在融解之中缓缓地发出各种声音，伟大的事物总是包含着它的缓慢性，在过去、现在或未来之间，我们始终不渝地用一分一秒超越了那些遗忘的时刻，我的耳朵在这里，因为我的耳朵倾听到了一种融解之中那些随同马匹、套索、明永村人，为一切不为人知的事物所产生的音乐——我在这音乐中沉迷，不仅仅用我的耳朵，还用我的身体，开始缓慢地在音乐中看见了令人眩晕的顶峰，我开始伴着明永冰川的缓慢融解跨越了一座冰桥，这是迄今以来我第一次跨过冰川凝固的桥梁。此刻，我从那些城市钢筋水泥大桥上丧失的灵感，重新得到恢复，它产生于我跨越那座冰桥的那一刹那，所有用来挫败人灵魂的阴谋丧失了全部的意义，跨越明永冰川的冰桥，我已经重新寻找到了“顺着世界的历史不停地奔流”的一条冰川，它给予我的不仅是焦虑，而且还有伴着焦虑而产生的深渊，伴着深渊而产生的激情，伴着激情而产生的炽热，我在这个炽热的时刻产生的深邃。这使我在冰川深处看见了雪白的纤细的冰芽、冰笋。我忘记了那些用衰竭的声音束缚我的监狱，也忘记了那些在黑暗之中窥视我的眼睛，我的欣喜在看见雪白的纤细的冰芽时已经使我寻找到世界的蓝图，我的怯懦在看见那些冰笋时已经产生了无名的词语，冰笋竟然也会在明永冰川上产生，这不仅仅是伟大的奇迹，同时也是神祇的另一种想象力，神祇让想象力在明永冰川上营造出了没有迷惘，只有希望的时刻。

每一次从冰川上向上伸长的冰笋、冰芽会使丧失希望的人们寻找到梦想的规则。

而冰川却在缓缓地融化，令人奇怪的是即使它每天、每分每秒都在融化，却依然保持着永恒的形象。按照正确的融解速度，明永冰川年融水量竟然有 2.32 亿立方米，在这座面积为 13 平方公里的冰川上，我们正沿冰川冲刷的纵深向上攀缘，每一步都像是在茫茫冰川上寻找新的冰笋、冰芽还有冰凌、冰洞，尽管如此，冰川的两边都是百年的古柏，还有那些有神灵附体的巨石终年守候着冰川。玛尼堆上的佛幡使我终于找到了那些朝圣者无法解释的虔诚，以及无法解释的祷告。我站在玛尼堆下看着彩色佛幡犹如一次又一次在香格里拉的途中看见了那个包含着梦境的隐喻，以及它神圣的光芒。

哈巴雪峰上的杜鹃花

杜鹃花有过它们最灿烂的季节，而此刻，秋天我来到哈巴雪峰之上，它的顶峰犹如银色的宝鼎让我们难以企及，朋友告诉我，如果你在杜鹃花盛开的时候来，你一定会迷失在花海中。这个季节杜鹃花已凋零，不过，我可以在进入哈巴雪山后想象那片杜鹃花，朋友告诉过，不是一片杜鹃花，是满山遍野的杜鹃。越野车到了山脚，攀越哈巴雪山的时刻已经降临，在这个杜鹃花已经凋零的日子里，我要看一看我会不会迷失方向。我已经多次在香格里拉迷失过自己，此刻我已经再一次准备好了用来迷失自我的那种激情。

现在让我们来看看真正的哈巴雪山在哪里。在地图上你会发现哈巴雪山就在玉龙雪山的对面，这个在传说中是两兄弟的哈巴雪山和玉龙雪山，大约是受了无限深远的声音的诱惑，他们都想用不同的、伟大的胸怀容纳一条人类的河流，于是，金沙江就这样挟裹着它一路的船桨、剑、盾牌和流沙从两座高大挺拔的雪山中间流过——这就是我们在午后和微微颤动的那个时刻看见的虎跳峡。哈巴雪山是在辽阔的喜马拉雅山的一次勇敢的魔幻般的造山运动以后向我们展现出的一座颂扬黎明和夜晚的高山，它在那次奇特的造山运动中、在一次黎明和夜晚的蜕变之中高耸入云。我抬头看见了那最高海拔的5396米，在那之上有茫茫雪峰，我们无法到达那雪峰，那是造山运动的神的一次伟大的胜利，而我也同样看不到最低江面的海拔，那个仅有1550米深处的渊源之境，我现在唯一可以做到的事就是触摸和向上攀缘。

据说，当你带着无限的激情向往一座山脉时，向上攀缘的方式可以使你触摸到那座山脉的字母和音节，哈巴雪山——是在偶然的一次造山运动之中升入云霄的山脉，所以它包含着至高无上的原型。当一个人向着一座山脉做攀缘姿态时，事实上这个人是在了解一座山脉的原型——它使我在攀缘的路上无意中看到了在海拔4700米左右的地方，一道悬挂起来的冰瀑，这是哈巴雪山原型的一部分。我抓住每一根藤蔓，身体变得灵敏，面对哈巴雪山，我必须让我的身体变得灵敏，我看见了哈巴雪山的另一条冰瀑，它正在阳光下向我们展览在那次杰出的造山运动之中一次魔幻般的时刻。它并不炫耀在哈巴雪山的这个原型的世界中一道灿烂的，有时候看去像是象牙白的冰瀑……我继续攀住那一道道的野生藤蔓枝，一次次地好让我的身体变得轻盈起来。终于，我已经让我的身体落在了一片杜鹃的枝叶之间，尽管这不是杜鹃开花的季节，但我的手还是触摸到了我可以迷失的一些魔圈，那些魔圈起初很小，后来突然变大。它罩住了我，这就是我在哈巴雪山的中途，在这座被那些沉溺于色彩的生物学家称誉为“世界花园之母”中的一次迷失。在我的迷失之中起初进入了杜鹃花盛开的印象之中，后来这映象变成一片开阔的花海，不同种类的杜鹃花全部盛开了。这是我看见的花，同那些看不见的玫瑰的红色、白色、粉色、黄色相比，这些杜鹃花显得如此真实，我要慢慢地迷失，我决不会迅速地迷失。慢慢地往杜鹃花的深处走，我还看见了一棵又一棵冷杉突然从杜鹃花海之中挺拔而出，我喜欢冷杉，我第一次看见冷杉树时也是在云南滇西北，在宁蒗泸沽湖边，那时候我才有18岁，那一片守候着泸沽湖的冷杉森林头一次使我看到了树的高贵姿态。现在，我想起了在不久之前的一次命运的回顾之中，我隐居在郊外的一座房子里，在那里我赞美着一棵冷杉和它那杰出的姿态时的夜晚……现在，我仍然在迷失，因为杜鹃花海正在我眼前为我洋溢着一次迷失自我的境界，我已经有多长时间没有在花的颜色之中入迷了，因为那些蕴含着时间的栅栏束缚住了我，因为那些逸事和如潮的人流束缚住了我，因为那些平庸和愤慨束缚住了我。

所以我此刻迷失在哈巴雪山的花海之中，尽管这里已是秋天，然而我一旦进入此地，如同那次造山运动的偶然，今天，在这个偶然的幻觉之中，我看见了世界的花海，世界的杜鹃以及世界的冷杉树把我长久地迷失。

植物标本的天堂

哈巴雪山耸入云霄的意义远远超过了那次神圣的、偶然的造山运动。我以前从未看见过这么多使我的躯体被震撼的秘密的现象。现在，请跟随我而去，了解和触摸我所看到的秘密现象在哪里。阳光一层层地洒在路上，我的手触摸到了在阳光之下挺立的一株株、一棵棵奇异的植物，它们宛如绿色的、黄色的植被迅速地向前铺展着。在海拔1700 ~ 2000米的虎跳峡谷，现在它那干燥的热河谷域正在剧烈地生长着可以让人类的脚在此被绊住的一种景象，旺盛的灌木草丛植被带正在绊住我们的脚，它的目的是为了绊住在生命圈里的每一个落日余晖的时刻，我们把那些植物称为稀树清香木、灌木矮黄栌等，当它们绊住我们的身体时，我回头望见了在虎跳峡的热河谷地区那些已经被岁月焚化过的一株株、一棵棵苍凉的树，我感受到了被绊住的身体轻轻地越过了这一切，到达海拔2000 ~ 2700米的另一个地方。从低处往上走，我感觉到了我存在于哈巴雪山的一种幽暗广袤的小径之间，我存在于那次造山运动之后的对于时间的迷恋之中，我存在于扑面而来的那些挺拔的云南松和常绿阔叶林带之中，我存在于那些树干上古老的青苔上的一次午餐之中。当我偶尔抬起头来我会看见一只鸟看着我，我同样用我的方式存在于那只鸟的注视之中。然后在一棵云南松的掩映之中我已经又到了另一个高度。在海拔 2700 ~ 3200 的温性针叶林带，在这个地域中的我有一种难以描述的骄傲，我现在向上攀缘的勇气到底来自哪里，我身上产生的那种不可思议的力量远远超过了我希望的那种力量。再一次把头仰起来，在哈巴雪山你会情不自禁地把头仰起来，越过了云南铁杉、华山松等一系列灌木和草株，我们被一次次绊倒，被这个世界的植物的灵性超越而出，现在我看见了在海拔 3200 ~ 4100 米的寒温性针叶林带，我喘着气，每一次呼吸都让我感觉到离天堂已经越来越近。我当然会想起在 20 世纪初叶涌进这片神秘莫测的梦中，寻找标本的那些英国人、美国人、奥地利人，他们既是植物学家，也是梦想家，他们曾经让足迹消遁在这茫茫的梦境之中。每一片叶子都是演绎天堂的标本，所以我不得不被这片有云杉、冷杉以及各种颜色的杜鹃和灌木丛所迷住，当一件事物和景象迷住你时，谁也不知道我们置身在何处，我们从哪里来，我们到哪里去。一系列的神秘事物纷纷在眼前脱颖而出：云杉、高山松、红花杜鹃、南方红豆杉、红桦树、白桦树……仿佛在它们的生命之间栖居着每一日、每一时、每一刻的时光，所有弥留残喘的景象和事物都与它没有丝毫关系，也从不会在这里流逝着残喘的音符，所以我不在此处留影，所以我是仰望者，是无形的人。还有那些海拔 3700 ~ 4100 米范围的世界等待着我们再一次仰起头来。在此境界之中，我们会忘记每一面镜子，每一次夜里的失眠，因为镜子与失眠都是在希望着我们的形体可以是一次抚摸惊世骇俗的幻境的一次机会，所以，现在我们面对的就是一次惊世骇俗的机会，当那些川滇杜鹃、宽钟杜鹃、大果红杉等植物，毫不犹豫地向我们展现它们的生命状态时，这种震惊让我有一天会魂牵梦萦。接下来，我们必须仰起头来看哈巴雪山的另一个海拔区域，在 4100 ~ 4700 的地带上我们看到了一朵朵绵头雪莲以及岩白菜，它们生长的状态早就已经摆脱了躯体的寒冷，它们乐于在这样的高度与寒冷一起创造一个浩瀚的乐园，所以，在哈巴雪山渐渐升高的地域，每一根植物都用不着你为它而忧虑，它们在每一个地域都可以让那些收集标本的梦想家，寻访到一座座鲜活标本的天堂，这确是一个只有植物可以居住的天堂。我们最后一次仰起头来看到了海拔 4700 米的地方，这个只有积雪覆盖而不生长任何植物的世界，是一个令我们感到极乐的世界，因为在这个世界中再也不需要任何风吹草动来埋葬在一次梦境之中失落的历史，在这个世界再也不需要一棵树和一株植物来缅怀我们梦中已经消失的事物。

当白茫雪山被秋色笼罩

秋色决定了我们去访问的山脉正在将沉浸在梦境之中的情景让我们看见。当我们的越野车进入了青藏高原南延部分横断山脉的中段，我看到了荷马、狄德罗、亚里士多德、苏格拉底吟诵过的时间的线条，它们将流传了许多世纪的线条愉快地歌颂，并在那种流畅的音韵之中得到了可以支配的自由。一个巨大的峡谷就在他们曾经吟诵的旋律之中降临，它的峡谷之中就是雪峰罩住的林海，在这种吟诵之中，一条金沙江秘密地与其支流珠巴洛河从雪山的一道道弯曲的垭口流出，它流经那些隐藏在雪原林海之中的村落，同世界上所有村落的特点一样，在这些坐落在白茫雪山林海的村落之中，居住着那些用青稞、牦牛、酥油茶的物质生活与世界人类携手同行的藏族同胞。

秋色染红了白茫雪山，我伫立着，看着那条条深长峡谷之中流曳的溪水，它再一次让我想起了梭罗，我在最平静或最激动的时刻总会想起梭罗来，在我想象的位置之中，梭罗在 19 世纪的此刻，在康科德河正在寻找着他寻找到的真谛：“河流是所有国家的天然公路，不仅为旅行者铺平道路，扫除障碍，提供饮水，载舟而行，而且引导旅行者穿过地球上最富情趣的风景、人口最稠密的地区，那里的动物界和植物界生机盎然，尽善尽美。”

访问一座雪山，必须去访问树叶和人，在秋色笼罩之中，我们穿着旅游鞋，整个九月，我的那双旅游鞋已经由红色变为褐色，它尽可能地帮助我的足迹引起时间循环的重视，好让我在长途的阡陌中不被变幻的夜晚耗损我的灵性。我们来到了那座叫霞若乡的村落，这是白茫雪山林区最低海拔的村落，在海拔 2080 米之中的这座村落住着的藏族人受到热河谷的影响，他们的面庞呈古铜色。我看到两个赶马人，正沿着热河谷的灌木丛小径走着，他们的寂寞是为了反映白茫雪山的宁静，他们牵着马沉默地行走，马背上有着让他们度过漫漫长夜的食物，他们已经走完了最复杂的道路。再前面就是那座叫霞若乡的村落，神祇让那悠远的花园高高在上，让动物的乐园也高高在上，好让我们人类在迷失之中看见那座高海拔的扎拉雀尼峰，它高至 5640 米深处。每当我们抬起头来就会看见三种颜色，最底部的颜色来自一条被热河谷洋溢的色彩，它来自那座叫霞若乡的藏族村落，它是与梦的自由衔接在一起的、沉淀在一杯青稞的美酒之中的颜色；第二层颜色来自那悠远的花园，从杜鹃盛开的絮语之中我们看到了神祇的花园，笼罩着秋色的花园；第三层颜色来自那群欢乐的动物穿巡的林海，它是沿着野牛脊背上的一圈圈曲线，留在动物的雀跃之中的清唱……

现在，我们站在白茫雪山的三层颜色之中，最底部是藏歌轻托起的一匹绸缎，它来自热河谷的那个母亲织布机上的幻变，它已经把那座热带河谷冰凉地裹起来，所以我感到一阵阵的凉爽；在中间一层的颜色之中，来自那座红色花园中的秋色似乎已经把神秘游走在林海的独角兽染红，好使那只金色的麋鹿走得越来越远；第三层的颜色对我们又有什么意义，我在动物的气味之中徜徉着，利用我的嗅觉看到那只金色的麋鹿是不是已经越走越远。

这座白茫雪山在 20 世纪的末期已经进入国家自然保护区的档案，我想起那本绿色档案，它里面一定有着被秋色染红的白茫雪山的轮廓。不仅如此，我想还有那只滇金丝猴，还有我们幻想中的那只金色的麋鹿的影子，它们已成为那本国家档案之中的风景。

所以，我钻进了茫茫林海，好让我的这次访问有不可更改的诗句飘荡上升，我的诗已经被秋色笼罩：我慢慢地进入了一座有雪覆盖的山脉，它的名字犹如它的躯体一样诡秘而代表着一切幽梦，尽我一切的力量，我代表我的勇气和这个秋色笼罩的白昼，所以我在林中搭起了帐篷过夜，好让我用絮语反映我们国家档案之中的那座山脉的颜色。

动物的乐园

总共有多少动物从白茫雪山这座没有栅栏的乐园之中蜂拥而出，我举起手指数着这些动物的名字，它们都有自己响亮的名字：云豹、雪豹、黑麂、拟兀鹫、金雕、猕猴、短尾猴、小熊猫、金猫、林麝、金钱豹、马鹿、水鹿、毛冠鹿、石貂、岩羊、高山雪鸡、白马鸡、铜鸡、白鹇、角雉、虹雉、豹猫、大灵猫、黑熊、棕熊、斑羚、獾、狐、兔……我的手在空中画了一道圈后回来了。

我看见的第一种动物不可能是云豹、雪豹，当然我渴望能跟这些勇猛的动物相遇在白茫雪山，因为对我来说，云豹、雪豹意味着白茫群山的“每一个不能成眠的焦躁的夜晚”，在这些夜晚，勇猛的云豹、雪豹迈着它们矫健的腿，有些笨重的腿，无始无终地在自己的圆圈之中奔跑着。多么焦躁的夜晚啊，那些出入于圆圈的云豹、雪豹却有着它们快乐的乐园。在我的这些旅行和访问之中，我注定了要与云豹和雪豹错过，最根本的原因在于我们有一种最古老的恐惧，不敢去面对生活在白茫雪山动物乐园的庞大动物，所以，我第一次相遇的动物是一只兔子，一只灰颜色的兔子轻盈地奔跑，尽管如此，它的奔跑已经让我看到了一只小小的动物无忧无虑的快乐时光。

与我们相遇的第二种动物当然不可能是一头头黑熊或棕熊，这些动物用它们的形象早已让我产生过期待与它们相遇的念头。今天，是一个什么日子，在我的想象之中，那些出入于白茫雪山森林的黑熊或棕熊，是出入于一种宇宙棋盘之中的最古老的图形，它们痴迷地转动笨重的身体，好让自己在宇宙的图形之中战胜每一道轮回的光阴。所以，我深信那一头头黑熊和棕熊正展开它们那笨重的四肢执意要在白茫雪山的乐园之中展开一场角逐，就像人类在角逐之中寻找到自我的快乐一样。黑熊与棕熊的角逐并没有决定谁是最后的失败者，所以，我注定要与角逐之中的黑熊或棕熊错过。因为我进入不了它们乐园的角逐上去，所以，我今天相逢的第二种动物是一只高山雪鸡，它有着彩色的羽毛，让我想起生活在西双版纳的孔雀来，雪鸡并不害怕人类，面对我们，它啼唏着，想让我们听清楚它的歌唱。

我第二次相逢的动物当然不可能是一头岩羊，在无数的属于香格里拉的象形文字之中，我都看见一头岩羊变成的象形文的符号，从一头岩羊的符号之中我似乎已经初步掌握了一头岩羊在香格里拉王国奔跑的速度。此刻，白茫雪山上的这头穿巡在乐园中的岩羊，一定在营造自己奔跑的幸福，我发现了追随它的艰难，与一头奔跑起来的岩羊速度相比较，我顿时发现了我们人类在奔跑中的缓慢是为了让幸福既有形象，又有文字留存下来……所以，我注定不能与那头奔跑在白茫雪山上的岩羊相遇，我只能看见了一只狐，顺着密林的一个幽暗小径，去寻访它的乐园时，一路奔跑着回过头来看了我们一眼。

在白茫雪山的动物乐园之中，我们只能度过短暂的一夜，我们注定不能与更多的动物，比如斑羚、水鹿等等奔跑之中的动物相遇。我们收回了帐篷，充分享受另一个白昼的阳光，我们想象着那些未曾与我们相逢的动物，它们注定不会生活在我们生活的地方，如果把白茫雪山的动物带到任何一座城市的动物园去，那些铁栏会限制它们奔跑的速度，会让它们迅速死亡。所以，我不再去寻找那头斑羚，在我的想象中，斑羚应该是白茫雪山中最习惯奔跑的动物之一，它几乎不会栖居，它的栖居方式就是奔跑。所以，在我的一生之中，这头斑羚的形象布满了我的有限的想象力，我应该轻轻地离开，再也不要用冒险的脚步声去惊动生活在白茫雪山乐园中的动物，在我认为，无论是雪豹、云豹、斑羚、岩羊还是大熊猫，它们都已经在这座乐园中习惯了不生活在人的声音之中，所以，我要尽快离开。不过，在我们转身时，我看见了那天在象形文的符号中游荡的岩羊，对于它来说，似乎已经与人类的悦耳之声有了某种亲切的联系，所以它敢于面对我们。

滇金丝猴在哪里游戏世界

白茫雪山上的滇金丝猴到底在哪里？过了很长时间，当我们收起帐篷准备离开动物乐园时，我眼前突然有一种攀缘的声音，攀缘几乎是整个人类面对押韵的语词，面对波涛翻滚的江河，面对亚里士多德的半夜升起的迷茫，面对想象中的殿堂，面对遥远的花园——创造出来的独特的声响。我是一个彻底的攀缘者，所以我熟悉这声响，它就在我周围，也许在我头顶，不错，我仰起了头，这种轻盈的攀缘声并没有让我们感到恐惧，两天来我们已经在白茫雪山习惯了倾听各种动物的声音，各种鸟类的啼鸣；两天来，白茫雪山的动物世界在我们眼前演绎着动物的生活状态，它们的情趣娱乐早就已经使我们融入了这种欢娱之中去。然而，我们从未听到过从空中传来的攀缘之声，只有金丝猴可以利用自己的四肢，像人类一样伸出手臂，一阵阵轻盈的攀缘声使我看到了空中的乐园，在一刹那，我们惊喜地发现了国家一类重点保护动物滇金丝猴，这简直是奇迹，连日来，我们曾经与兔子、高山雪鸡、岩羊等动物相逢过，但我们无时无刻不在期盼着看见滇金丝猴的影子，它们的身影在我的想象中一次次地出现。每遇到成片成片的云冷杉和桦木树我们都会四处寻找，因为滇金丝猴喜欢在云冷杉和桦木树中穿越，以寻觅树的嫩芽、幼叶作为它们的食物，所以我们悄悄地把我们的帐篷安置在离那么浓密的云冷杉和桦木树最近的地方。

滇金丝猴就在我们空中的那片云冷杉树枝上，它们诡秘的、灵敏的攀缘状态神出鬼没，它们结群活动，并没意识到我们的存在，这是一个不可思议的舞台，滇金丝猴具有非常灵敏的速度，它可以从一根纤细的枝干纵起到另一棵树上去，当它们嬉戏时，空中的云冷杉仿佛在为它们奏乐演唱，此刻，我看到了真实的滇金丝猴的乐园。在国家档案中，在那份有关金滇丝猴的详细记录中，可以寻找到白茫雪山的600多只滇金丝猴，现在，我听到了它们的嬉戏声，从它们嘴里吟诵而出的声音似乎可以一遍又一遍地演绎它们世界的同一个寓言，在那个寓言里，欢乐与自由可以超越一切短暂的噩梦，滇金丝猴当然也会有噩梦，它们害怕自己攀缘的世界被破坏，它们害怕经过一夜的黑暗眼前成片云冷杉和桦树林就会倏然消失。它们同时也害怕它们会落入一只笼子，被人出售到车轮和商人的花名册中去，因而，它们在嬉戏中时也在提防着那个噩梦降临。不过，最为幸运的是在我们看到的白茫雪山，有一个滇金丝猴的乐园，它们可以无忧无虑地嬉戏，无忧无虑地用它们的攀缘姿态了解梦幻，并生活在梦幻之中。白茫雪山的滇金丝猴为什么可以无忧无虑地在它们的乐园中嬉戏呢？我看见了保护区的一名工作人员，他有100%的藏族血统，他从18岁开始一直生活在林区。也就是从18岁那一天开始，他就已经开始了把自己的梦幻交给香格里拉的森林世界，他从每一棵树之间穿过，起初是守候着一片峡谷上的林海，他出入于林海的每条小路，度过了每一个空寂的黄昏，同时也迎来了每一个杳无人迹的拂晓。那片林海在他的守候下从未有一棵树在中途被折断，他执迷的理想把他带到了白茫雪山，他现在既是滇金丝猴的保护者，也是白茫雪山的守候者，他站在我们面前，古铜色的面颊仿佛已经被他的痴迷的幸福笼罩在其中，遗忘了时间现在或时间过去，他遗忘了自己有多大年龄，遗忘了回家的路，遗忘了寂寞和孤独，同时也遗忘了白茫雪山之外的那些喧嚣之声。所以，有了他这样的坚守者，我们看到的那一只只滇金丝猴才可以无忧无虑地嬉戏。

此刻，我们已经离开了滇金丝猴攀缘的那成片的云冷杉和桦树林，同时也离开了那个在白茫雪山的自然保护区内寻找神话的人，他的神话就是看见那600多只滇金丝猴每天的嬉戏生活，在这个神话之中，他似乎有无法享尽的快乐，无法向我们倾诉的文字的梦境。所以，在香格里拉，在香格里拉的白茫雪山，人和动物一样有自己的乐园。

第五章　香格里拉的茶马古道

这些大陆和半球我们很快浏览完毕，但总有片未经探索、广阔无垠的地区从头脑的每一侧逃逸而出，跑到比落日更远的地方；我们无法从大道或残旧的小径进入那地区，但在途中草儿立即生长，因为我们主要凭借自己的翅膀到达那里。

——梭罗

马蹄声从梦中传来

多少天来我们日复一日地经历着香格里拉的古道。在香格里拉，如果你想去访问梦境，你就得掌握着一个奥秘，只有从崎岖的古道上去你才能寻找到机缘和命运。什么是机缘，那些与你相遇的峡谷、牧人、澜沧江、幽梦就是你执意要看见的另一个梦境；什么是命运，你在香格里拉的草甸子上行走，你用无形的躯体，用忘我的状态，满怀激情地寻找，渐渐地你就这样意外地，不知不觉地，没有一点先兆地就进入了香格里拉漫无边际的灵魂之中去，这就是你的命运。

我的机缘或命运让我陷入了一条古道，那天晚上，我第一次在梦中听见了古道上的马蹄之声。在梦境深处的一片暮色深处，好几条古道互相交叉，那一夜我清晰地看见了马蹄印。在香格里拉的睡眠中梦见马蹄，即一种累积在历史中的人或事物已经渐渐地进入了我的心灵，我在那路面上的马蹄印中囿于一条无边的古道，囚禁着赶马人的古道……而我愿意就那样将梦继续下去，因为没有任何事物会产生魔力将我从梦中唤醒，那天晚上，我恰好在一场睡眠之中经过了澜沧江的水流和那道溜筒江，而且还沿途经过了白茫雪山、梅里雪山，我竟然梦见了多日以后看见过的那条古道上的石板，马蹄印已经清晰明朗地从石板之中轰鸣而出，足有二寸多厚……我们在个人历史中可以一次次地与“线、面、棱、锥、正方体、圆柱、球面、大海、波涛”相遇，但当我们在梦中与香格里拉的马蹄声相遇时，作为个体，我们已经意外地在那些二寸厚的蹄印之中发现了在香格里拉的一个荒僻无人的半夜，我已经生活在20世纪的上半夜，那时候我是那个触摸马蹄声的影子，我就是那个赶马人，那个在最荒僻的茶马古道上开始训练自己放荡不羁胸怀的赶马人。所以在我的梦境之中有一面镜子，那是20世纪上半夜我看见的由赶马人嵌入每匹马的额心上的圆形的小镜子，镜子一方面可以照亮路上的一切妖魔鬼怪的面孔，另一方面也可以照亮一条漫长的古道。

现在，我已经来到了一条古道，这是金沙江岸上的一条茶马古道。还没有看见一个赶马人，我脚下的古道当然记得那个黄昏，有一支赶马人的队伍进入此地，这条古道头一次看见了那么多马背上晃晃悠悠的商品，它们分别是茶、毡、布、绵绸、沙金、朴硝、糖、盐、铁、金、银、粉丝、腊肉、火腿、铁锅、铜器等。这些商品晃悠在马背上时，这条古道便开始讲述那些古老的故事，当一阵马蹄落入了泥坑和石板，马蹄也就因此留下了它们不同的印迹和品性，每一支马帮队伍都有他们颂扬过的语言，每一种语言都与蹄声的印迹与品性有关系。所以，在我梦中传来的马蹄声有着那支马帮队伍的经历的那个瞬间，在那个杰出的瞬间里，那支马帮队伍游荡在外的生命见到了一朵玫瑰，尽管在一切与茶马古道有关系的传说之中，都没有一种传说与一朵玫瑰有关系，但我梦见的那支队伍却与一朵玫瑰有了一次会面的机会，那朵突然在古道上盛开的玫瑰使马蹄声扬了起来，面对古道上一朵盛开的玫瑰，一朵突然降临的玫瑰，任何勇敢的人都会面对这朵玫瑰而停留。所以，马蹄之声就那样变成了抒情的旋律，马蹄之声就那样为一朵茶马古道上盛开的玫瑰而抒情。这就是为什么我可以在马蹄声中嗅到的芳香，这就是为什么我在没有传说的传说之中看到了梦中复制出来的马蹄声就在我眼前，哪怕赶马人面对着那次寂寞的古道，哪怕从梅里雪山吹拂下来的寒风如何冰凉，因为那朵玫瑰的盛放，那次艰难的茶马古道竟然有了一次抒情的相约。赶马人有了一朵玫瑰，那次马蹄声有了一种芳香，所以，那是一次抒情的蹄声，自此以后，这古道上就有了支支队伍，那些赶马部落对这条茶马古道如此痴迷，哪怕它到处是陷阱，到处飞满了兀鹰，但从云南普洱出发的那一支支马队仍然在经历着金沙江、澜沧江、怒江、拉萨河、雅鲁藏布江，最后进入印度噶伦堡。

茶马古道的现实

一条古道进入了21世纪初期，我在深秋的一条没有马帮部落的古道上相遇的是一只鹰，在我写下的文字之中，我已经编织过那些兀鹰栖居的巢穴，在那些寂寞的澜沧江的岩墙中间，一只鹰孤独无依地进入了茶马古道的现实。有时候我期待着相遇到一支马帮部落，我希望在与他们相遇后不久就会听见那支忧伤的赶马调，那支调子囊括了数千公里古道上的各种民谣。20世纪初期的民谣最初是从岩石和羊皮纸上传来的，此后就被赶马人篡改曲调，他们面对着轰鸣的江水，白雪覆盖的峡谷，唱着赶马调经过了大理、丽江、中甸、德钦、察隅、左贡、亚东、日喀则、柏林山口然后到缅甸、尼泊尔、印度，忧伤辽阔的赶马调穿过了金沙江、怒江、拉萨河、雅鲁藏布江……我就是在德钦的一条古道上看到了那群兀鹰，却看不到昔日古道上的赶马人，但我看到了在兀鹰经过的古道上——有岁月轮转时无意中留下的一只溜筒，那只悬在空中的古溜筒——即使在澜沧江边被日月焚膏继晷，依然藏着昔日的那匹绵绸的闪光，还有那些糖、盐、铁、金银的气味缓缓地从已经被废弃的溜筒中发散出来……我来到了十二栏杆，在横断山脉中央，我又一次看到了滇藏茶马古道。它像一根篾绳，篾绳在20世纪初的古道上曾经产生过无以计数的奇迹，我之所以说一条古道像一根篾绳，是因为那条惊险动人的古道盘绕在悬崖上，它就像当初人们用篾绳盘绕在悬崖上，你如果没有看见过十二栏杆的悬崖，你就不会想象出一盏神灯的缥缈照耀是为了揭示种种征兆。十二栏杆的红色悬崖，悬起在横断山脉中央的用来禁锢人类冒险的那道悬崖，如今仍保存着让我们感到动人的种种奇迹。在民国时期的一个与羚羊穿巡在古道的想象有关系的日子里，十二栏杆高高地悬起了一条古道，除了让羚羊穿行之外，更为重要的是要让那些昼夜披着东方的黑袍披风，寻找隐秘的图案的人，寻找终结梦乡的所在地的人，还有那些不惧怕曲折逶迤的层层险恶的马帮通过。十二栏杆驿道，已经编织过无以计数的岩羊穿石的故事。它使那群马帮部落垂立在巨大的黑色青石之间，我想，他们一定在其中与一条条蛇蟒搏斗过，因为在十二栏杆的现实世界，我仍然可以看见那群想与人类较量的蛇蟒的影子，它们从巨石之中轰鸣而出，它从不入睡，它始终窥视着人类，也就是窥视着马帮部落的影子——我们现在的人，谁也没有进入过那样的场景，谁也没有被蛇蟒所包围过，正因为如此，我们尽可以从十二栏杆的现实之中看到一个个壮美的场景：在已经消失的搏斗声中，在星辰不眠的任何一个长夜，我们都可以看到那些舞动在十二栏杆上的蛇蟒怎样与人类展开生死搏斗，而那一支支马帮部落只有在搏斗的尽头才会看见未来的道路。

茶马古道的现实犹如十二栏杆一样，沉寂得没有声音和回响。它因为沉寂而被传唱，因为被传唱而失去了它过去的残忍的美丽，我沿着十二栏杆而上到一个阶梯，从这里我可以眺望被烟雾所笼罩的山川、河流、草地，仿佛我就站在哈巴雪山的左肩，它是蕴含有无穷力量的那种绝唱。有时候，我想看见那群巨大的蛇蟒，我想看见那群出没于十二栏杆危崖上——侵袭人类梦境的那群蛇蟒大概已经随同那次绝唱，开始逃避它们辉煌的历史，所以，我看不到一群蛇蟒，也看不到那支在晚霞中披着金黄色长袍的马帮部落。

所以，在昔日的茶马古道上，我凡俗的嘴唇和影子显得如此寂寞，显得形单影只——仿佛在任何现实的场景之中都不可能寻找到马帮上那匹黄金色的绵绸，我再也不可以用那匹绵绸将茶马古道裹起来，所以，我只好回到现实中来。我喜欢睡眠，我选择了一个驿站，这是茶马古道上一座用半人半马的形象修建的客栈，我进入了客栈的内部，仿佛在那天晚上的睡眠中，我看见了茶马古道的梦境。

茶马古道的月光之城

在以梦境来编织的茶马古道上，当我形影相吊时，我已经来到了中甸的建塘镇。降落在海拔 3300 米之间，我就像是降落在一团蓝色月光之下，这是茶马古道上的梦境之城。我的迷失是幸福的一次降落，从我落下的地方看去，我看到了七里之外的月光城。香格里拉在哪里？在我所经过的任何地方似乎都有日月的镜子，而此刻，有一面镜子既可以让我置身在蓝色月光之城，也可以让我看到远处的日光之城。我环绕着月光城的古城堡，在昔日那次灿烂的石山上，一位智慧的神既看见了月光又看见了日光，将无穷的希望笼罩在月光之城，必然召集而来那些商人的马帮部落。

马帮部落涌进了月光城的城墙之中，那些围城是昔日古老尺寸的再现：周长 600 丈，高 1.2 丈，在商人的马帮部落中，进入这座城墙上可以眺望日月，带着幻境又进入了另一个幻境，在它不远处的中甸县城有更多的马帮部落，只有少量的商人和马帮会栖居在月光之城的梦想中。他们入梦，我就是寻找月光之城的梦想者。在我入梦时，我会看见那支马帮部落披着银色月光，这是茶马古道中不需要经历生死搏斗的一个温暖的夜晚，我看见了那支马帮部落的睡眠，那个赶马人，那个不需要栅栏的窗户，不需要屋顶平台和庭院生活的赶马人，他在那个夜晚的睡眠是那样深沉，梦乡是那么恬静。他也许是唯一带着他的马队前来月光城寻访甜蜜梦境的赶马人。

如今的建塘镇依然枕着一块巨大的石头入睡，我此刻正枕着石头上的一抹月光，它如一轮弯弓。此刻，我看见了一支现代的马帮部落，一匹神骏的枣红色马正站在石头城中，在寻找遗失在石头城的城墙上的挽歌。而那个现代赶马人也许是在一道银月的影子中发现了他祖先的身影，也许是在他随身携带的一只祖传的银器上证实了他的父辈，在日月城中的流连忘返，他此刻仍然想证实的另一件事是在这座月光城中做短促的停留，然后带着那匹神骏的枣红色马和他的队伍离开月光城。因为他已经在这座石头城中看见了更广阔无垠的茶马古道。如今，他仍然想用他的马帮队伍和他一道在古道上前进，不仅仅像他的父辈一样消失在鹰飞翔的地方。

我在开始的时候已经意识到他和他的马队会迅速消失，在茶马古道上——我们隐约看见梦境都与消失有关系，在我看见的新的茶马古道上已经有轮子在废弃那些马帮的辙迹，但我仍然在想象那个“没有轮子或没有玫瑰的世界”，那个看见鹰就像看见篝火一样炽热的赶马人的世界，所以，我无法再枕着石头城的月光入睡，我和我的躯体已经在寻访茶马古道的一个美好的灵魂的存在，那个灵魂就在昔日的那个赶马人进入月光城，预感到许多世纪过去之后，他的幸福变成一抹月光的瞬间。所以，我再一次抬起头来，在城门口，我终于看见了一支马帮队伍，在漫长的贸易岁月中，我看见了马背上沉甸甸的咔叽布、染料、香烟、贝母、虫草、麝香、牛黄、藏红花、羊皮、羔皮、褥子……

我看见了眺望之中的日月，在每一个早晨来临时，我如同叙说一种梦境中的事物一样变得那样质朴。我站在石头城中目送那个昔日的赶马人消失的一个垭口，梭罗曾说：“我过去经常伫立康科德河岸，看河水流逝。它是一切进步的象征，与宇宙、时间和万物遵循同一法则。”我此刻也一样，赶马人的消失并不意味着一切梦境的消失，他们可以用手触摸到日月之后消失，但却无法把心中看见的日月消失在数不尽的“恒河沙粒”之中，他们可以让肉体消失，却不会让凭着想象而看见的曙色从眼前消失。

我在月光城中也同样会消失，多少次消失，多少次出现在茶马古道上，多少次日落又看见了日出，有多少次消失就有多少次梦境，如同我已经尝试了痛苦之中的信念。今天，我从石头城中消失，明天我又会在日光城看见那个赶马人，他的马队使我战胜了眼前的朦胧黑影。

214 国道的澜沧江流域

滇藏公路在 214 国道中设置的障碍和危险最多的是澜沧江流域。对于一条澜沧江来说，我早已领略过它的兀鹰和它的溜筒江渡。我现在为自我设置了一个艰难问题，在澜沧江流域上怎样绵延出了一条滇藏公路，经过了溜筒江，尔后我看见了澜沧江，再逆江而上，有一条界河等待你去跨越，然后就进入了西藏的盐井。

我现在设置的问题与一支又一支修路大军有关系。如果你没有充分地准备好失眠时的一夜又一夜的幽梦，如果你到香格里拉世界没有把那些幽梦带到轰鸣的澜沧江边，那么你当然只可能是局外人，你不可能在忘我之中寻找到时间的表盘和时针轮转的声音。我现在听着轰鸣的澜沧江水从耳畔流过，在 20 世纪 50 年代初期，澜沧江流域仍然承受着世纪和星辰的混乱，它的混乱来源于人类在盘根错节之中的战争。在那次平息武装叛乱的战役之中，为配合人民解放军进军西藏和平息滇藏川边叛乱，政府决定在这轰鸣的澜沧江边再造一条滇藏公路。一支支修路大军在憧憬之中迅速地从白马雪山那边赶来。他们如土、水、火、气之下漆黑的蚂蚁迅速地布满了澜沧江流域。

翻开地图，可以看见让人心灵震颤的滇藏公路像一条曲曲弯弯的蛇线扭动着从云南丽江鲁南过江至五家人、大岩洞拐弯溯硕多岗河而上，这是一个跳跃的姿势，一条路盘桓在不能失散的绵延之中，为岁月再造一个梦境，然后进入了我们去香格里拉世界必经的路程，进入了虎跳峡镇、冷冻坡、小中甸后抵迪庆州府中甸县城……这是一段芬芳迷人的与草甸子、牦牛、青稞有关系的路程，一路上没有荒原囚禁的心灵被喜悦震颤的过程，直到滇藏公路进入了北越的那个叫咯拉垭口的地方，此刻你会听到尼西草甸子上那些迷人的天籁之音——把你带过尼西桥头，过了伏尤桥再穿越奔子栏……那些修路大军就这样翻越了白茫雪山，一路上肩负着世纪和星辰的照耀，过了飞来寺，离澜沧江就越来越近。终于，他们像蚂蚁一样布满了澜沧江流域，就这样，让人心灵震颤的那个昔日将澜沧江流域的羊肠古道变成了一条滇藏公路。

滇藏公路紧贴着澜沧江的两颊，可以想象出那群一夜之间像蚂蚁一样覆盖了澜沧江流域的修路大军，他们此刻并没有从澜沧江那无底旋涡中泯灭。我遇到了一个老人，因为我的震颤之声影响了他的回忆，他已经70多岁，当年他曾经参加了那支修路大军，他的心就在澜沧江边，他告诉我了一个昔日的辉煌情景。对于他来说，那个白昼真是有趣。来了那么多人，寂寞的澜沧江已经从它的轰鸣之声中醒来，这个老人当年才有20多岁，我们中的谁都会拥有自己的20岁，而那个20多岁的澜沧江流域的儿子怀抱醒来的梦想，卷入了那支蚂蚁似的队伍之中去。那是一次将澜沧江的羊肠小道重新化解的一次革命，这个老人有幸参与了筑路大军的革命，在奔流不息的澜沧江边，他们用自己的肩和头不停地与飞往空中的兀鹰相撞，有时候是一场殊死搏斗，修路大军的身体悬在空中，面临着漫长的白天和黑夜，面临着坠入深渊的危险。然而，任何历史就是这样留恋着昔日的全部故事，只有那些用鲜血铸就的真理才是永恒的，可以让我们的心灵震颤的往事。昔日的老人仍然住在澜沧江流域，他每天都要到这条滇藏公路上来，鹰仍然在空中飞翔，因为飞翔在澜沧江峡谷上的鹰痴迷于它可以嗅到的昔日筑路大军那些勇士的气味，这种气味让鹰飞得越来越高。老人站在鹰翅下目送着各种类型的车辆在滇藏公路上变幻着宇宙的梦幻一样从出现到消失。

这条迷失了多少马帮部落的路现在已经变得宽敞明亮，我看见那个老人消失了，他的一生已经耗尽了最灿烂的故事，那个昔日的他已变为记忆，他已经怀着老年人的迟疑消失在澜沧江峡谷的滇藏公路上，也许他不久就会离开人世。在这有限的日子里，他的身边有一条滇藏公路，这条路令他百感交集，逢人他便讲述昔日的往事，他不是为了炫耀，而是为了探知其中的奥秘。

小镇奔子栏

奔子栏也许是我见到过的仍然在回荡昔日的马帮部落的余音缭绕的小镇。当我们的越野车越过金沙江边的一块巨石，那像一架古老的罗盘，现在依然在恒久摆动的罗盘，使我在很远的那块金沙江的岩石上就看到了它的容颜。奔子栏小学的那面红旗使我们好像坠入国家的迷宫那样令人兴奋，我们的国旗上的色彩使整座奔子栏小镇洋溢着花香、土地的潮气和人的梦想。尔后我们看到了奔子栏就像金沙江岸上的一只罗盘，为了接近这只罗盘，为了看见罗盘为之痴迷的空间，我们下了车，亲自参与了一次马帮部落到达奔子栏的那次栖居的感觉。

奔子栏是昔日茶马古道的重要驿站。在人类开始使用商品交易的年代，奔子栏过往的马帮部落就已展示那些琳琅满目的闪光的商品。一支马帮队进入奔子栏最为重要的是寻找奔子栏依江而立的古客栈，经过了长长的茶马古道的辛劳，赶马人和他们的马队总是会在奔子栏的古客栈中寻找到一夜睡眠中的梦中景象。在奔子栏最热闹的街道中心，我想寻找到一座已经被废弃，但仍然存在的古客栈。沿着平缓的街道，一辆辆大卡车从我身边经过，那些卡车司机一进入奔子栏就打出一阵呼哨之声，这种呼哨一方面是与奔子栏小镇上的妇女调情，另一方面是证明他们可以在奔子栏小憩一阵了。而我怎么也无法寻找到那些古客栈的遗迹，此刻的奔子栏已经有了玻璃、金属、钢筋来取代它昔日的古客栈，这个世界也许正在不受昔日的束缚，事实上它们已经摆脱了昔日的束缚，所以那些废弃的古客栈消失得那么彻底。我在玻璃、金属、钢筋的旅馆外面悠转，奔子栏，奔子栏——它是茶马古道上“不受神话和比喻的束缚”而在幻变的地址，对于茶马古道上的赶马人来说，每当他们讲起自己昔日的故事，每个人都会有一个故事与奔子栏有千丝万缕的联系。在这个地方，玻璃窗户取代了昔日的古格方窗，金属扶手取代了昔日的旋转型楼梯扶手，钢筋取代了昔日那些支撑古客栈的横梁——这是一个更神秘的奔子栏。

它因为看不到奔子栏的一座古客栈而神秘。这神秘使我看到了暮色深处的奔子栏昔日的境况，它的昔日的每一刻都在迎接着茶马古道上的马帮部落，它的昔日犹如那条缓缓的流动的金沙江，它含着它所遵循的魔术而流动；它的神秘还在于奔子栏如今的诱惑是从昔日的地图册上，从沙漏的余烬之中，从时间销蚀的面具之中，从赶马人的刀剑的锃亮之中展现出的繁荣，茶马古道给奔子栏带来了如今的繁荣。

年轻的卡车司机进入了有玻璃的门窗之中，他们坐在窗口，吸着烟，看着缓缓流动的金沙江，这种场景当然不会湮灭昔日的一个场景。那些赶马人经过长途跋涉之后进入了奔子栏，他们在那个遥远的傍晚，坐在菱形花纹的木格窗前，任凭缓缓流动的金沙江把他们的一把剑托出水面，任凭浪花把那把剑的风暴带走……这个昔日使我感到害怕，我不知道那个赶马人为什么会在那把剑上看到一场风暴。

奔子栏已经进入了午夜。

午夜是那个赶马人在那把剑上看到风暴降临的时刻，午夜让我再一次在奔子栏失眠了。如果我能够在假设之中看到那个赶马人的黎明，他的眼神经历了风暴也同样经历了风暴的毁灭，那是一个赶马人出发的黎明，他似乎比在我以往想象中的赶马人身材更高大一些，他的高大是为了战胜那把刀剑上的风暴。

我的黎明是奔子栏给予我的黎明，阳光悄悄地把我的梦境上升得那样快，我很快就回到了奔子栏现在的黎明，我醒了过来，看见奔子栏的一个老人和一个小孩。有老人和小孩存在的任何地域对人类来说都是闪现一个永恒瞬间的地方。这个真理使我离开了奔子栏，使我对前景充满了信心，这个最古老的茶马古道的驿站有着它坚定的容颜面对着时间的流逝。

马背上的峡谷

在茶马古道，每一支马帮部落上都有一座座巨大的峡谷。进入香格里拉，我一直以为峡谷就是我们人类用来比喻的深渊，以此比喻的是人类置身在深邃深渊中的勇气，以此比喻的是人类在深渊中去谋生的另一张面孔。有一支马帮部落始终在那座峡谷之中行走，在虚幻的传说之中那支马帮部落至今只留下了歌谣。而在言之凿凿的传说之中，那支马帮部落还有足迹留在峡谷深处。为此，寻找他们的足迹，使我们来到了又一座大峡谷之中，一个将身影投射在峡谷之间的人，飘落在他脸上的皱纹使我确信这个男人——似乎是就一种幻象，不错，他确实是一种幻象，只给我们带来了他痴迷的马队。在这支无名的马帮队伍的集体遇难中，有一座大峡谷在那年的夏天笼罩在马背上，几个赶马人执意要将他们的马队带进这无索道也无辙迹的峡谷之中，他们的悲壮故事就从这里开始。我要感谢那个已经有 90 多岁的药剂师，他此刻生活在峡谷中的一间木屋里，就是他抚摸着手中那根朴素的魔杖开始给我们讲述他所目睹的那场遇难。

只有他目睹了那群赶马人的遭遇。20 世纪初的一个下午，在这座大峡谷中突然来了一队马帮，几个赶马人将目光落在远方——那里有一座渐渐升起来的大峡谷，然而在这座峡谷竟然连一只兀鹰也看不到，年轻的药剂师按照他的神秘生活出入于峡谷，每天在峡谷中采摘药草，他在不远处的野灌木丛中看见了这群赶马人。

马背上有药剂师每天看见的峡谷在晃动，他还看见了粉丝、火腿、铁锅、铜器，而峡谷在这些物质之上发出的光芒像岩石一样呈青灰色。药剂师在那个下午惊奇地看着这群赶马人和马队往一条阴森森的峡谷深处走去。药剂师熟悉那条阴森的道路，他曾经试着多次想接近那条道路，但每一次都像是到了终点。现在，他迷惑地注视着那群队伍，这在他看来就像是奇迹，他迷惑地希望马队能够战胜那条阴森的道路。就在这时，他突然听到了一种轰鸣，仿佛是在下坠，从一座峡谷之中往深渊下坠。药剂师在迷惑之中看见了那支马帮队伍从咆哮的金沙江大峡谷中坠落下去。这是一个药剂师目睹的故事，它如今已经变成了传说。马背上的大峡谷，在这个故事中似乎活生生地展现在眼前，无论这是虚幻的传说也好，还是言之凿凿的传说也好，我深信那个遥远的下午有一支马队经过了这座大峡谷，并在一刹那把一种悲壮的、神秘的故事用结束生命作为代价留存于传说之中。

这便是摇撼了茶马古道的一次纯粹的冒险，我将再一次想起梭罗的这段话："什么是耳朵？什么是时间？这称之为音乐曲调的一系列特殊的声音，一支无形的、虚幻的从未将露水从任何草地上拂去的军队，它是否能被风吹送穿过自荷马以来的若干世纪来到我这里，他是否曾熟悉眼下震动我耳膜的相同的空中神秘的魔力呢？"

神秘的药剂师依然生活在他的木屋之中，他已经 90 多岁，他的年龄就是一本可以翻开合上的书，他的沧桑以及他经历的全部故事，只与芬芳的药产生永久的联系，这种隐遁也许是他在生命的形式之中对自己的一次又一次缠绕，他让自我的影子缠绕着大峡谷中每一根芬芳四溢的植物，他调剂着神奇的味道，也许是为了更永恒地承担那些让肉体痛苦的文字。

我们不得不再一次离去。

世界上所有的相逢与别离——自古以来都有它们的真谛存在。我抬头看见了马背上的大峡谷，那群队伍徒劳地寻访着自己的归宿，在他们认为这就是幸福，是眷恋，是永诀，是不可分割的一部分，是一条充满香味的归宿。

在茶马古道的存在之中，我带着耳朵聆听到了从天籁之中得到的传说，这就是香格里拉，噢，香格里拉，因为你的香气环绕了我，因为你的秘密禁锢着我，因为你的心灵震撼着我——我此刻正在你的古老的传说之中告别那个药剂师，他的衰老犹如那个被他目睹的故事一样有着欢乐与忧伤。

马帮部落的一个子孙

他的一生来源于他父辈的故事，在他脱离母胎时，他的父亲已经站在日月之下宣布，从此以后他将是一个赶马人，他将拥有自己的马队、自己的刀剑，他就这样睡在他母亲怀抱看着这场离别。转眼之间他已经学会了同母亲一样等待，他开始等待马蹄声从那条混沌迷茫的古道上传来，他期待着那个日子，抬起头来仰望着英勇的父亲凯旋。所以，当我们看见他时，他已经是一支马帮部落的一个子孙，穿过深深的暮色以及被暮色所染黄的古道，我们看见了他的马队，从奔腾流动的金沙江岸边向我们走来。他如此年轻，属于一个有着无限未来的故事。他的马背上竟然有那些在古老的茶马古道上经历了岁月和历史的所有货物。他眯着双眼告诉我们，在他所去的路上还没有公路，只有靠马帮才能将货物拉到大峡谷深处的那座村落之中去。我不得不再一次让我的目光从马背上移过，此刻我惊喜地看见了：毡、布、绵绸、沙金、朴硝、糖、盐、铁、金、银、粉丝、腊肉、火腿、铁锅、铜器等货物。他在阳光下戴着一副墨镜，这当然是一个马帮部落的孙子，在他父辈的脸上根本看不到墨镜，也许当他们面对高原灼热的太阳时，会眯着双眼，因为一次又一次地抗拒着阳光而眯着双眼，所以在他父辈的脸上有许多皱纹，它们如今就像是从沧桑的史书上弥漫出来的源泉——每时每刻都在渗透进这个年轻的赶马人的灵魂中去。

他戴着一顶帽子，像他的父辈一样，他戴着顶遮挡风、雨、雪的帽子，在他的墨镜之中，他已经在茶马古道的一条岔路上发现了一条小路。起初，那只是一条蟒蛇出入的小道，渐渐地，这个年轻的赶马人像他的父辈一样决心历经可歌可泣的故事，就这样一次又一次他把货物拉进了那座村落，一次又一次，心灵和肉体终于寻找到了父辈的勇敢。他告诉我，除了这条驿道他还发现了别的驿道，在好几条复杂的驿道上——他正在学会怎样像他的父辈一样“历经土、水、风、火的洗礼”，这就是他的人生。

香格里拉有许多不为人知的驿站，那些驿站只属于赶马人栖居。年轻的赶马人告诉我，他今晚将在几公里之外的一座小小的驿站过夜，我从未听过那驿站的名字，然而，年轻的赶马人熟悉它，就像熟悉自己的影子。

他已经和他的马队越过了我们短暂的相逢，我站在昔日的茶马古道上目送着这个年轻的赶马人，他将会消失在我看不见的地方，因为许多时间的限制，我不能跟随他的影子，再一次目送他消失在那座驿站之中。那座驿站并不属于他的父辈，只属于这个戴着墨镜的赶马人——我们已经进入了 21 世纪，在香格里拉，如果你相逢到一支年轻的马帮队伍，那么他的父辈一定在另一支遥远的马帮部落之中折断过弓弦，那支搭在马背上的弓弦无论如何都会在风暴之中被折断。令人欣慰的是又有年轻的赶马人将新的弓弦搭在了马背上，这就是他父辈们在即将折断弓弦时看到的一个未来。

访问一条古道，一条最经得起苦难和传说的古道已经一次次地在我脚下，在我身旁，在我梦中保存的征兆之中，一切与古道有关系的人或事，带来了时间，从茶马古道上去访问近 1000 年中的马帮部落，我已经在过去的时间中看见了那个用无数的日日夜夜编织过的古驿站，一支马帮队伍从再现梦境到湮灭了梦境——这就是我访问的不朽。直到我目送那个年轻的赶马人消失在远方，我想起了失明的博尔赫斯，他用沙哑动听的嗓音吟诵道："没人读过、没人留意的史籍啊，一天夜里，你以永恒之物的完美状态，汇入了赫拉克利特的长流之中，那水还在继续将我裹挟卷带。"

茶马古道并没有在我脚下消失，我睁大双眼，我想寻找到我的勇气，我的座右铭，我的偶像，我肌体内的生机。我想出入那道险境，那蛇蟒出入的道路，我想在一次次的出入之中，死了一次，再重新出生一次，就这样一遍遍轮回，一遍遍痛苦而漫长地轮回……

古道上的一个女人

男人出入了茶马古道，从而让女人守候在家中，很长时间以来，我在茶马古道上相逢的就是作为男人的赶马人。当一个女人跟随一支马队进入我眼帘，她身上有一种茉莉的清香——也许是我想象过的香格里拉女人体内的香气。不过，的确如此，当一股茉莉的清香从茶马古道的前方飘来时，我以为我嗅到了香格里拉仙女身上的茉莉香味，我停顿下来，摘下墨镜，作为女人的我对香味尤为敏感，尽管一支马队进入了我眼帘，我仍然不相信置身在马队中间的有一个女人。

她有动人的弯眉，在香格里拉，到处都有美女，但我未曾看见过如此动人的弯眉，面对我，她并不紧张，只有羞涩，像所有香格里拉女人一样的羞涩。我喜欢看到这羞涩，香格里拉女人流露出的羞涩是镜子照亮的香泽般的面容的纯洁，是从未被岁月磨损过的梦境，是约会时的希望……站在我面前的这个女人 24 岁左右，她独自一人率领着一支马队，我看见了马背上的一匹匹彩色斑斓的绵绸，除了绵绸之外没有别的货物。一匹匹绵绸与一个女人联系在一起，我当然可以想象出她的梦想，一个年轻的赶马人，一个女人，在她马队的马背上托着一匹匹彩色绵绸，我看着她的着装，她是一个典型的藏族姑娘，那些银器的手镯在她手腕上叮咚作响，她彩色的藏服已经辗转了很长时间，我刚才嗅到的那股清淡的茉莉香味就是从她身上弥漫出来的，所以，她是一个典型的香格里拉女人，一个典型的香格里拉的美女。

一个美女，弥漫着清淡的茉莉香味，带着她的马队经过了茶马古道，这种场景使我发现了一种从未发现的奇迹，因为这是我在茶马古道上相逢的第一个女性赶马人。我们用汉语交流着这种相逢，她的汉语来自一座学校，我相信在不久之前她曾经是一所藏区中学的女中学生，她用汉语向我简单地展现出了她在遥远藏区的一家店铺和一家裁缝店。遥远到底有多远，在她声音中遥远被赋予了一种幻象，那家店铺的柜台上铺满了彩色的绵绸，使那座不通公路的藏区仿佛蕴藏着妇女生活的物质灵性，而那座由她而命名开放的藏区妇女的裁缝店使那座藏区的妇女有了自己选择服装的自由性，她们自由地选择自己的服装，自由地让这个年轻的服装设计师为她们变化梦境……而她每隔一段时间就要出入于茶马古道，因为她既是服装设计师，也是店铺女主人，同时还是茶马古道上的赶马人。在她的汉语中，我看到了她生活在这条茶马古道上的快乐，她说，每经过一座驿站就意味着已经离家越来越近，我还看到了佩带在她身上的匕首，她抽出那把匕首，炫耀着它的刀锋的同时也在告诉我她已经能够独立地面对这条苍凉的茶马古道。我问她在茶马古道上有没有碰到过盗贼，她笑了，她说在如今的香格里拉世界你尽可以放心地走，自由地走。她还告诉我，她之所以佩带那把匕首，是为了做一个女赶马人的需要，是为了种种隐秘的需要，比如为了扮演一个英武的赶马人的形象离不开那把匕首。

这样，我了解了那一匹匹彩色绵绸的意义，了解了一个女赶马人的生活。她不仅生活在茶马古道上的远方，同时也生活在藏区的裁缝店里，而她的汉语让她与世界沟通，这使她看上去不仅仅是香格里拉的一个典型的美女，她也是茶马古道上的赶马人。她还是香格里拉的女服装设计师，她用她自己的方式开始她一生的起点，事实上，出入在古茶马道上，就是她生命的起点，然后她才源源不断地把马队带过去，让马背上彩色的绵绸进入她的藏区。这就是她的生活，香格里拉的女人，进入了茶马古道，这是我看到的新鲜事，一桩具有时间和轨迹的事件从来就是人在其中得到慰藉和享受的历史。这个女人的幸福源于这条茶马古道，当然，也许不久之后，有公路进入她的藏区，那时候她再也不需要做赶马人，汽车会将一匹匹彩色绵绸载入她的裁缝店。不过，未来是从现在开始的，她此刻就是茶马古道上的赶马人，这个场景就是延伸未来的历史。

洛　克

洛克——我时时刻刻期待着在茶马古道上与洛克相遇。不是为了别的原因，而是为了看到他的身影，他的面庞。走在茶马古道上时，洛克的名字来源于让我感到眩晕的20世纪初的某个早晨，我曾去过丽江地域的欧鲁肯，在那座雪山脚下的村子里保存着洛克的床、闹钟、箱子、拔牙器具，我站在洛克的工作室兼卧室的窗口，我嗅到了从窗外飘拂而来的草地的芬芳，牛马的味道。在洛克的27年中，他曾经在20世纪初的很多早晨站在窗口，嗅到过更多的欧鲁肯村庄中的一切味道。从那一时刻，我希望在洛克去过的一切领域与他相逢相遇。我在无意之间已经像洛克当年一样进入了香格里拉，不同的是，洛克是美籍奥地利学者、植物学家、地理学家、旅行家、人类学家……而我则是一个无形的人，用语词发现日月碰撞的诗人，我的全部职责来源于发现一个词，并让那个词汇引导我的灵魂。今天，此刻，那个词汇已经将我引到茶马古道上，在一道峡谷口，我想起了洛克，我当然想起了洛克和他的马队。那支属于洛克的马队进入了虎跳峡，面对着玉龙雪山和哈巴雪山之中的那轮明月，成群结队的老虎、豹子、蛇蟒阻拦着他的去路。洛克坐在马背上，他就是在那一时刻，在越过硕岗河之后看见了探险生活史中最为灿烂的情景，香格里拉的峡谷、蓝天、白云进入了洛克的镜头，他站在牧场上——我可以抚摸到洛克的前额，我如果已经抚摸到了他前额上的阳光，我必定已经抚摸到了洛克的震颤。对于洛克来说，踏上茶马古道寻找到香格里拉王国，对一个人类学家、植物学者、探险家来说，这无疑进入了一个世界的乐园。洛克生命中从未像他生活在马背上一样快乐，他因为茶马古道上有那么多蛇蟒、老虎、豹子等待他而快乐；他因为在茶马古道之间的每一座驿站四周的雪山、牧场、大峡谷等待他去探访而快乐；他因为一次次落入了一个植物乐园和动物乐园而快乐……走在茶马古道上，分享着洛克当年的快乐，对我来说，这并不是一件艰难的事情，因为，我对每一次梦境的掌握，有可能使我的失眠的茶马古道的那座小小驿站跌入深渊的场景，那次深渊就是一次大峡谷，在峡谷深处我就可以与洛克相遇。他手里拿着采撷的植物，他在自己有限的生命中看见了每一株香格里拉植物王国的名字，他映出了每一个名字；也许，在我的失眠之中我已经摆脱了驿站的所有门窗，我摆脱了自己，再一次摆脱了我与洛克之间如此漫长的时间距离。在那个夜深人静的不寐的午夜，洛克作为人类学家听到了那呼唤，在香格里拉王国的午夜如果你具有灵性，如果你穿过了迷宫中设置的窗棂的距离，你会听到那只独角兽的呼唤，你会听到梅里雪山神祇的呼唤，你会听到牧人从习惯于梦幻到永生的呼唤……

洛克对于我来说是什么？他的名字已经令我长时期眩晕，每当我眩晕时我已经置身于大峡谷。在香格里拉，如果你没有进入大峡谷，你就不会与洛克相遇。洛克的探险生活建立在大峡谷的那些深渊之中，看不见深渊——洛克就无法寻找到在绵绵芳菲之中越过死亡陷阱时的快乐。所以，为了洛克，我置身在陷阱的边缘，在我即将坠入深渊的时刻，我看见了洛克，一个长时期地沉浸于无穷无尽的梦境的人，一个永远置身在死亡冒险之中而享受其快乐的人，一个在一棵植物的幽香之中看到世界大花园的人，他当然只可能是洛克。如果你没有走在昔日的茶马古道，你就不可能与洛克相遇，对洛克来说，在他最痴迷的时刻也正是他最快乐的时刻："罗盘的永恒指向是一本以为已经丢失了的书籍。"所以，洛克怀中藏着他自己的罗盘，那只充满体温的罗盘每天隐藏在洛克的怀抱，它从不把它的指针指向一个没有险境、花香、露珠的地方。

难以言喻的那次梦中相遇，使我终于在茶马古道的一条峡谷之间看见了洛克的那张脸，也看见了洛克的影子，这种巨大的幸福使我不敢呼吸也不敢喘气。洛克，洛克，如果我的手变得纤长一些就会抚摸到你的脸。

被遗弃的古道

在被遗弃的一条茶马古道前看不到人的影子，我们的越野车停在一片丘陵深处，一棵繁茂的古树覆盖住了车身。在这里，我们翻过了一座山脉，最久远的一条纤细的茶马古道虽还存在，但已经完全被耗尽了昔日的风采："她没有给我们带来神话传说，没有她自己的话语，只有现今已经埋葬的几代人的沉默的呼喊。她是件破损而神圣的东西，任我们漫无边际的想象不负责任地添枝加叶。我们永远不会听到膜拜她的人的祈求，也永远不知道仪式是什么模样。"

然而，我的心灵在慢慢地抽搐着，我很想让自己的身体置于这条路上，于是，我们的伙伴陪我进入了这纤细的、已经损耗尽力量的古道，许多地方已经严重地破损，甚至已经开始断裂，可以想一想，一条道路断裂之后，再也没有修复——这意味着这条古道已经被遗弃。

遗弃当然不是一个文雅的词汇，我们人类的命运经常"念及沙漠里的一个图腾，一个默默地需要神话、部落、祈求，甚至是牺牲的图腾……"这种形式使人类必须绕开一切阻挠，在茶马古道这条早已被遗弃的路上，我显然领会了人类在文明图腾之中的进步。

然而，我为什么让我的身体置身在古道上，站在那断裂的路口——我似乎想看见那支马帮部落从这里经过，那个赶马人，他生活在19世纪，还是18世纪，他的躯体如今已变成粉尘，在这条路上却有他前行时金属的响声。

时间早已遗弃了他使用过的那只最古老的指南针，他第一次在茶马古道上迷失方向时是一个阴天的季节，漫长的雨季使他在古道上迷了路。尽管如此，他在原始森林中走了一个多月，当他重新寻找到茶马古道时，他心灵的欣喜是多么强烈，后来他经过了金沙江、澜沧江、怒江、拉萨河、雅鲁藏布江……进入了印度，他用他马背上一匹红色的绵绸从印度商人手中交换到了一只指南针，这是他第一次了解指南针的性能，这是他第一次使用指南针的性能，这是他第一次用指南针控制好了方向。

茶马古道上的商人和赶马人最害怕的一件事就是迷路。迷路意味着你的身体和马队会脱离开茶马古道，在香格里拉的一次迷路意味着一次艰难而漫长的阻挠，在迷路之中仿佛在"念及沙漠里的一个图腾，一个默默地需要神话、部落、祈求，甚至是牺牲的图腾……"

此刻，在遗弃的古道旁，我便想起了那个赶马人使用指南针时的一个中午，如果我们遭遇到被一个朦胧世界所笼罩的午后，那只手中的指南针对于我们来说就是一次庄严的图腾。这条如今已经被遗弃的古道，其中吸引我的是马蹄辙印，经过了好几个世纪的洗礼，石板路上的辙印仍然美好亲切地展现在眼前，仿佛是那只指南针所面对的一次图腾。如果在很久以前的一个早晨，一支马队经过这里，意味着那支马队没有迷路，如果是 21 世纪的今天有一支马队经过了这里，这说明这支 21 世纪的马队不仅仅迷了路，而且还是一次诗意的迷路。我也是迷路者，我想象那支迷路的马队时，我已经迷失在 18 世纪那次漫长的雨季之中，数不清的阴影和森林让我看到出口，我的肉体已经失去了爱情，只有依靠图腾的力量才可以让我寻找到茶马古道。就这样我进入了 18 世纪的一次图腾之中，我在图腾之中得到了时间的镜子，镜子照亮了茶马古道；我得到了永远的茶马古道，我得到了它那劈风斩浪的一次前进。

所以，我来这里寻找在那千百次的图腾之中被我们人类遗弃的一条古道，因为在那几百次图腾之中我们的人类已经发现了另一条与灵魂联系的道路。它将比这条被遗弃的古道更加宽敞，所以，在任何一次被遗弃的历程之中，我们的马帮部落随同我们的人类再一次亲切地有了另一次图腾。

我们离开了被遗弃的一条古道，两条江流在周围流淌，在金沙江、澜沧江的环绕之中——新的图腾已经融合了我们的心灵。

马背上的现代商人

他坐在马背上，他依然把茶马古道当作他游走的道路。在香格里拉世界，它的商业是从马背开始的，从交换茶开始，茶是藏区必不可少的物资，从 1000 年的商业史中我们可以看到那些坐在马背上的商人，他们的踪影长时期地尾随着一条悲怆的茶马古道而前进。这已经是历史，是那些图腾岁月中的历史。然而，在即将离开茶马古道时，我却看到了马背上的一个现代商人，他仍然像他的祖辈一样选择马队。沿着香格里拉的每条道路前进，他告诉我，他不是用马队像他的祖辈一样输送物资，他骑马在香格里拉转悠，是在考察香格里拉的物资领域，他要将香格里拉的贝母、虫草、藏红花、青稞酒、瑟瑟肉、蘑菇等物资领域的珍品介绍到香格里拉以外的商品世界。从这个坐在马背上悠转的现代商人身上，我看到了商业，它正在震撼着香格里拉的梦境，这个坐在马背上的现代商人无疑已经从他的祖辈身上看到了马背上的商业世界，它看上去并不显赫，却可以摇撼着在香格里拉世界生活的每一只耳朵。

年轻的现代商人坐在马背上最早时是从茶马古道开始，他像所有香格里拉王国的年轻商人一样坐在马背上出门去寻访茶马古道。一条著名的道路与商业有关系，它让我们想起另外一些著名的古道：中国古代海上之道、西域之道、南方丝绸之路、唐蕃“麝香丝绸之路”。

从某种意义上来说，茶马古道用它漫长的精神繁荣了香格里拉世界中那梦境一样美丽的商业世界。我看到的这个年轻商人告诉我，当他还在母亲子宫中时就已经坐在了马背上，他的整个家庭都生活在马背上，他们在20世纪的日子里曾经是一个不断迁徙的部落家族，直到在20世纪的中期，他们终于寻找到了一片水草肥沃的大草甸子，才安居下来。从草甸往上看去，就是他的祖辈的马队离家出走的地方，他经常从草甸子上往那条路上走，后来他在那条路上看见了许多马队的异乡人，他看到了马背上的盐、糖、金、银、贝母等物资，这条道路就是茶马古道。古道第一次使这个生活在草甸上的年轻人看到了商业的诗意，它竟然是从马背上开始，在那个时刻，这个游牧部落的后裔开始尾随那条古道，缔造了他自己的商人梦。

所以他坐在了马背上，开始诗意地出现在茶马古道上。他深信从这条古老的道路开始，神祇会给他带来好运，他坐在马背上去访问了那些兀鹰下的驿站，访问了留在石板路上的二寸长的马蹄印迹，他去过了如今已经被遗忘的古道，他想在这条茶马古道上寻访到前辈在此留下的那些并没有被彻底湮灭的传说。然后，他寻找到了自己的道路，他要从茶马古道而下，去寻找自已开辟的商业世界。一边是茶马古道，另一边是他策马而过的草甸子、牧场，年轻的商人坐在马背上，他开始策划着香格里拉商业王国的繁荣。

这条茶马古道培养了无以数计的商人，而我与之交流的年轻商人却来自香格里拉。在他所策划的梦境之中，贝母、虫草、藏红花、青稞酒、琵琶肉、蘑菇等来自香格里拉地域的物资将源源不断地输送到外面去。这是一个全面敞开的商业世界，难以想象的是年轻的商人仍然像那些传说之中的马背上的商人，在香格里拉的每一条驿道上寻找令他激动的物质。在寻找之中，他会遇到多少惊心动魄的故事，因为骑着马去游走的年轻商人必将置身在香格里拉世界的一切事物之中，比如雪山、峡谷、原始森林……

我已经离开了茶马古道，我已经离开了马帮部落的世界，连日来我所去过的地方到处充满了屏障，那是时间的屏障，我所相逢的最后一个马背上的商人，是一个英俊、智慧的年轻商人。此刻，所有的幻景均要进入时间，进入一本书之中隐藏的时间，进入悲怆、炽热的时间之中去学会隐藏。这就是一条茶马古道给予我的启迪。就像它的敞开一样，只有在超越时间之后才越来越接近一次秘密的隐藏。所以，长相厮守茶马古道的马帮部落才会离开我们，到他们地老天荒的梦境之中去。

第六章　香格里拉的神

每个人都投下一片阴影，不仅由他的肉体，而且由他不完美混合的精神。这是他的悲伤。任凭他随心所欲地转变方向，他的阴影总是落在太阳的对面，中午短，傍晚长。你难道从未看见它吗？——然而委诸太阳，归根结底阴影是最宽阔的，同他自己不透光的程度不相上下。

——梭罗

有谁看见过神

在香格里拉有一种神祇的文字密布在每一个地方。但有谁看见过神呢？神祇的暗示，神祇带来的神灯，似乎可以在每一道峡谷、雪山、草甸上流传、点燃。我认为，香格里拉的庶民之所以对心中的神那么敬畏，就因为神的遥不可及。一个人接近神，是因为在这个人的心灵世界有神的秘密传说。

那个走在牧场上的牧民心灵的神在哪里？他可以随同牦牛和羊群一个牧场又一个牧场地迁徙，他不惧怕一切妖魔鬼怪的传说，因为在这个牧人心灵中有一个神出现在每一个牧场，那个神即来自他的理想世界，所以，他会看到一道道神祇如同朝露降临在牧场上。牧民看见过神吗？神是无法看见的，即使你看见了梅里雪山的卡瓦格博，你也只是看见了卡瓦格博的传说，真正的卡瓦格博是人们心灵中的神，他居住在芳菲的另一个世界上，他只公诸他的神祇，于是，在雪山脚下的大片大片牧场上，牧民们感受到了神祇的文字。就这样，在牧场上，即使你丢失了一头牦牛和一头绵羊，即使时间已经过去了五年，你同样能够找到它，那头丢失的牦牛和绵羊必定在另一座牧场上，另一个牧民帮助你放牧着。这就是香格里拉，在它的牧场上有神祇震撼着每一颗心灵。

还有佛光，它如同神祇文字一样在上空弥漫，对于香格里拉世界的庶民来说，看见佛光世界在上空就意味着有好运降临，佛光最早是从遥远的印度传入我国的藏区，经过种种演变、斗争、融合终于在香格里拉藏区的天空上升，藏传佛教笼罩着青藏高原，是因为它影响着人们的日常生活状态。佛光普照之下，香格里拉的庶民们仰起头来，而在他们脚下是青稞架、灌木丛中的荆棘，一群群牦牛在嬉戏、奔跑，在佛光照耀之下，每一个牧民都有自己心灵的道德标准。比如，在香格里拉的祭祀世界，祭祀而不伤害生灵——这对一种新的古老的畜牧业的发展是一种保护，在迪庆州的一本书上我看到了这样的文字：“佛教传入后人们祭祀并朝拜梅里雪山，但不必杀牲以祭，并将此说成卡瓦格博皈依佛门后行善并更受当地群众尊崇。从这种角度推衍佛教传播并站住脚的根源还是成立的。”

佛光之所以在香格里拉世界永久地照耀下去，因为香格里拉是一个理想王国。没有进入香格里拉的人都把它作为灵魂的乌托邦。除了具有辽阔的草甸子牧场，编织出神话世界的雪山，以及融入了一本奇妙的书并像一本奇妙之书展开的大峡谷……除了置身于神设计的香格里拉王国的灵魂境界之外，佛光使我们看到了那些世界上最虔诚的笑容，只要你相逢到这种笑容，你就会感受到佛光照耀之下的香格里拉，还有“唱经处、有大殿、有穹隆、有祭坛、有光塔……”这是一个从虚幻到真实的世界，从那些每日相逢的世界上最虔诚的笑容之中我们看到了佛光下的神祇那些朦胧的身影，从我们身边远去的墙壁有一道道金色的光芒，神，有谁看见过神？也许谁都没有看见过真正的神，当我祷告时，我理解了藏区的牧民脸上那虔诚的笑容。

只有通过祷告你才会与神接近，在祷告的过程之中，我已经看见香格里拉井然有序的道德规范，它犹如另一个极乐世界有着我们向往的宁静、芳菲、梦境、和平……在这种极乐之中，每个人都在用自己的行为方式展现出自己的善行，每一种善行都应该是香格里拉的品质，这就是我们在香格里拉既可以迷失方向，又可以从迷失之中看到一面镜子。在佛光照耀之下，香格里拉悬挂着一面巨大敞开的镜子，每一个人都可以在镜子中看到我们的形象。

这是我们在寻找神的道路上看到的那面镜子，毫无疑问，只有在那面镜子照耀下，你才会看见神，神只出入于那些有心灵史的秘径，在每个人的心灵史中自然会有一条秘径，它通向一道神祇，通向一种美好的无限，就像你在一瞬间品尝着永恒的美酒，就像一棵芬芳之树笼罩着你，在这样的情况下你也许可以看见神。

当日出笼罩着松赞林寺

当日出在那天早晨笼罩着中甸县城北 4 公里处的佛屏山麓，松赞林寺便露出了原形。当我们还沉浸在一道在牧场上看见的佛光之中时，一个香客的朝圣之路把我们引向了那片山冈。那片山冈也许就是日光之城，是伟大的太阳日历在轮转之中突然融进心底的日光之城，从那一刻开始，太阳每天最早地笼罩着那座山冈。面对一座被阳光完全沐浴的山冈，心底的感动荡漾开来，透过阳光的层层温暖的金黄色，透过金黄色中斑斑驳驳的无限状态，我只有仰起头来，我的仰头意味着我不敢发出声音来："这个实体具有无数的属性，其中包括了空间与时间。这样一来，如果我们说出或想到了一个词语，与此同时就会在无数不可思议的领域里发生无数件事情。那个复杂的迷宫容不得我去涉足。"然而，透过那层层金黄色在松赞林寺的荡漾，我起初朝拜的是太阳，没有日光普照，我所仰望的那座山冈就不可能矗立着神圣的松赞林寺。这座寺院的建筑设计一定来源于一个梦想与日光交融的建筑设计师，他也许就是一个高僧，就像传说中的那个高僧一样缓缓地站在山坡上，当一阵日光倾

泻在他身上时，他看到了众鸟飞翔，那群鸟绕着东面的奶子河源头，然后飞到山顶，并绕着阳光的一团团金黄色发出婉转之声，抬起头远看，西面的释卡雪峰遥相对映……我想，那个建筑设计师站在山冈上被佛光所笼罩的一刹那使他看到了松赞林寺的全部面貌。

松赞林寺的日光吸引着我，也许那就是佛光。在佛光照耀之下，想去了解山冈上那已露出原形的圣殿，对我来说是一种战栗。我来到台阶上，通往松赞林寺的台阶使我看到了那个建筑师的梦想，在公元1674年间，那个建筑师被一位高僧所看见的众鸟所吸引，他想到了众生的普度，众生修行布道的台阶，香客们从低处进入高处，这就是一条庄严的朝圣之路。我被这条台阶吸引着向上走去，走到中间时，我伫立着，仰起头来，尽管我还看不到那位智慧的高僧看到的那群众鸟，但我看到了，山冈脚下的大片牧民和青稞架，因为这座圣殿无法离开山冈下起伏的牧场，离不开庶民撒向空中的青稞，两者都是佛光所照耀的事物，所以，我在中间看到了支撑着圣殿的香格里拉的农业景象；再往上走，向着阳光最斑驳的金黄色往上走，我想起了那位建筑师，他往上走时已经确定了佛光应该从阳光深处弥漫出来，弥漫这个状态是松赞林寺的美好状态，使时间和空间的亲密融合从弥漫中向外渗透，这就是我们看到的佛光。

在台阶的最后一级仰起头来，我回转身体，我看到了那群众鸟正将它们自由而欢娱之中的阵阵啁啾荡漾在空中的云彩之下。我看到了奶子河，它的源头在日光中看上去晶莹剔透，透过奶子河弯曲的线条，透过众鸟飞翔的自由状态，透过山冈脚下的村寨、炊烟、牧场上的秋色……我正在佛光之中变成一个朝圣者，用我朝圣者的祈祷来接近这一次与佛光的相遇。

佛光在阵阵的金黄色中渐渐向我们的身体荡漾而来，这是一个朝圣者最幸福的时刻，越往上走，佛光深处我们可以看见藏式建筑的特点。它无疑是建筑设计家用梦想置身在佛光之中产生的想象力，他的想象力使全寺占地 500 亩，形成一个巨大的椭圆形城镇，在这布局缜密的城镇中共有扎雅、独肯、东旺、绒巴、鲁古 5 道城门……在大殿中可容纳近 2000 人趺坐念经……我就在这些城垣之中进入了一道门又从另一道门出来……置身在这座巨大的椭圆形城垣之中，心中的欲望变成了神圣的不可以触摸的东西，所以我置身其中，仰起头来看着众鸟从我们头顶飞过。哦，这圣殿在遥远的 1674 年间终于圆满地完成了那个建筑设计师的幻想，它作为佛光普照的一座圣殿并不受时间的影响，在这座日光城照耀的山冈拥有了它的转经堂，壁画中描述的藏教传说以及众多僧侣，在这座城垣之中最永恒的那一缕缕佛光让我们看到了人类的另一种虚幻的力量。

路上的一群僧侣到哪里去

一群年轻的僧侣突然出现在路上，他们披着红色的袈裟，在一本书上我看到这样的文字：“有德行的僧侣走路，垂眉低目，不甩手不跨大步，问他们为何如此，答曰：恐伤及小生命，他们认为万物都有生命，要进入轮回，一不小心会伤害虫蝼蚂蚁等的生命，就是孽。虽有点迂，但这种观念与生态所讲的所有现在还存在的生命都是经过大地沧桑巨变后进化而存的物种，而因为当前人类不注意保护环境，使生态恶伤，许多物种正在急剧消失的危机的认识有相通的一面。”披着红色袈裟的年轻僧侣们目不斜视，他们正沿着 214 国道行走着，他们会到哪里去？他们脚步轻盈，仿佛不想惊动路上的任何生灵，在灿烂的阳光下，他们依次列成一支队伍朝着一片茂密的森林走进去了。我想，也许他们正在寻找静修的地方，比如，一座危崖的洞，是僧侣们面壁倾听天籁之声的好地方；比如，一座原始森林芬芳的草地上同样是可以远离世俗生活的地方。僧侣们身上飘拂着红色曳地袈裟，他们的出现使我刚刚看过的那些朝天空上升的佛光变得那样开阔，佛光因为这些修行的僧侣而开阔，很难想象当一群僧侣置身在一座没有人间烟火的危崖石洞之中，他们在修行时看到的幻象是什么？

往前走，我看到了一种让我震惊的图像：一个年轻的僧侣坐在一座从道路的中端突兀出来的危崖之上，他所面对的是巍峨的群山——这样的修行姿态从未在任何场景中看见过，出乎我们的想象。鹰，又是一只鹰在他的修行视线之中，盘旋在他附近，在天空，在山脉逶迤的线条中端，他仿佛在研习瑜伽功，身体面对的却是引起我们仰望的山脉，这是青藏高原南延部分横断山脉的中段，他所眺望的是一座除了有鹰飞翔之外还有一只罗盘无休无止的移动的山脉。什么叫修行？当一个人的灵魂发现别的灵魂，比如一座山的灵魂高高在上，一棵树的灵魂回味无穷，一朵云彩的灵魂缥缈在睡眠之外，一座峡谷的领域塑造了一座塑像……这就是一个人的修行之路。而我们竟然在他之外徜徉了许久，他仍未发现我们，他的心不会被别的声音所惊动，他的视线不会被别的枝蔓所纠缠——这就是一个年轻僧侣坐在岩顶眺望山脉时的修行。

我在那岩顶之下看着他红色的袈裟。它犹如一团火焰但不会让我们感到燃烧，它带来的是一团宁静的火焰，它使年轻的僧侣未曾发现我们的存在，它通过红色袈裟感受到了一个僧侣的修行之路是那样开阔，它可以是无限，是无限的心灵之约，是宁静的馈赠，是已经融入了清幽流水的一道屏障。

我回过头去看我们经过的路，我想看见那群僧侣的影子，但他们已杳无踪影，在香格里拉，尤其是在佛光上升的地方，每个人的降临如同消失那样无声无息。不过，我已经看到了那群年轻僧侣修行的旅途，一座岩洞可以容纳下他们的身体，可以改变他们的姿态，可以演绎出他们新的灵魂，这就是修行。

我此刻的道路同样是一条修行之路，就像最完美的睡眠，为什么是完美的睡眠？睡眠就是在最漆黑的时间里发现了银光闪烁的迷宫，是在那呼唤之中感受到已经被呼唤过，已经惊醒过，睡眠是在香格里拉这样的世界邂逅到一座雪山上的空中花园，睡眠就是把经历过的幸福重新看见。最完善的睡眠来自入睡之前的姿态，就像那个年轻的僧侣把身体轻盈地放在岩石上，不惊动任何风花雪月，让所有的人和动物从身边走过去，然后把自己灵魂的形状看见。

所以，我不去惊动消失在森林中的那群年轻僧侣，我不会让坐在岩石上的年轻僧侣看见他不该看见的我，然而，我将尽一切可能看见他修行的秘密。因为我最近刚刚发现，每个人关于灵魂的秘密都与逆转的日月有关系，都与万般事物的遥远有关系。所以，我们因为遥远而修行，因为一种逆转的日月而修行，只要我们活着——这种秘密就会感动天或地。

香客的足迹

从没有路的地方浸透的梦境，使香客们寻找到了路。在香格里拉，每一条有兵刃和侠客游走过的路，每一个赶马人与兀鹰搏斗过的路，每一个僧侣修行时从不弥散足者的路，都可以进入芳草菲菲的道路。现在，香客们从每个地域希望向着高山、峡谷及绵绵的芬芳之中通往佛光升起的路上走去。

人的一生中都期待在佛光和神祇中寻找到自己的命运，我就是这样。在发现一支香客队列的时候，顷刻之间看到他们俯在石板路上，每一个朝圣的姿态都像是在寻找一段祈祷词、一段铭文、一个可以决定幸福的时刻……我在澜沧江的那片大峡谷中被这样的场景再一次震撼了。那群香客的鞋子已经失沉在澜沧江峡谷，他们只好赤着脚继续着他们的朝圣之路。在他们的衣裳中我已经嗅到了所剩不多的酥油味，在烈日炙烤之下，即使站在很远的地方，我同样能嗅到酥油的香味。当他们体力不支时，他们会掏出一块酥油来，“每一个瞬间既是他的全部过去，又是他的全部将来”，所以，这群赤脚在沙砾之中俯在澜沧江大峡谷的岩壁之下完成朝圣之路的香客——也许是我见到过的世界上最为虔诚的香客。

在梅里雪山脚下，那些香客的每一双眼睛都包含着伤感而寻访神祇所流露出来的神秘感，当他们怀抱神圣的梅里雪山开始转经活动时，每个人都感受到了神圣的旨意，所以，香客们怀抱着雪山而在转经的路上，会遗忘躯体给他们带来的饥饿和寒冷。转经路是一条漫长的道路，当我在梅里雪山的飞来寺前开始用手触摸到金黄色的转经筒时，我仿佛已经跟随了一支队伍，在某个寒风凛冽的日子开始艰苦卓绝的朝圣之路。朝圣意味着什么？从穿上鞋子出发到一片荒僻的峡谷我们的道路磨损了脚上的鞋子，于是，那双鞋子再也不束缚我们的脚，我们所拥有的是什么？也许在我们所拥有过的月亮的色彩中我们已经丢失了自己，在我们曾经拥有过的象牙色的箱子里面我们曾经忘记了苦难的重量，在我们曾经拥有过的一只乐器密封住的声音里面我们再一次确信了时间的不可改变，在一朵玫瑰的香味之中我们曾经不知所措……现在，我们赤着脚在澜沧江大峡谷中寻找到了神祇的历史，我们绕着梅里雪山的佛光而朝圣，就这样当我们经历了这条朝圣之路的艰苦卓绝之后，我们必定会确定自己的灵魂在什么地方栖居，这就是朝圣者使我如此感动并卷入其中的意义。

香格里拉的朝圣之路位于一条峡谷边，从此处出发香客们会领略峡谷中奇异盛放的果实的姿容，看见这些鲜美怒放的姿容，每一个香客都会希望自己也能看见自己那在岩壁前的一张脸；香格里拉的朝圣之路源于一座巨大的牧场，从牧场出发的香客都会带着酥油灯，一路上每当他们感受到世事的纷乱时，会情不自禁地点上一盏明亮的酥油灯，以照亮那条朝圣之路；香格里拉的朝圣之路从一条江河中逸出一条小路，从岸上出发的朝圣者一边注视着滚滚江涛的影子，一边被神的召唤而偏离原来的那条路，所以，他们会在一只只兀鹰的翅膀下寻找到一个黎明的传说。我熟知了峡谷中的异果并用它芳泽了我的嘴，我经历了那座牧场日日夜夜不灭的酥油灯的照耀，我还在许多条江河的互相碰撞之中把我的鞋子丢在了澜沧江畔……现在，我是谁，我转动着飞来寺转经筒开始时闭上了双眼，中间我感受到了人世间的某种眩晕，后来当我睁开双眼时我再一次无法确定我在哪里。

香格里拉世界的每个香客把一本书合上时已经阅读完了那本记述所有事物预演梦境的书，每一次阅读，都需要一次出发，一个被道路所耗尽虚荣和苦难的香客，必定是那个被无边喜悦所囚禁的香客。我除了能够做一个走在路上的人，在我一生中去梦见一本合上的书籍之中的因果关系，我除了发现我的鞋子已丢弃，除了我的镜子已变得更加明亮之外，在我一生中，我还有什么更为重要的意义。

传教士从澜沧江进入了茨中村

在传说中，从 19 世纪末端开始，先后有 16 个法国、瑞士等国传教士来过德钦传教。时间已经从不可逆转的波涛之中带走了一切传说的真实面貌。当法国传教士在 20 个世纪初披着黑色长袍进入澜沧江峡谷时，我在何处？正如一位伟大诗人所说：“我在沙漠上见到了刚刚雕成的年轻的斯芬克司，阳光下没有任何古老的事物。一切都是开天辟地第一次，不过是一种永恒的形式……”当法国传教士用黑色长袍挟裹进澜沧江的一块岩石上去栖居时，我看不见他们的身影，当然也无法猜测他们进入澜沧江来干什么。20 世纪初叶我在哪里？“我看到天上有一个白色的物体。听说那是月亮，可是，一个名称和一段神话对我又有什么意义。我对树木怀有某种畏惧。树木是那么美丽……”我想，我所看到的传教士中的那个人，他披着黑袍，他埋头走在澜沧江河谷，他是寂寞的，他是圣洁的，他只有一个目的：在澜沧江河谷中不停地走，直到寻找到福音书敞开的时刻，就像“图书馆里的书籍不见字迹”，“只有将它们找开，那字迹才能显现”。寂寞之中的传教士当然怀有他纯粹的目的，他早就已经在梦中看到了澜沧江畔的一座村庄，他想，如果能在澜沧江畔矗立着一座教堂，这似乎是他在寂寞的澜沧江畔传播福音的理想。尽管在 20 世纪初许多传教士涌进德钦，尽管他跟所有的教士的目的有相同之处，然而，此刻，置身在汹涌的澜沧江大峡谷，他看见了在茶马古道与兀鹰相撞而坠入怒涛滚滚的赶马人，他在这个地域看见了沿着羊肠小道而再现出心灵轨迹的许许多多陌生的马帮部落，他，这个来自法国的传教士常常从擦肩而过的兀鹰身上看到澜沧江的奇迹。所以，他梦想着有一种奇迹出现，傍晚，传教士暂时居住在一只岩洞中，寂寞像被一只兀鹰的翅膀裹紧，那双干燥的冒烟的翅膀一方面紧裹住他的梦，另一方面使他看到了一个受伤的赶马人，他从药箱中取出从法国带来的西药，在那个晚上他竟然用西药挽救了一个患疟疾的病人垂危的生命。那个赶马人将一块酥油送给了他，那是他头一次用嘴接触到一种澜沧江流域的酥油气息，新奇的味道长长地弥漫着他。他继续走，并在澜沧江流域有酥油飘荡的香味，一路上他经历了许多难以言喻的跋涉，犹如让自己的身体得到了一次锻造。他在划燃一根火柴时才发现包里的食物已经掉进了澜沧江，于是他迎着寒风和烈日继续往前走。当他祷告时，一群群禽兽变得那样温顺，就这样他一路祷告一路呼唤，中途他经历了许多村庄，他与一些孩子站在澜沧江畔谈话，没有任何一个人听清楚他在说什么，两种语言似乎带来的是一道屏障，然而他仍继续往前走。这个想象中的传教士仍然紧裹起黑色长袍，他是孤独的、寂寞的，但每一次与人群相遇，他都会有一种感恩的喜悦。在他认为，只要有人群居住，有人群出入的地方就有上帝存在。无论如何，我所看见的这个传教士是我见过的真正传播福音的使者，他从不怀疑澜沧江流域的夜晚，尽管那些漆黑的夜晚有老虎的怒吼震动着耳朵，但他从不怀疑自己的选择，他为自己选择了沿着澜沧江传播福音而欣慰，他为自己一路上看到和接触到的澜沧江流域朴素的心灵而兴奋。沿着江水越过了一个夜晚又一个夜晚，他怀抱一个目的，他要在澜沧江流域看到一座可以矗立基督教堂的村庄。那个黎明是法国传教士进入澜沧江流域之后最幸福的时刻，他在一路上的飞絮浮尘之中突然感受到了梦幻中的一座村庄近在眼前，澜沧江河岸的一座村庄突然展现在眼前。它似乎是从滚滚江水之中浮出水面的幻象，但在云雾中他越来越看清楚了村庄走着的牛或羊，还有人，在这座村庄的降临之中，有一种福音在很久以前已经在漫无边际的夜晚一次次地在他心灵的村庄中游荡，它就是茨中村，这就是他经历了许许多多孤独的长夜寻找的村庄。披着黑袍的法国传教士胆怯地然而坚定地移动着脚步，自从他的身体降临在这座村庄，他的灵魂就游出了体外，开始四处游荡。

越过江水，越过钟楼

江水长时间地在我们脚下，既没有疲倦，也没有迷阵的中心，所以，它永不在我们脚下停留。我们在阿墩子栖居了很长时间，一直等待细雨笼罩的秋日突然上升着阳光。因为从阿墩子通往茨中村的公路已经坍塌。等待的日子使我们在阿墩镇走来走去。这个昔日的茶马古道天堂今天仍然因承受着南来北往的陌生人的马队、车队而散发着许多憧憬。我们的虔诚终于感动了神圣的梅里雪山，在另一个醒来的黎明，一缕阳光带来了令人振奋的消息：通往茨中村的公路已通。我想起了那位传教士，他是那么古老，他在澜沧江大峡谷用脚丈量着到茨中村的距离有多远？无论这情景有多远，无论这个传教士有没有在我想象之中存在过，我此刻已经再一次被震动，在我们的越野车驰出阿墩子寻找到一条通往茨中村的公路时，我深信从那一刻开始我自己正在寻访那位传教士的足迹，沿着澜沧江流域，我被那个传教士的理想所笼罩，也许那座茨中教堂再现了我想象中的那位传教士的全部理想，也许去访问茨中教堂，就是去访问那位传教士的理想。

澜沧江的茨中村在哪里？沿着澜沧江流域的这条唯一的公路，我侧身面对车窗，我们在不久之前曾经访问了澜沧江大峡谷中轰鸣的溜索，曾经访问了在那无底旋涡之中已经被泯灭的一些传说，世界的一部分奇迹从澜沧江的峡谷中展现出来，所以，茨中村的那座教堂同样也是奇迹之中的奇迹。很难想象，那位传教士会寻找到茨中村，难道他早已有预愿？要用他的一生去体验一条江的灵魂，把他的福音变成朗朗上口的赞美诗，弥漫进茨中村人的梦乡。现在，我想象之中的钟声来得那样突然，那样快，我仿佛“得到了不可见的音乐”。对，钟声是一种音乐，它利用我们在绕着澜沧江曾经失去过的梦境，曾经失去过的忧郁，曾经失去过的红陶器皿，曾经失去过的一头羔羊……如期地降临，但却在我们长时间的等待之中，美妙绝伦地传入了我们的耳朵。我很害怕我的耳朵在此刻失去灵性，为此，我侧耳细听，越过江水，越过了一条澜沧江按照字母顺序排列的秘密，越过不幸以及我在传说中看见过的那次可怕的魔术，我的耳朵带着我的躯体早已经在不知不觉中领悟到了这条深沉的河流，所以，我可以越过江水看到岸上的那座钟楼。现在，让我的身体落在茨中大桥中央，我一生与各种各样的桥梁有着密切的关系，密切到我可以一次次地在桥中央让我渺小的身体幻想出不曾想象过的格律，不曾想象过的一只樊笼中正在脱颖出去的一种理想。每一次都是这样，只要我的身体落入桥中央，世界的山峦在摇摆中传递给我一种惊险的喜悦，那是我的灵魂做着感恩姿态的一刹那……此刻，我置身的茨中教堂之外的一座桥梁，有一种气息向我传来，当我从桥中央向四周眺望时，我被一种时间所销蚀的色彩，一种不可能被时间所忘却的色彩笼罩住了。就像那只樊笼使我陷入了一种仰望，在樊笼之外是茨中村的一片无人进入的河谷，也许它就是茨中村的一首已经失传的歌谣，一条条小路已经被旋律所包围，无人敢涉足其中的任何一条小径，因为无人敢在上帝散步的地方与他相遇。

一种着魔似的念头使我越过了茨中桥，阳光正斑驳地游离在茨中村的每一个地方，我们正在慢慢地寻访着钟声传来的地方，从钟声中去寻找一座钟楼。澜沧江水正在平缓地流淌，它不想干扰茨中村的那座古老的钟楼的存在，它不想惊动一座钟楼世界有可能发出的那些最完美的旋律。钟声将我们引领到了钟楼的核心部分，我们从阳光中渐渐地移动着身影，这座斑斑驳驳的呈现着那个传说中的传教士的梦境的钟楼，在我们到达它身边时，开始在一切神秘事物中呈现出原形。我知道访问一座呈现出原形的钟楼对我来说意味着什么。钟声是时间和灰烬之中的一部分，无论那位传教士的理想有没有出现，飘曳在人类的任何一种钟声，都是与我们的梦境长相厮守，所以，茨中村的钟楼已经抵达我的梦乡。

看见了茨中教堂

从法兰西向着澜沧江大峡谷缓缓走来的那位传教士在茨中村落下了脚。那天早晨细雨朦胧中来了一群人，淋着湿透了的身子窥视着传教士，用那种因一条澜沧江而变得富有想象力的双眼，虔诚地看着那位披着黑袍的人。从那个时刻开始，从法兰西辗转到茨中村的传教士终于寻找到了自己落脚的地方。而我此刻同样在澜沧江边的茨中村驻足下来，一座建筑除了传出钟声之外已经离我很近了，我屏住呼吸。一个世纪已经彻底过去了，上个世纪初叶在茨中村落下脚的那位传教士早已在传说中变成了天堂中的另一个缓缓散步的使者。迎着秋叶的阵阵瑟瑟之声，一座充满法兰西王国的想象力的建筑已经坐落在眼前，我再一次想起了那位传教士，在他进入茨中村时一定相遇了一位中国建筑专家，他也许就是一位生活在澜沧江峡谷的木匠，一位使用墨线在木头上寻找到距离的木匠，于是，他们两人走在茨中村——这就是我所看到的茨中教堂，我既看到了法兰西王国的传教士的想象力，同时也看到了那位澜沧江木匠的想象力。所以，迎着阵阵落叶往前走时，迎面飞来的一群鸟栖在教堂的一个角楼，除了钟声之外，鸟给我带来了第二种声音。进入廊壁，我看到了一个世纪的青苔，由传教士开始翻开圣书时，那层青苔就已经在东、南、北三方的院子里，门壁下，木楼的拐角上蔓生出来。青苔，看见青苔，我犹如看见了那位传教士，在一个世纪之前，他置身在青苔之上，到处是木头新鲜的芬芳，一个世纪前的教堂，到处是澜沧江河谷森林地段的芬芳，大量的木柱撑住了传教士和那位澜沧江木匠的想象力，垂直在河谷上的木板墙挡住了澜沧江在夜晚的咆哮声，好使那位从塞纳河畔走来的传教士进入一个思乡的梦境之中去。一道道木门从一个世纪之前一直敞开着，向着那些澜沧江的教徒而敞开。木窗在一个世纪之中始终迎着茨中村和一条澜沧江而敞开着，传教士迎窗而立的情景在我的想象中上升。我们面对那一道道木窗想象出传教士垂立在木窗下面看到了茨中村的全貌，接下来我看到了木楼梯。一个世纪早已过去，走在楼梯上面仿佛与传教士迎面相遇，这种相遇是偶然的，仿佛像是在福音书中的朗朗上升之中。而我们回到现实看到的却是一条寂寞的通道，在 20 世纪初叶，那位法兰西传教士曾经沿着这条通道——他的走路声永远像是那样缓慢，不慌不忙，沉着地穿过拐角。而我在穿过拐角时头却开始眩晕起来，我看到那群鸟已经离开了那个角落，它的飞来飞去正是时间在漫长的游戏过程之中艰苦演变历史的佐证。我缓缓地放慢脚步，我想象中的那位传教士应该在一群鸟的来去之间迎着杳无人迹的一抹曙色站在门口第一次迎候茨中村的教徒，我想象之中的那位传教士应该站在茨中村的每一个入口处与茨中村的村民相遇，他的仁慈使他在茨中村落下脚来，他的智慧始终在茨中村的每条小径上寻觅真谛……尽管如此，茨中教堂已经经受住了种种的磨难，迎风而去，我看到了钟楼的顶部，在云端，在澜沧江秋色的云端我看到了钟楼——我们刚才听到的钟声正是从钟楼上传来的，那只钟同样经历了它自己的苦难。很难想象在一个漫长的世纪里，一只钟的钟声会不会受到世俗生活的干扰，它的一次次干扰竟然使钟声响起来。我倾听着钟声，我看见了一座学校，是的，按照那位想象中的传教士的理想，教堂应该与学校毗邻。它们的相互为邻可以通向一条充满曙光的道路，可以跨越无穷无尽的国度，从而使清澈的福音书朗朗上口，传留下去。当我看到学校的钟，我才想起了刚才的教堂钟声的梦幻性，它确实是梦幻的，事实上，钟楼上的那只钟果然在一场它的磨难之中被淬火熔炼，钟声一次次飘来，那是祈祷的时刻，是我想象中的一个时刻，现在我听到的钟声来自教堂的邻邦——它的学校的钟声响彻了这个地域。我看到了澜沧江河谷上的一群孩子，他们在钟声中跑出教堂，那样惬意地想把某种幸福、吉祥、飘荡的情景拥抱在怀里。

茨中村的葡萄园

仍然是我想象之中的那位传教士有一天半夜突然感到口干舌燥，他寻找到了器皿，一只从法兰西辗转而来的器皿，一只晶亮的玻璃杯在那天半夜面对着嗓子干燥冒烟的传教士，这种难以忍受的口干舌燥让他思念着法兰西的红色葡萄酒。他面对空杯垂窗而立，就在那个半夜，我想象中的这位传教士突然发现了深幽的院子，他就这样产生了一个梦想，想在院子里种植葡萄的那种强烈的愿望刹那间，就让他灵魂出窍了。

于是在教堂之中有了一块空地种植上了上好的葡萄，法兰西传教士开始在另一个夜里酿制自己的红色葡萄酒。从第一只土罐盛满红色葡萄酒的那一时刻，传教士的那只玻璃杯里就装满了由他自己酿制的红色葡萄酒。很难想象，在澜沧江河谷的茨中村那片葡萄园挂满了黑紫色的葡萄，每一颗葡萄都是那样饱满；很难想象，当那位法兰西传教士举起那只盛满葡萄酒的玻璃杯时，他的满足和喜悦，他在异国的澜沧江畔得到了自己的满足，有了自己的葡萄园，并有了自己的地窖——将一罐罐

酒藏在地窖里面——这是一种梦想，犹如澜沧江茨中村的那片葡萄园，散发出清香。后来，这位传教士在偶然的一次出游中看到了茨中村畅饮青稞酒时使用的一种器皿，一种铜器在手中碰撞，与嘴唇接触。传教士一改往日的习惯，重新寻找到了一套铜制的器皿。每到傍晚，传教士就将葡萄酒倒进一只只铜制的器皿之中，在金黄色夕阳中，举起杯来，你可以看到，那位法兰西传教士已经用嘴唇轻轻地摩擦着一只只澜沧江边茨中村的铜制器皿，这种变化使那片教堂之中的葡萄园始终散发出酒味。

在秋瑟之中，我缓慢地接受着那片葡萄园，但它已经彻底地废弃，这种废弃是死亡，是无声无息的死亡。我再也看不到想象之中的那些茂密的葡萄园，再也无法看到每一颗紫黑色的葡萄闪烁着茨中村的那种明亮和饱满的果汁，为传教士的那只只铜皿而变幻着夕阳之下的色彩。我甚至看不到一片因废弃而留存的枯叶，一只裸露的根须，这种死亡是彻底的，它一次性地就让教堂之中的葡萄园干枯，在孤寂中废弃了葡萄的根须，这种死亡使我驻步而立。我忽然会想起那座储藏酒罐的地窖，那个秘密的小径通入的地窖，已经彻底封闭起来，因为那里面由于没有人的足迹，大量的蛇、蝎子、鼠类已经自由自在地生活在它的底部。

尽管如此，那只被传教士举在空中而干杯的茨中村的铜皿，盛满了紫红色葡萄酒味，仍然从那片废弃的葡萄园中缓缓地飘到我的嘴角。我敞开我的呼吸，这是一种令人忧伤的时刻。世事万物均按照它的程序，犹如一只鸟雀擦着云端发出清唱，今天那只鸟雀还在清唱，明天那只鸟雀已经烟消云散。但我始终感到那股葡萄酒的香味并没有湮灭，在我走出教堂门外时，我刹那之间看到了另一片葡萄园，这真是奇迹。仿佛这再现了那片教堂中的葡萄园——这使我不由自主地走近那片葡萄园，我忽然想起了那位传教士，我往葡萄园深处走去——这是时间浸濡的果味，这是那杯葡萄酒轻轻摩擦嘴唇，一股芬芳的味道，它就是茨中村的葡萄园的时光和历史。由教堂中的那片葡萄园延续的香味，如今已经在茨中村的地域之中弥散，我所看到的葡萄目前并不是虚幻，而是现实，如今在茨中村人们已经学会了酿制自己的红色葡萄酒，他们从那位传教士的梦幻之中学会了划定泥土的区域，如今，在茨中村，已经有了葡萄酒的地窖，那些土罐隐蔽地保留着当年传教士的芬芳之味。我在一家地窖里嗅到了香味，在那次夕阳之中，我们迎着暮色进入了茨中村，我得到了一只杯子，铜色的酒杯，使我再一次想起了传教士和他的葡萄园，如今，那片葡萄园虽已死亡，然而，传教士从法兰西引进的第一株葡萄已经在茨中村扎下根来，我相信很久以后，如果你在夕阳之中走进茨中村，你会走进一座座葡萄的乐园之中去。

琥珀色的茨中村

茨中村有藏、汉、纳西山民云集，它是一张陌生的面孔，因为有茨中教堂——当太阳高悬上空，我们进入了茨中桥又进入了茨中村，访问一座有教堂矗立的村庄，我们难以言喻的心情像“回声、退浪、细浪、地衣、梦想”。除了去想象那名传教士之外，我们也在想象着一名天主教徒，我深信我们会与一名茨中村的天主教徒相遇。

仿佛是被一座教堂经久不散的福音之书笼罩着，茨中村在黎明时仍然沉浸在一层琥珀色的光泽之中。在醒来的村庄小径上，走来了一位女教徒，她已经年迈，她记不清楚自己出生的岁月，就像我们记不清楚某种珍贵时刻的一分一秒一样，因为女教徒出生以后就面临着选择。当她还是一名茨中村的少女时，就走进了钟声鸣响的那一时刻。她叫丽娜，这是她的教名，也是她走进茨中教堂以后命运选择她做一名天主教徒的时刻。也许是从那一刻开始，她就理所当然地忘记了自己的出生年月。此刻，琥珀色的光泽照射着她脸上的每一道皱纹。现在，看上去，那些皱纹也变成了琥珀色，把她一生的教徒生涯映现出来。我看到了她的衰老，我无法计算她的年龄，她的教名使她有了茨中村的一座教堂，她颤抖地移动着身影，与我们相遇完全是偶然，但她却把我们带到了她家。一座藏式建筑笼罩着她的一生，那是一座庭院，琥珀色的阳光洒在墙壁上，我看到了一本《圣经》，那本书就像她的年龄一样衰老。无法想象这本书被她的手抚摸了多少遍，也无法想象她在这座飘拂着酥油味的房子里吟诵了多少遍《圣经》。当她向我们微笑时，她的脸上的线条就像澜沧江变得平静时的波纹，她的一生出入在教堂的台阶之中，做礼拜，听弥撒几乎占据了她生命中三分之一的时光，她另外的三分之二时光却是生活。不错，一个生活在茨中村的女教徒，从出生以后就在面临着她的峡谷和土地，同时也面临着这座藏式建筑的笼罩，当她有了教名之后她也就有了《圣经》的笼罩。很难想象她在吟诵祈祷时，她的血缘却伸向茨中村的每一条小路。她在这大地上行走，祈祷平安幸福的方式都是与上帝对话。

她的上帝在哪里？她那衰老的面孔侧向一旁，被她提及的物象还有葡萄园，这再一次让我想起那名传教士来，我不知道这名叫丽娜的女教徒有没有与我想象中的那名传教士相遇过，不过，我深信她是在教堂做弥撒时看见了教堂中的那片葡萄园。那时期，茨中村第一次出现了葡萄园，这新奇的果树被她看见，她一定是在做完弥撒之后，在阳光下悄悄地虔诚地移植了一株葡萄，然后带回家。当她站在她自己的那片土地上时，她仰起头来听到了钟声，尽管她的双手在颤抖，她仍然成功地将那株葡萄苗圃移植到了她自己的泥土中……也许，这也是她祷告的一种方式，此刻为了欢迎我们与她相遇，到她家里做客，丽娜教徒已经支好了她的几只铜色酒杯。葡萄酒在哪里？我跟随她的身影来到了她的秘密的地窖下面，越往下走，我感到有一种潮湿的芳菲，我看到了一只土罐矗立着，实际上那只土罐并不大，它成了她生活中的一部分，生活中的一部分现实，现实中的一部分想象。在她的藏氏家族，她是他们唯一的女教徒，她心中有一座教堂，都生活在一座藏式建筑中，她会举起她的杯子，在祷告完之后，呷一口自己酿的葡萄酒，它代表那座茨中教堂的某一部分福音，某一种祈祷，以及教义中的一切奥秘。此刻，那只杯子真实地在我手中，法兰西文化的一种移植的芬芳是从那座葡萄园开始。这个经历了大半个世纪的老人，这个叫丽娜的女教徒，她的双眼尽管已经被风花雪月被《圣经》的声音所浸染过，但依然有一层琥珀色光泽——这让我想到了那个传教士的理想的一部分。这个叫丽娜的老人如今平静地生活在茨中村，我看到了她的家族，也看到了她的葡萄园和酒窖。所以，茨中村已经被琥珀色的手翻阅过，如今，我们经过这里，同丽娜老人畅饮着她的葡萄酒，这是一种缘分，如同那座教堂与这个老人的缘分一样难舍难离。

寂静中的东竹林寺

再一次经过了214国道重重峻岭，那天中午再一次与一个两个的年轻僧侣相遇在路上。我们将车抛在路旁，沿着那条小路下山，东竹林寺被阳光沐浴着，显得如此寂静，即使与僧侣相遇也仿佛听不见任何声音。沿着土坡而下，我们进入了经堂大殿的正面，阳光均衡地洒在每一处，每一道红色土墙的中央和角隅，寂静已经包围着经堂大殿，门关闭着，这是一处容纳两千人僧侣诵经的地方，我站在门口， 不敢进入，只好站在远处，我再一次忘记了我是谁，我来自何处？这个世界似乎与世俗生活无一丝联系，我轻轻地环绕着东竹林寺的外围，仿佛是一个远方而来的修行者。我在修行我自己的道路，站在每一道掩映的木门外围，每一个僧侣的斋舍并不对外界敞开，它的掩映有隐蔽性，我站在秋风中体会那种寂静，在过去的几年里我从未体会过世界的寂静，容不得一只纤细的翅翼飞翔，因而，我在东竹林寺的低矮山坡上看不见一只小鸟。然而我看见了那一只只蝴蝶，在僧侣斋舍的门外有一片又一片花园，我还看到了一棵棵在秋风中摇曳的石榴树。有花园的地方也是蝴蝶飞翔的地方，但你听不见蝴蝶飞翔的声音，在东竹寺地区，一只鸟不会飞来破坏这种寂静，只有蝴蝶。哦，我看到了一个僧侣背对着我们，他坐在草地上，蝴蝶在念念有词的时候飞来，但始终与他保持着距离。

我在阳光下看到了一个最小的僧侣，他大概才有10岁，他从山坡上走来，小小的身体披着袈裟，看见我们，他怀着好奇。我们来到他面前，问他从哪里来？他告诉我们了一个村庄的名字：明永村。我们当然认识明永村，在这之前，我们曾经过明永村去看明永冰川。他的声音显示出了他未来的僧侣之路的缥缈、遥远，我们无法看清楚这个来自明永村的年仅 10 岁的小僧侣，他今后的道路以及他修行的漫漫征途。然而，他已经从明永村来到东竹林寺，从明永村出发的那一时刻意味着他已经准备好历尽千难万险修行自己人生的另一种命运。命运已经在东竹林寺落下脚来，尽管他那稚气的神态还不能让他去伸出双手抚摸到修行之路上的沙漠尘埃……

寂静笼罩着东竹林寺，岁月使我学会了在寂静之中使用我的耳朵，我站在山坡上闭上双眼，那个 10 岁的小僧侣看见我闭上双眼，他将双手合拢。在他看来，我一定进入了他曾经进入过的某种境界；在他看来，我是那个时刻，那片山坡上被诵经之声所笼罩的一个最虚无缥缈的人。睁开双眼，那个小僧侣的双手仍然放在胸前，他身上的红色袈裟让他用 10 岁的年龄承受着熠熠闪耀的佛光，他已进入这佛光之中去，所以他的双手在胸前合拢，他已进入轮转日月的佛经活动之中去。

循着这寂静，我们的道路就是这样来到了 1574 年左右的藏传佛教噶举派寺院，在这里有巨大的金碧辉煌的铜瓦殿，有镀金宝鼎五座，经堂大殿内设有强巴佛殿、护法殿、白伞盖母殿、如来殿、佛塔殿、藏书院、印经院、斋戒堂等。我的足影此刻已经在佛光之下，发生在这一刹那间的故事只是一次围绕着竹林寺的修行之路，我在寂静之中每一次移动脚印都展现出我的又一次渺小，我的渺小在于我已经在这寂静之中看见了我自己的原形世界。

就像那位年仅 10 岁的僧侣站在山坡上，他从明永村出发，“梦中的景象可能是绵亘的山峦，有栈桥的沼泽，通往地下室的螺旋楼梯……”此刻他却置身在东竹林寺的小径上，双手合拢的那种境界也许就是辽阔的大海，他用他年仅 10 岁的修行之路置身在这山坡看见了大海……而我呢，我出生于一次偶然的战栗之中，我来自一个街角，我的母亲正在远方编织她一生有可能编织出的梦境。我们每个人都在寂静之中编织着梦境，这正是东竹林寺从我们眼前升起的那一缕缕佛光，它的佛光上升基于我们人类最富于梦境的本源，基于我们正在改变我们的灵魂之路的许多时刻，基于这种持久的寂静已经展现出了多姿多彩的世界。

诵经仪式

东竹林寺的大殿开始诵经仪式时，太阳高高地用金色涂抹着墙帷，我拾着台阶而上，诵经仪式已开始，几百僧侣披着红袈裟——诵经声使我的灵魂刹那停止了旅行。我置身在外面，从门的一道缝隙之中往里面看去，我又看见了那位年仅 10 岁的小僧侣，昨天他还用一双好奇的双眼看着我，此刻，他却进入了他的境界。

一个年仅 10 岁的小僧侣在诵经仪式之中寻找到的境界是什么呢？一抹阳光正在往大殿折射而去，恰好在小僧侣的脸上停留，金黄色的阳光仿佛寻找到了它在人世间的象牙迷宫，或者是寻找到了人类试图忘我状态中吟诵的诗篇。总之，阳光在小僧侣的脸上游移着，10 岁的小僧侣——就是那位来自明永村的藏族后裔，他跋涉而来，沿着 214 国道，沿着茶马古道的传说，直到他进入了东竹林寺穿上了红色袈裟，直到他进入了诵经仪式。此刻，就是他的忘我，他闭上双眼，沉浸在佛学世界的寂静之中，沉浸在早已被牢记在心中的经书之中。佛学世界已经向他敞开大门，所以，他看不见尘世间的任何影像。我站在门口，我也闭上了双眼，东竹林寺的诵经仪式如此肃穆——我已不能听见别的声音，我已不能被别的事物所纠缠。

诵经的世界对我来说尽管很陌生，我看见了活佛，他高高在上，他的胸怀犹如诵经的旋律去往的地方，在他之下是年轻的僧侣，我的视线又停留在了那个 10 岁小僧侣的脸上，阳光仍然在他脸上跳跃着。我想着他的道路，昨天他从明永村进入了东竹林寺，明天他也许会离开，他也许会沿着青藏高原寻找一条漫长而孤寂的修行之道，谁也不知道那条道路对他来说意味着什么？他的那张脸是那么稚气，他的沉静赐给他一座大殿，在诵经仪式中他会忘却自我。我在几百人的声音中想寻找到那个10岁小僧侣的声音，这对我来说并不是一种徒劳之事，当我闭上双眼时，我在为之震撼的诵经声中已经寻找到了他的声音，小僧侣的声音从明永村而来，犹如他从小仰望的那座雪山，他的声音从出生以后就被梅里雪山的雪水洗濯过，一种对生命的旅程为之痴迷的声音，从所有的声音中传来。小僧侣的声音让我想起一种清泉，想起了他从小行走的在他身后蜿蜒直下的明永冰川，那是他在参加诵经仪式之前的另一座学校。他在一个有冰川延续的村庄突发的那次玄梦使他决定在明永村消失，一个人的消失是突如其来的，犹如一场梦境巡行于天地之间。小僧侣在消失之前决定到明永冰川上去走一走，这一走使他的人生有了一条消失的途径，在明永冰川上突然明白了自己移动的脚趾正在张开，他看到了冰川之外的神祇，这使他决定在明永冰川融解之下的冰河之中沐浴，然后再喝一口明永冰川上的冰水。就这样，神祇让他寻找到了那条通往明永冰川的道路，他把钥匙交还给家人，只带走一只小小的行囊，还有他在梦幻之中用树叶制作的图片，那些干枯了的图片散发出香味。在他看来，这就是他的宇宙世界。

诵经仪式在阳光的不断游移之中结束了。我站在台阶下面，几百僧侣涌出了大殿，他们在门口穿上鞋子，我在年轻的僧侣中寻找着那个10岁的小僧侣，我希望在做完神圣的诵经仪式之后在阳光下与他又一次相遇。就像是一次玄机，一次欣喜的玄机带来了我们的再一次相遇。他步下台阶看见了我，同时也看见了我手中的照相机，他已经认识我，对我的面孔已经不陌生。然而他对我手中的照相机产生了好奇，我支起脚架，让他透过镜头看他身后的大殿，他没有想到透过他的眼睛，透过那只镜头，他所存在的那个世界不仅仅变成了一缕缕香气，而且还展现出了他心中的那种神圣。他还看到了另外僧侣，他笑起来，召来了许多像他一样的小僧侣，我为他们拍下了一张照片，自此，那个明永村的小僧侣已经留在了一张底片上，无论世事如何变幻，他的影子就这样被我看见，而他未来的修行之路呢？我想象着若干年之后的他，他在阳光下移动着身影，正向着青藏高原而去。

身体的神祇

死亡在香格里拉王国展现出这样一种图像：我看见过的一个人的死亡选择了天葬。我没有看见过他的脸，但我看见了他在活着时选择的死亡形式。将自己的身体交给一座山脉，交给秃鹰，那些从空中拍翅而下的秃鹰会将他的身体带到遥远的天国去。我站在那片天葬场，那里依然有肥沃的水草，秋瑟的一阵阵寒凉使我心寂静。一个人对死亡的选择在香格里拉王国充满无限神秘的召唤，在那个人即将离开人世之前，他的身体早已经布满了神祇的文字，在他活着时，他是一个牧民，一个生活在草甸上的牧民，注定了要将自己的影子变得修长，好接近另一片遥远的牧场。

在看不见牧场的地方，神祇的文字就像将熄的火焰重新点燃，他在牧场上将自己的影子变得修长时，恰好是被神祇照耀的时刻，这个时刻使他领略到了身体的意志。他的一生在牧场上放牧，他的一生沿着牧场上肥沃的概貌而前行，到了他耗尽了时间与空间的力量的最后一刻，他仍然躺在那个放牧去得最远的地方。所以他渴望躺在那片牧场上，渴望他在放牧中看见的那群令他畏惧的兀鹰能够将他带走。

在生长着肥沃水草的天葬场坦然地卧下，他躺在水草环绕的天葬场，一个牧人的归宿在此处，在水草之上，他闭上了自己的双眼，早已经确定了自己去的地方是天堂，所以，看上去，他是如此安详，仿佛进入了梦乡。现在，我看见了那群兀鹰，那群早已守候在周围岩石上的兀鹰已经嗅到了他身上的味道。天葬场之外的兀鹰同样已经被神祇的文字训练过自己的翅膀和心灵，它们肩负着这样的职责，当天葬场上的仪式举行完毕，在一阵阵来自风和时间的哀乐之声中，它们俯冲而下，再迅速向上，那个遥不可及的天堂就在它们扇起翅膀之后方可到达。此过程是那样沉静，我听到了水流之声，那条河流始终环绕这个被死亡湮灭的躯体，这是另一种神祇的旋律，因为牧人将到天堂去，所以，牧人经过的那条河流用环绕的方式来为他的天葬仪式送别。

还有别的音乐，来自天葬场上那些垂直身子的牧人们，他们用嘴唇唱出的音符给这场仪式增添了一种悲痛欲绝的气氛。然而，他们在吟唱之中已经把天葬场上的死者送到了一个别的地方去。我在阳光照耀的天葬场上看见那群兀鹰已经拍动着翅膀俯冲而下，兀鹰的姿态从来没有如此庄重肃穆，与它们在别的形式中的图腾姿势相比，现在的姿态一定是受到了神祇的启示，它们充分地将自己的双翼固定在它们的节奏之中。在它们衔起牧人的身体时，哀乐直冲云霄。我站在天葬场上往上看去，那群兀鹰已经消失在云层之中。自此，那个牧人的灵魂按照神祇的安排进入了他所希望进入的地方。那个地方的牧场上开满了花朵，他可以充分享受花朵的香味。

这是我头一次观看这样的天葬。我回望着天葬场的周围，看不见任何一座村庄，死亡在这里可以让我看清楚印在时间休止中的一行行文字，神祇的文字在天葬场上敛聚着数不清的一些沙粒，直到沙粒落在大地上，神祇的文字才幻变成绿草芳菲的牧场。

我们从天葬场上往下走，往下走就是香格里拉的世界，那个有孩子放出呼哨，牧人在变幻牧场面貌，老人在守候青稞架的世界渐渐地会展现在我们眼前。一个人离去，他的另一部分灵魂依然在草甸上飘拂，我看到了他的儿子，那个年轻的牧人走在后面不断地往回望，他已经将他的父亲送到天上去，他已经不受死亡的束缚——牧场上的牦牛和村庄等待他回去。我走在他们之间，一路上，他们用嘴唇吟唱着一种我无法听清楚的音符，但我可以从旋律中参与他们的吟唱，在这个世界上，任何音符一旦从嘴唇吟唱而出，都意味着我们人类在旋律之中重新开始了一次从出生到消失的过程。我们之所以如此活下去，是因为我们有文字有音符帮助我们超越死亡。

红、黄、蓝经幡

红色经幡在玛尼堆上飘拂，红色在向着太阳移动，对香格里拉王国来说，太阳即高高在上，它日复一日地点燃了火焰，红色经幡向着太阳飘动，它是赞歌。我在中甸城外的一片雪峰上看见的一大片红色经幡在向着太阳祷告，一次红色祷告意味着一个人必须面对太阳证明自己的灵魂。什么是灵魂，当你在香格里拉看见那片片红色经幡——在温暖的阳光下，一个庶民的灵魂得到了仿效的机会，他寻找到了不懈地面对烈日——当他在阳光下仿效着日光的灿烂之前，他必须向着太阳祷告。所以，我看到的红色经幡来自一个庶民的灵魂之上，他也许是牧民，也许是赶马人，也许是森林里的守夜人。

然后才看见了黄色经幡。它在我所经过的地方朝着佛光飘拂着，一缕黄色的烟尘，象征庶民们的虔诚，黄色经幡和一座庙宇——神居住的地方有什么关系？一个庶民把他的心紧贴住黄色经幡的一角，令他心醉神迷的神祇已经铭刻在他心上。我在一个空荡的下午看见了这样的场景，那个庶民的脸刚刚被一场浩渺的时间洗濯过，他也许经历过太多的苦难，但一旦他用脸贴近黄色的经幡（它在迎空飘拂着，与佛光不可分离），在这一刻，香格里拉这个朴素的庶民获得了空前的顿悟，他为昔日的一个难以辨明的苦难寻找到了慰藉，他的肉体已经感觉不到疼痛，绝望的眼神此刻寻找到了可以歌唱的词汇，所以，在香格里拉，当你看见了黄色经幡——它是献给佛光的彩带，它是昼夜不息地向佛光飘拂的一种色彩。

蓝色在一个藏族妇女的手上跳动着，她从很远的地方而来，手里捧着蓝色经幡，朝着天空——她在一条路上寻找通往蓝天的那个地方，她抚摸到了一个巨大的玛尼堆，从她记事起，她的祖母就带着她一路托着蓝色经幡，有时候几乎踉跄而倒下，她被祖母带到了雪山下的玛尼堆前，祖母让她托起蓝色经幡并对她说：你手上的经幡是献给蓝天的，你要记住这一刻，你要记住你已经被蓝天所镶嵌在它的世界。蓝天，这个妇女的命运在蓝天下辗转着，有时候是栅栏，有时候是马道，有时候是湖泊，有时候是台阶，有时候是峡谷，有时候是幸福的极限……接下来，她在蓝天下跌倒，她在蓝天下又站起来，所以她心灵中的蓝天就是镶嵌她命运的那片穹宇，所以她用蓝色经幡来献给蓝天，以获得一种占卜师无法给予她的宽慰。

我在红、黄、蓝三种经幡之间闭上了双眼，很长时间以来，我一直渴望有自己可能在露天下面梦见的地方。我希望自己的躯体在露天的广场和牧场，在通往任何陌生地区的小径上都有可能寻找到敬献心灵梦境的地方。现在我寻找到了香格里拉王国的玛尼堆，你如果用脚行走，你就会在你最疲倦的时候看见玛尼堆——于是你会看见红、黄、蓝三种颜色的经幡。当我到达梅里雪山脚下的玛尼堆前时——这是我生命的一个地方，我已陷入那座玛尼堆面对的雪山，一种什么样的清泉从我体内涌动起来。我寻找到了露天下面可以朝拜的地方，我把红、黄、蓝三种经幡挂在玛尼堆的树枝上面，那是许多无形的双手架起来的环行树枝。如果我来得早一些，我也会将树枝托起来，当那一双双无形的双手一起——面对恒久的时间，反复在吟唱中出现的被阳光照耀的草地和山脉，以及我们一遍遍地往来逡巡，能够抵抗孤独和苦难的那一刹那间突然降临的佛光。在那漂泊无定的任何时刻我们坐在蓝天之下，命运注定了我们要被蓝天所镶嵌。所以，如果你置身在香格里拉，你会寻找到玛尼堆，哪怕你在之前已经被一只路上的独角兽追踪，哪怕你改变失眠时的睡姿，只要你看见了香格里拉的玛尼堆，你就会看见红、黄、蓝三种经幡。有可能迟疑耽搁的旅程在一刹那间突然带来惊喜的红色日出；有可能产生的恶习在一刹那间同样被黄色的佛光所湮灭；有可能被遗弃的时间在一刹那间重新恢复出了蓝天之下的原貌……这就是你面前的玛尼堆，它在香格里拉的旅途中陪伴着你前往任何地方，它的红、黄、蓝经幡在飘拂中确定了你的命运。

第七章　香格里拉的草甸子

啊，听！运牛列车来了，运载着千山万岭的牛羊，运载着空中的羊栏、马厩和牛棚，带着棍子赶牲畜上市的人，羊群中的牧童，除了山中的牧场外全都来了，仿佛山中的树叶被9月的一阵阵大风刮走急飞一样。空中充满了牛犊和小羊的咩咩叫声，还有公牛的挤来挤去，仿佛一个放牧后的山谷就在旁边闪过去。

——梭罗

仿效一头牦牛的脚步声

藏族聚居区，是日月所编织的一座迷宫。此刻我已经被逐出了遥远的城市，自从那个早晨我带上行囊出门的那一时刻，我就在地图上寻找香格里拉的位置，在经纬相互交叉的地方，膝头上的那张地图一次次地变得迷惑。直到我在中甸看见了一个牧民，他用他的眼睛看着我，我不相信我已经在迷离与现实之中进入了香格里拉。敞开怀抱去寻找香格里拉，我首先看到的一条街道，出售着青稞酒、银器、虫草和酥油。那个夜晚，我独自一人在十二点的中甸县城的一条商业街上寻找地图上的区域。我所希望看见的那片区域在小中甸。小中甸在哪里，其实我们已经在傍晚经过了那个地方，只是我们的越野车没有停下来。日暮黄昏的小中甸被经纬线相交，使我们未曾进入它的区域。在香格里拉寻找圣境需要凭借着月光而出发，灵感在一刹那间交汇在我的身上，使我乘着夜色到小中甸去。那个夜色创造了奇迹的夜晚，我们的越野车悄悄地出发了，我们不需要睡眠，为了寻找香格里拉，我们已经等了多长时间。香格里拉，应该是被月色所照亮的地方，越野车搁在路旁，我看到了一头牦牛，它大概是一头已经迷路的牦牛，它站在通往香格里拉的路上，我在内心深处听见了某种召唤，如果我们跟随着月光下的牦牛而去，我们就会寻找到真正的香格里拉。从远处看去，那头迷失了方向的牦牛恰好正站在经纬交叉的地方，它的目光穿越一切道路，试图寻找记忆中的一条路线。我们就这样站在它身后，哦，在一头牦牛计算它离家的距离到底有多远时，这也是我们的旅程在中途迷路的时刻。我曾经在不同的地区迷过路，面对一条河流、牧场，听着不见踪影的瀑布声在身后飞流直下，当脚在圆木中前行……我们曾经有过的迷路所获得的经验在这里失效，当那头牦牛终于仰起脖颈朝着它已经寻找到的香格里拉，朝着一轮将我们紧紧包围的夜色走去时，我们放慢了脚步。同一条牦牛的脚步声相比，我们的声音似乎没有落在草甸子上，我们脚下的声音似乎仍落在水泥道上以及花岗岩石碰贴的路面上。所以我们得效仿一头牦牛在夜色中的脚步声，仿效它的那种夜色中的诗意，它的四蹄也许是被一个牧人的梦境所感染，从它扬起的脚步声中，我们已经是牦牛的主人，那住在香格里拉的牧人“宇宙是唯一的至圣所，而神殿上密室则是他的生命明朗的中午”。所以，我们的双足依赖各自的灵性跟随一头夜色中迷路的牦牛一道，开始寻找夜色之中的香格里拉。我离牦牛最近，在你的一生中，如果有一次机会，跟随一头迷路的牦牛寻找家园，而且是在夜色之中，那么会有那么一天你会坐在窗下歌颂那头牦牛。我现在正在为今后的那次歌颂做好一切准备：前面的牦牛也许发现了一支队伍跟在它后面，但它并不惊慌，因为一路上我们已经在仿效它的脚步声，共同的声音使我们同那头牦牛之间消除了距离，它的孤单寂寞渐渐消失，它晃动着铃声，起初它脖颈上的铃声偶尔才会晃动一次，因为它在辨别方向，它还来不及歌唱。现在，它欢快地发出铃声，是否意味着我们已经很快进入香格里拉了。香格里拉，一开始在膝头上的那本地图册中闪现，在我们行路的某一端，也就是经纬相交的地方。一开始就在等待我们进入的香格里拉，仍然被夜色之美所笼罩住的香格里拉就在那头牦牛的记忆中，在它的铃声中晃动，它的四蹄已经趋近了香格里拉的青稞架，它站在青稞架下遥望夜色，我们也仰起头来仿效它遥望夜色。一只迷路的牦牛现在确定了自己家园的方向，它原来近在眼前，越过一只只夜色之中的青稞架，已经到了下半夜，那头迷路的牦牛的脚步加快，它迅速地闯进了一道牛栏。现在，我们已经到达了真正的小中甸，到达了牦牛的小中甸，到达了香格里拉的小中甸。眼前出现了夜色中的藏房，给我们带来幻想的地方，在经纬相交的地方出现，如今，却在一头迷路的牦牛进入牛栏的一刹那间出现在眼前：这是一头牦牛无法失却的家园，它有银色的屋顶，银色的牛栏，银色的青稞架，银色的梦乡。

雪山下的村落

我们之所以想访问村落，因为在这之前我已经访问过了雪山。雪山在村落之上，就像日光、月亮、蓝天、浩渺的群星盘桓在头顶一样。站在雪山的某一段落之间，我们再也无法往上攀缘，我们无力去靠近雪山的顶峰，尽管我们徒劳地期待一次次地随同转经队伍走了一圈又一圈。有时候我们想变成云飘在雪山顶峰，然而，我感到了入梦之前的困难。我们站在雪山的中段往下看去，散布在绿色草甸子中间的村落就在雪山之下。雪山在上，它使我感到了美妙的寂静，雪山很久以来从传说和神话中矗立在上，它闪烁着美妙的拒绝，拒绝我们去征服它。所以，我们往雪山下走去，每一个村落的出现，用铁和泥土的循环不已闪现出来的村落现在就在我们眼前。大群大群的牦牛像云一样散开，牦牛并没有隐喻和象征，它只有四蹄以及它那沉重的身躯。它找到了村落，这显示出了它对人类有一种狡黠和虔诚的崇敬；它服从于牧人的驯服，这对于它来说是一种快乐的谋略。因为只有靠近人类，它才会发挥躯体中超人的力量。它那笨重的身体在没有被牧人驯服之前一直在草甸子上横冲乱撞，所以，牧人驯服了它，对它来说就是找到了自己的前途。一头牦牛的前途面对着草甸子上寥廓的曙光，它抛去围栏，却进入人管辖的中心，主管它的牧人引领它进入未被时光所侵蚀的远方，它看到了自己的四蹄正迟疑地、欢快地寻找到了荣誉。

现在我们看到了雪山之下的村落，因为有牧人主管着牦牛的前程，我们就看到了一座村落的激情。早晨，是雪山下的村落热情奔放的时刻，大群大群的牦牛从睡梦中醒来，挣断了睡神束缚它的绳索，它们看到了牧人的影子在牛栏外，这群已经习惯了牧人驯服的牦牛急于奔出牛栏，它们的身体前后扭动，终于在几秒钟内出了牛栏，只有牧人可以驯服它，只有牧人可以把牦牛带到雪山脚下的牧场上去。在雪山脚下的村落中，当你圈入了一个牧人驯服牦牛的牧场，那是你与另一种生命相互凝视的时刻。我就是这样，一动不动地凝视着牦牛，它的眼光充满了怜悯，原来我只有在狗的眼神中发现过怜悯的色彩，在我看来，在眼神中流露出怜悯的动物已经被人引领着看见了自己的灵魂。

雪山下的村落除了有牦牛之外就是人居住的地方。人与牲畜共同居住在大地上，这是一种现实的诗意：那些牛栏可以称之为牦牛的家园，它们的诗意散发在木架制作的一个居处，牦牛进入牛栏之中，它受到了一种束缚，就像人的束缚一样，它的四肢在牛栏之中困住，它的梦境被牛栏所圈住，比起它的自由来，这种诗意在寻找着一个传说。在牛栏的另一边，是人的居住地，在雪山中段往下眺望时，我早就已经眺望到了一座雪山下的大花园，每一村落都在花园中扎根，命运给了我这种机会。我来到了一个绚丽的大花园，那些居所之外有一望无际的红色、黄色、白色的花在荡漾，一个老人、两个孩子、一个妇女、另一个男人，他们和牦牛生活在村落之中。此刻“让我忘掉我的名字和经历”，人没有像一群牦牛一样涌出牛栏，村落中的人闪烁着黑亮的眼睛，闪烁着我所看见过的在松散的尘埃或花朵的芬芳中沉醉的眼睛，他们一个两个或三个地出入于居处的门槛。我还看见了坐在门槛上的一个老人，那道门槛已经布满了尘埃已经荡漾尽木味的清香，如今他坐在门槛往外看去，他的魂现在正逡巡在牧场上，他的魂像执着的根须随着牧场的花香而飘荡。我所进入的这座雪山之下的村落既有牦牛的牛栏也有人居住的围墙，人类在发明了围栏和围墙的上半夜想象到了每一个生物的根须，所以在雪山下像是回到了自己的家园。因为走入围栏和围墙，人们都会发现我的存在，而我则会发现火炉上的铜锅，一只银壶的沸腾，一只藏犬守候在门外，帮助它的主人守候着未来、过去和现在。这座村落之所以有诗意，因为它有无限的根须把我们圈在其中，哪怕是一个过路人来到这里也会被它所圈住。

中甸马

那匹身体较小的中甸马出现在昔日的战场。昔日是什么？我在香格里拉的古道上、雪山上看到了一匹中甸马的昔日。在那次征战中，我们可以看到唐代的中甸，唐蕃征战的队伍进入了青藏高原。从绵延的雪山辙迹的传说中可以看到那支骑兵，他们的马匹一进入青藏高原就开始出现了败退的现象，骑兵和马迅速地被另一支吐蕃马队所击败。最为重要的原因在于吐蕃军队骑着中甸马，那一匹匹身体矮小的中甸马从出生之后就在高海拔的青藏高原穿巡，吐蕃军队一人二骑，他们骄傲地将唐军引入了青藏高原的陷阱，唐军的骑兵必然会成为一支败军。这个昔日的场景已经在过去的帝国中变为了传说。

中甸马自此以后在青藏高原便有了自己声名显赫的地位，它使那条著名的茶马古道从一开始就布满了中甸马的蹄印。现在，我们仍然能够在许多茶马古道的遗迹中看到一匹匹中甸马绘制自己的地图的技巧和勇气，它们扬蹄时的焦躁不安现在看上去已臻完美，它们扬蹄时的骄傲可以覆盖一条古道的荣誉，它们扬蹄时的欢乐随着时间的流逝仍然使我们看到了它最初的激情。我看到的那匹中甸马从唐朝时代向我走来，它是一次战役的传说。起初，那匹中甸马在青藏高原中寂寞地训练自己的勇气，直到它们寻找到了一次战役，一支骑兵。现在那匹中甸马进入了著名的茶马古道，据说，一条茶马古道因为在那次日落之中出现了威风凛凛的中甸马而有了自己的图像。赶马人对中甸马的迷恋，在于中甸马可能跟随一个赶马人去实现自己的理想。一个赶马人的理想在于从茶马古道的起点走到茶马古道的终点站，事实上，它就是绕着青藏高原走一圈。只有中甸马可以从容地在青藏高原上从起点走到终点。现在，茶马古道上的中甸马，那一匹匹从不知道疲倦的马匹，事实上是用自己的体格战胜了疲倦，它们从茶马古道上向着我们走来。有一匹中甸马的命运我已经无法去看见，因为在它走完一圈又一圈之后，它已经绕着辽阔的青藏高原寻找到了自己的荣耀。有一匹中甸马的形象对于我来说始终如夜晚一样模糊，它出入的轨迹像我无法触摸到的岁月，它的年龄是一条道路的全部年龄，它的消失是一次血腥战役的瓦解。有一匹中甸马现在仍然是那么年轻，它从另一条古道上走来，它已经翻越过雪山，它在占卜学家的方向中迎着我的视线走来，它如今生活在中甸的牧场上，它之所以看见我是因为我看它目光饱含着深情。

所以，我把今天的日子交给一匹中甸马，它在我身边停下，我并不是青藏高原的骑手，但它仍然接纳着我，我跨上马鞍，它的身体如此地矮小，尽管如此，我仍然害怕它，我害怕它身上的品质，它那显赫的历史。然而，这一天，中甸马载着我进入了真正的高原。什么是青藏高原？在那支唐朝的军队中我们可以领略高原的面貌，在茶马古道千回百转的古道上我们可以从失沉的一部史诗中重新看到与中甸马相遇的那次灾难。然而，有了一匹中甸马，你完全可以走遍青藏高原。就这样，我开始生活在马背上，我立意要跟随这匹中甸马去一只鹰飞翔的地方看一看，我要坐在马背上看到那些岩墙、壁画；我立意要坐在马背上随着岁月流转，也许我会随同那支茶马古道的部落消失在一个无法猜测黑暗有多长的深夜。

然而，这匹中甸马却把我带到了鲜花灿烂的牧场上，坐在马背上我开始生活在驰骋起来的草场，我发现了一匹中甸马创造的速度，我发现了唐朝军队被战败的原因以及茶马古道一千多年的马帮部落史的回声。我坐在马背上，我生活了很长时间，然后我翻身下马。我深信，我将在另一个夜晚，当我感到可怕静止的时刻，用我的声音去赞美一匹中甸马矮小的身体，赞美它身体中旺盛的热情，赞美它在青藏高原前进的速度中赢得的荣誉，赞美那匹最古老的中甸马在历史与现实之中让我看到了一条辙迹，它的深远令人沉醉于一首让人饥渴的音乐之中去。

牦牛和犏牛

雄壮的牦牛迎着高海拔的高原走去，依然是黎明，牧人走在牦牛前面，我所看到的牦牛不是在印第安人的村落里栖居了许多世纪的牦牛群种，也不是委内瑞拉的沼泽中行走的牦牛，更不是在中国平原的玉米带中穿行的牛群，也不是在中国南方河流中沐浴的水牛。我所看到的牦牛没有看见过水稻和热带植物，也没有看见过绛红色的平原和钢筋水泥的城市模型。它迈着坚实的脚步有时候垂下头，朝着高原那充满荆棘、充满露水的叶簇致意，它们的体内所具有的高血红蛋白含量及特异的肺泡组织表现出对少氧高原那芬芳漫长寒冷期的适应性。它的肺犹如巨大的双翼在它体内孕育出一场风暴，所以，牦牛遍及了我所看见的迪庆高原。当我看到蜥蜴在澜沧江峡谷中滚动时，我往上看去，遍及青藏高原的牦牛被它体内的肺制造的风暴笼罩着，它们的内心像冰雹一样沸腾着，它们遍及的高原有盐和尘土，有积雪和青稞，有殷红色的洞穴。如果你在迷失了方向的旅程中偶尔寻找到一只洞穴，你可以栖居在殷红色的洞穴中往外看去，只要你看见遍及了牦牛的山脉，你就不会畏惧。有时候你会发现牧人同一群牦牛在一起，牦牛们在山冈上角逐，牧人却在山冈上午休。我从看见弯曲咆哮的硕多岗河时就看见了牦牛，我遗忘了曾经歌唱过的中国南方的水牛，我被它巨大的身型所吸引，它在有积雪、松枝、虫草的山冈上追逐，我听见了它的喘息声，当旅行者已经被青藏高原的缺氧世界窒息得快要倒下去时，那遍及高原的牦牛却在向着更高的海拔前进，它沉溺于寒冷、冰雹和缺氧的世界，这样它的肺就能全面地运动。我来到青藏高原，在进入硕多岗河以后看到了遍及中甸、德钦的牦牛鼓满了它们巨大的肺活量，用它们的身躯面对着青藏高原。

现在我们看到了犏牛，对于生活在迪庆高原的藏族来说，犏牛是他们喜欢饲养的另一类牛种，犏牛有巨大的体型，它称之为黄牛与牦牛在青藏高原的牧场上交配出的一代杂种。犏牛在牧场上奔跑，它有丰盈的奶汁，挤奶妇女们可以从一头头犏牛体内采集乳白色的新鲜牛奶，它在每一座牧场上行走，它是黄牛与牦牛约会之后的生命。看到牦牛向一头牧场上的黄牛走去，牦牛向黄牛一路调情，不久之后你就会看到牧场上有了另一头小犏牛出生。

这是迪庆高原，我看不到任何平庸的建筑，在这里平庸的想象力没有立足之地，只要你抬起头来，你就会看到那些在高原上角逐的牛群有它们自己的乐园，甚至连它们的交配方式也那样充满诗意。牛群有时候会在纳帕海或碧塔海之间，此刻，你会看到世界上最驯服的牛群，它们慢悠悠地在牧场上散步，它们慢悠悠地注视着远方来的陌生人。

牦牛和犏牛都是迪庆高原游荡的魂灵，它们迎着凛冽的积雪，它们的身体中包含着“光辉而赤裸，火焰和雾霭”，所以，它们决不会害怕寒冷。我在青藏高原所看到的牛群把一座座山脉占领，它们咀嚼着青稞，吞咽着青草，它们站在人类这一边，为人类承担着天葬场和兀鹰的拍翼之声。也有牦牛的死亡，它们死在积雪的松枝下面。我看到过一个牧人为一头不幸遇难的牦牛而举行的葬礼，那是一场意外的灾难，那头年迈的牦牛在积雪的山冈中跌下了100米的深渊，那也许是它想去的地方，那个地方盛开着雪莲花。牦牛的死亡让它的年轻牧人承受着难以言喻的悲痛，他寻找到牦牛的尸身，按照天葬的习俗举行了仪式。那是一场奢华的葬礼，牦牛在那片纯洁的天葬场上升了天。除此之外，牦牛和犏牛仍然在迪庆高原追逐它们的风暴，它们奔跑起来时，年轻的牧人们也得奔跑起来。

所以，在印第安人的村落里栖居了许多世纪的牛群不可能在青藏高原奔跑，在委内瑞拉的沼泽中行走的牛群不可能面对迪庆高原的山冈，在平原的玉米带中穿行的牛群以及在中国南方河流中沐浴的牛群都不能代替迪庆高原的牛群。

牧人齐扎拉

他是谁？“如果说名字是事物的原形”，那么齐扎拉应该是香格里拉牧场上的一个牧民。他用10年的时间用来放牧牦牛，他的名字应该由牧场上而来，当他还是一个孩子用赤裸的脚在牧场上“怯生生地尝试行动”时，他看到的就是牦牛奔跑的姿势。牧人齐扎拉没有想到，在他是一个少年的牧人时，在那个瞬间，奔跑在牧场上的牦牛的速度注定使他寻找到了自己一生诗意的归宿。最初，那个少年像其他牧人一样为了吟唱自己的人生开始率领着一群牦牛，谁也不知道那座牧场上到底是齐扎拉管辖牦牛呢，还是一群牦牛管辖着齐扎拉的梦想。他利用10年的时间望着雪山的顶峰，当他凝视着雪山的原型时他看到了太阳的炽热光芒，这种光芒使少年的齐扎拉容易动情，容易顿生怜悯，容易对时间感恩；他利用10年的时间和他的家人一起承担了灾难的浩劫，当他看见母亲最后的容颜消失在牧场上降下的落日之中时，他已经在牧场上理解了日出和日落之间的距离；他利用10年的牧人生活在香格里拉世界经历了时间和空间相互颠倒的秘密，有时候他孤独地置身在牦牛之中，每经过一条路和一片新牧场，他都要回头望一望，他所走过的任何一条路都已经被少年的齐扎拉在某个瞬间提升为梦境的字母和音节，所以齐扎拉是香格里拉王国的一个牧人。当我们前去访问那片牧场时，也就是去访问齐扎拉。

现在的齐扎拉敞开窗户就能看见牧场，虽然他已经离开了牧场。他坐在迪庆州委办公室的椅子上，面对着窗外的那片巨大的牧场，尽管他已经不是少年的齐扎拉。看见他时，我仍然在想少年的齐扎拉经历过的那些没有止境的放牧生活，我想，必定有一种事物的原型是牧人齐扎拉赤着脚迟疑而胆怯地睁开双眼所看到的香格里拉的原型，那个世界在他10年的游牧生活中创造了令人震惊的香格里拉的景象，他赤脚在峡谷和积雪之中看见了一种灿烂的意象。当他仰起头来，他在雪山上发现了神写的字母，他在岩壁上看见了字母的变化，他在峡谷中与一群虚幻中的人相遇，他在10年的牧人生活中寻找到了香格里拉的境界。所以，当齐扎拉坐在敞开的窗口，他面对的不是一片牧场，他的激情从10年的牧人生活中绵延出了雪山草地，绵延出了在朦胧阴影中已经返回的世界。所以，齐扎拉是那片牧场的原型。

一个人的灵魂围绕着日常的意象，齐扎拉拥有的10年牧人生活在他宜于回忆的夜晚，仍然有少年时的梦境，它类似香格里拉这个名字。在没有历史记载的时间里已经展现在时间中，齐扎拉每经历一种意象的变幻，他都在博览着岩石、峡谷、兀鹰、雪山、牦牛的文字，他营造着那个香格里拉的梦境。我们在他卷曲的头发中看到了使他焦虑和欢快的深渊，而齐扎拉的眼睛也许仍然在回忆父辈在忘川中已经废弃的苦难，也许仍然沉溺于他母亲在他10年的牧人生活中给予他的温柔怀抱，每一个瞬间都来自他已经掌握的世事万物的幻变。所以，齐扎拉面对窗外的牧场，他出发的地方是一片牧场，所以他现在仍然在一个个不眠的夜晚守候着他心灵中放牧过的那片牧场。

有一个幻觉始终占据心灵，当他是一个少年的牧人时，他与饥饿搏斗在一条路上，他已经走到了牧场的边缘，他看见了香格里拉的水流，“一个被时间耗损的人”现在仍然保持着他的激情。他的双眼有一种秘密规律，他愿意永远承担着牧人齐扎拉的职责，把他的幸福和快乐交给香格里拉的牧场。沿着这条秘密规律的足迹我们希望牧人齐扎拉少年时看到的梦境永远停留在他窗外。只要有那片牧场的存在，在他未卜的明天，永恒在他心灵中流动。

牧人齐扎拉呈现出了一片牧场的原型，那个少年的齐扎拉，他属于他母亲的儿子，他属于识破了他梦境的一个明净的地区，他属于“手和晶莹的空间”，他属于在他心灵深处流动的一种安慰，他属于经过世代沧桑之后仍然有着迷人星辰的香格里拉的天空下的牧人。

给齐扎拉

自从你的先辈创造了齐氏家族传说的时刻
就意味着你的根须绵延
就意味着你的出生地被雪山、溪流、草甸所弥漫
隐隐记得你被众灵所萦绕的
你目光中的光芒，怀想那光芒
曾被父亲幻想成一首诗的往昔
你永远是香格里拉的传人
永远是用虔诚而炽热再现那些圣境的一种现实
这首诗为你而吟：远眺秋色已垂临的草原
那金色就是你缅怀父亲和母亲的一种色泽
远眺你倾尽一生之爱的雪山
多么晶莹，多么晶莹，仿佛众神已来临

牦牛留下的粪便

总共有多少牲畜留在牧场上的粪便，当我看见那些已经在月光下经过炽热的烘烤，体积已经萎缩了的粪便时，我知道这里曾经是牧人们经过的地方。有时候，牦牛的粪便零散地留存在草稞下面，我用这些粪便的形状判断牦牛们出入这里时一定有一场轻快的游戏，它们扬蹄时用牛角与对手嬉戏时的场景使它们留下的粪便散成圈或散成块，那些成直线形的粪便则可以判断牧场上的一支牦牛队伍正被它们的牧民率领着，形成了一支有集体使命的队伍形状，于是，幻变出它们的队伍并出现在牧场上——这使我在香格里拉的牦牛牧场寻访到了粪便的娱乐性及粪便的积极意义。循着牦牛撒落在牧场上的粪便，你就可以展现出一幅牧民游牧生活的图像。很久以前，一个牧人把他的游牧使命延续到这片牧场，那也许是春牧场，夏牧场，总之，那是一个牧人心中的牧场。很久以前，一支游牧队伍在这片牧场上展开了欢快的角逐，当牧人倒在草地上午休时，它们用牛角的力量解开了嬉戏的谜，揭开了生命的习俗之美；当它们获得胜利时便把粪便，体内的垃圾留下来以肥沃那些水草。很久以前，牦牛们留下的粪便散发出青稞的味道，弥漫了整座牧场。

当我看到一支牦牛队伍时，它们正在望着蓝天把它们的粪便撒在牧场上，它们有一种极为畅快的感觉，它们将粪便销匿于神秘的牧场的情景使我知道了牧场为什么肥沃起来的原因。

于是，我们只要置身在牧场就会嗅到一阵阵从微风中荡漾而来的牦牛粪便的味道。同其他动物一样，每一种牲畜的粪便都有它们独特的与众不同的味道。我们现在来研究一下牦牛的粮食，除了牧场上的草稞之外，牦牛另一部分的时间就咀嚼着青草，青草和青稞也许都是世界上最为诱人的粮食，它具有的美妙是那么精确。透过一头牦牛的体型，我们可以判断出青草和青稞互为深化在一头牦牛的胃里，它使一头牦牛变得强壮，它可以使一头牦牛进入青藏高原的顶部。让我们仔细地来嗅一遍牦牛留在牧场上的粪便，它的芬芳诞生于蕴涵着逸事、激情、酒歌、佛光的牧场，嗅到了这芬芳，我们才可以再现出一幅绚丽多彩的牧场图像。

我注意到了粪便的迹象，它再一次把牧场图卷展现在我眼前，事实上我自从进入牧场，早已经与无数支游牧队伍相遇。游牧，是一种在广阔的国土和漫漫岁月中，在人生的秘密法则下对着时间长河倾诉的一种姿势。很久以前直到现在，我都渴望自己能够进入一种游牧的状态，过上一种游牧的生活对我来说是一种梦境，它的意义超出了我生命有限的想象力。

存在于牧场上的粪便也可以点燃一堆篝火，当一个牧人和它的队伍在牧场上迷失方向时，他们有可能面对另一种凶猛动物的袭击，牧人堆起干了的粪便，只需一根火柴就会产生不可思议的火焰，然后是炙热的火塘，火光朝着天际飘荡，使那些在几百米之外准备好前来袭击的老虎、豹子、野猪产生了在烈焰环绕下的想象力，它们渐渐地丧失了本性，丧失了冲动的拼刺。因而，牧场上用牛粪点燃的大火在牧人的夜晚，在迷失了方向的夜晚孕育了牧场上四处弥漫的各式梦境，就连野兽也会被烈火所迷醉。

我早已习惯嗅着牛粪的味道前去寻访一支游牧部落，谁也不知道这种生活到底能持续多久，仿佛就是从那一粪便的气味之中，从牧人坐骑的前背上，我知道香格里拉有着广阔无边的梦幻。不过，你应该嗅一遍牧场上的牦牛留下来的粪便的味道，那味道淤积在一片锦簇花团之中，我们的世界因有各种生物的粪便从而有了肥沃的草地，从而有了我们因此在上面徜徉的沉沦之感。越过粪便，那干了的、潮湿中的牦牛粪便，去访问一支游牧队伍就成了我梦中领略到的一种故事的开头，像所有牧民一样，我可以踩着粪便在牧场上行走，这正是我忘却自己的最好时刻。

草甸子上的花园

一位阿根廷诗人写道：“谁都不可能写就一部完整的著作。一部真正的著作理应是非常恢宏，需要能把曙光和黄昏、连绵的世纪、武器和既连接又分隔的大海包容。”九月的草甸子上盛开着一种红色的狼毒花，一路在我们的视野之中摇曳，香格里拉在许多个世纪中弥漫出过许许多多梦幻都与花的颜色相似，它们类似于在疯狂宁静的史诗中巡行弥漫时的梦境。狼毒，是一种奇异的花，我在别的田园农庄上无法看到的花，我在别的花园和梦中无法相遇到的景观。红色，大片大片的红色使我无法追踪到它们的边缘，使我只好置身在红色的狼毒花之中。就在这时，牛羊已经降临，我们在人类的每个地方寻找花园，什么称之为花园？它不仅仅是一扇扇门扉之后的另外一侧——一个围起来的让我们从酣睡梦境中突然醒来所看到的梦境。它同样不是在我们亲手抚摸过一道道断壁残垣之后寻找到的那些庭园中的香气。花园，应该是敞开的，没有围栏的地方。纯粹的花园，它应该让我们有可能迷失在一个花的帝国，它用它弥漫的香气和色彩绘制出了它的已臻完美的理想，它是我们的生命辗转之后突然看见的一张亲切的面孔。与这张面庞相遇不是偶然，随着时间的流逝这张面孔不在旁边，只要我们抬起头来。它就像这个世界上的所有面孔一样呈现在面前，像剑、石头、亚当、峡谷、绳索、尺寸、岛屿、牦牛、男人、女人以及夏娃一样用他们各自的面孔望着我们，与我们相遇已经成为必然，是命中注定的事情。

牧场上的花园的延伸处就是雪山，也就是说这是一个王国的花园，我之所以称香格里拉为王国，是因为时间和空间能够叙述它里面让我们目不暇接的纷纭世事，犹如它的花园，既没有围栏也没有门槛，在漫长的人生旅途，走进这座大花园，你就像进入一个王国。我在那个自由自在放牧的牧人身上看到了他心中的王国，这令他喜悦的世界，这带给他幸福生活的花园，这不需要有守门人的花园当然是他最强大的王国。我和一个牧人在红色的狼毒花丛中的那次留影，使我有可能留住了那个瞬间，牧人在镜头中微笑着。人类理想生活的最高境界是产生幸福的笑靥，那个牧人的微笑说明他站在他的花园已经遗弃了悲哀的东西。

走在花园之中，我也用一切可能的方式留在那片花园深处，一头牦牛欢鸣着闯入我镜头的那一刹那，我有可能留住了那头牦牛设法在花园中触动自己本性的一种姿势。一头牦牛最高的本性与快乐有关系，所以，那头突然闯入我镜头的欢快的牦牛已经在那张照片中留住了它的本性。秋天的红色狼毒花，在一个下午让我看到了花丛中的一个卓玛姑娘。在所有与我相遇过的牧人之中，她的美震动了我，当我看见她时，她正坐在牧场上照着一面镜子，那块镜子宛如一块月牙嵌在她手心。在花园中看到卓玛同时看到了卓玛手中的镜子，这种意象简直不是人创造的，是神安排的形象。她在镜子中看什么，她当然是在看她自己的容颜，因为置身在香格里拉的花园，每个人都会想看见自己的容颜。也可以这样说，卓玛姑娘透过镜子想给自己一种惊喜，她就是花园中的花仙，但这还不够，当卓玛姑娘面对镜子时，深不可测的镜子让卓玛看到了美妙的花和高耸入云的雪山。这是牧民的卓玛姑娘的王国，她迷恋这个王国，所以想让自己变得完美。我了解了一座香格里拉花园的卓玛和她镜子中的美德，我不敢打扰她，她忘记了一切，因为这是她的世界，她可以忘记一切。

狼毒花的牧场，神秘地让我看见了卓玛姑娘的镜子和她灿烂的容颜。我沉浸在这种幸福的事物之中，我仿佛已经从卓玛姑娘映现自己容颜的那面镜子中看到了她的爱情。我们在无际的花园中徜徉了许久以后，花香和花的颜色把一切有可能化为乌有的东西映现在卓玛姑娘的那面镜子之中。我已经失落的梦境终于在香格里拉的花园中重新上升，不会被转瞬即逝的规律所遗弃。

康巴男人扎西

认识扎西时我把所有的迪庆藏族男人称为康巴男人。扎西是一位普通的牧人，他现年65岁，在中甸的牧场上继续做他的牧人。很显然我与扎西只可能相遇在牧场。他置身在牦牛之间，他独自一人放牧着100多头牦牛，是我见到过的最庞大的游牧队伍。那是在远离小中甸的另一片牧场上，摄影师发现了扎西的辫子，我们都知道："藏族男子从十六七岁开始蓄长发，梳理辫入红丝线后盘于头顶，将丝线穗垂于右耳后，丝线发辫上套象牙箍、玉环和镶有珊瑚、玛瑙等珠宝的银饰。"扎西的辫子同样盘在头顶，这是进入香格里拉以来我们看见过的唯一留辫子的男人。我们向他走近，我们的进入显然打破了他的宁静。他会讲汉语，很久以前，当他还是一个年轻的康巴汉子时就在这牧场上做了牧人，在茶马古道上来的马帮人跟他聊天，并与他共同做贸易。他把牦牛交给赶马人，他养的牦牛个头健壮，赶马人不知道从他手中牵走了多少头牦牛。从那时开始，他就学会了讲汉语。一个人的生活方式如果长久停留在一座又一座牧场上，那么这个人一生的命运就交给了牧场和牦牛。扎西就是这样。即使他被卷入了一次又一次的与马帮人的贸易生活，他仍然不会离开牧场。他生活在他自己的牧场上，他叫扎西，他今年65岁了，他仍然按照旧式的习俗留着长发梳成辫盘在头顶。

而他的面庞，出现在下午，在摄影师举起镜头时发现了他。这种发现对他来说是一种干扰，但他乐于这样的干扰，他已经习惯于在牧场上与陌生人相遇。他知道我们不是赶马人，我们对他来说是从另一条路上来的使者，所以这让他回忆起不少经历。他想起30多年前相遇的一个男人，那个男人有一架古老的照相机，把他的影子和魂留在了那张照片上，并且邮寄给了他。在漫长的时光中，这是他唯一收到过的一封信，信封里有一张他的照片，现在挂在他家里的藏式墙壁上。我感到惊奇，他对一次往事的回忆使他的面庞充满色彩感，尽管那张脸布满了皱纹，但因为看见了我们，使他再现出来了30多年前的一次相遇。我们都融入了扎西的世界，决定为他拍摄一张照片。当我举起照相机时心中充满了难以名状的幻觉，我知道当我回去冲洗好照片以后，我就会把它放进一只信封里去，让这个叫扎西的康巴男人在牧场上再一次收到一封信，这种快感支配着并感染着我。

我要让康巴男人扎西连同他那张 65 岁的脸和身影进入我的镜头之中去，恰好在这个时候我看到阳光映现出他的脸，可以想象他面颊上那些皱纹的岁月，他的全部经历、吟唱和祈祷、欢娱和痛苦都在那张老康巴男人的脸上再现出来。我的手有些颤抖，好几架镜头都对准他的脸，看见我们他又想起了那架古老的照相机，不错，我们的镜头确实可以展现从这个叫扎西的康巴男人 65 年来的变幻：他有妻子，两个儿子，一个叫卓玛的姑娘，他现在有 100 多头牦牛，在小中甸他有一套已经有 60 多年历史的藏式家园。这是他用汉语告诉我们的变幻，在我们举起镜头时，他也许已经发现自己已经老了，再也不可能是那架古老照相机对准他面庞的时候，所以他有一种感伤，这感伤变成了汉语，让我们在聆听中进入他脸上的皱纹之中去。这皱纹同样是这么美妙，我不让我的双手颤抖，我始终想把一个 65 岁的老康巴男人的皱纹再现成晚霞和月亮的圆缺变幻；我始终想尽我的力量把他古老如辫子一缕缕的漫长岁月编织成的习俗，再现在他没有向我们讲述过的那次快乐之中；我始终在尽我热情的力量把他的眼睛所看见的事物，那个轮转的圆盘上布满的红色铭文一行又一行地嵌在圆环之中……我把他的村名记在了心灵，我把他的名字记在了心灵。世上没有任何东西像此刻的场景一样不会被遗忘，我将在不久之后让他收到这些照片，我保证会让他看到我们的镜头已经将他的 65 岁，将他的身份，将他的皱纹，将他敏锐的目光，将他牧民的身影，将他康巴男人古老的发辫留在了照片上。这个瞬间，也许是或悲或喜的瞬间，即是康巴男人扎西 65 岁时的一种经历。

牧人在午后的低吟

几乎所有的午后都与牧人有关系，他们躺在牧场上，牦牛和羊群已经走远了，他们仍然躺在牧场上，不是为了一次睡眠，而是为了一次午后的低吟。秋风轻轻地来，从草尖和花朵中而来，这时的牧人已经走了很远的路，他所走过的路可以环绕法轮有多少圈。他躺下去，身下是柔软的牧场，他闭上双眼，开始了他午后的低吟。

午后，他有了一道屏障，人为地在牧场上为自己设置一道屏障的牧人，他的心灵深处始终在寻找着故乡。他已经在秋牧场上生活了很长时间，他独自一人和一群牦牛和羊群聚聚散散。他的故乡是澜沧江峡谷上的一座藏族村庄，那座村庄就像是长年累月地被一层层绿色屏障所挡住，当他置身在遥远的秋牧场，他意识到了可以用午后的低吟让他进入村庄中去。低吟中他竟然睡了过去，他平躺着身体，他还是一个年轻的牧民，他需要大量的睡眠，每一次低吟之后必然会有一场睡眠等待着他。他梦见了一群豹子，他在牧场上放牧着一群金黄色的豹子，那群豹子从青藏高原走上来，站在他面前晃动着尾巴，接受他的放牧。于是，在那个梦境深处，他变成了勇敢的驯豹人。梦醒之后，他坐在牧场上，依然是风吹拂着他，他醒来之后才发现风也在低吟着，牧场上的湖泊也在低吟着，远处的群山也在低吟着。

对一个真正的牧人来说，梦境中放牧一群豹子的意境使他的低吟变得悠远了。他从草地上站起来，他得去追赶已经在牧场上消失的牦牛与羊群，他想成为他自己。既可以在屏障之中寻找到故乡，也可以在一场梦境之中放牧一群豹子。而且，他应该面对现实，他活着就应该面对现实。他的现实之路就是尽快地去寻找到他的牦牛和羊群。时光在耗尽着他午后的低吟之声之后把他独自一人放牧在牧场上，此刻，他被辽阔无边的牧场放牧着。梭罗早就说过："我时常在想，与其说是人管牛群，不如说是牛群在管人，因为牛群更加自由自在。人与牛在交换劳动，要是我们只考虑必要的工作，那么牛群看来比人要强得多，它们的农场也比我们大得多。"

因为一场午后的低吟，一个牧人已经变成了被放牧者，看上去，他已经心甘情愿地成为被牧场放牧的对象。时间在他脚下穿越着，只有追赶上那群牦牛和羊群，他才能放牧他的理想。今天，在另一个新世纪，"大路小径从景物中消失之前，早已在人们的心灵中黯然。人已不再想走路，不再喜欢用自己的双脚走路。更有甚者，人已不再视人生为路……时间已变成了人生的障碍，一个必须不断加速才能超越的障碍”。而此刻，走在香格里拉牧场上的这个牧民正在牧场上把巨大的牧场变成一条路，他在吟哦之后寻找到了去追赶牦牛和羊群的路。这种最基本的幸福使他走在牧场上，东面的路和西去的路不一样，北去的路和南面的路不一样，他的梦境像一个谜笼罩着他，他想象着梦中的那群豹子为什么会闯入梦中让他放牧。这样，他终于获得了一种解谜的方式，因为那群豹子已经看到了这片牧场，豹子像牦牛和羊群一样喜欢与人类交往做朋友。不管这个谜有没有解出来，那一天，这个年轻的牧人威力无限，他把握住了那次低吟。过了很长时间，他终于找到了牦牛和羊群。“在由公路组成的世界里，美景意味着美丽的孤岛，一条长长的线把一座美的孤岛和其他美的孤岛串联在一起”。而在香格里拉的牧场，每一条路都可以通向雪山之下的村落，都可以通往一道绿色屏障，也可以通往香格里拉的豹子栖居的洞穴。而这个年轻牧人有了一条最现实的道路，在他的低吟结束之后，他漫长的秋天游牧生活将结束，他会从牧场上找到一条路。他想起了澜沧江峡谷之上的那座村落，他走得那样快，人的生命是在行走中开始的，无论那群梦中的豹子被他放牧了多长时间，他回到村落后的第一件事就是要讲述这件奇遇。他知道迄今为止，还没有一个人拥有过这样的奇遇，也就是说他是牧场上唯一放牧豹子的牧人，他是唯一的不害怕豹子的牧人。

香格里拉的一只水瓮

声音，始终在区别着别的声音。一只水瓮在香格里拉是什么？它发出声音，我在一个村落的前方看见了一只水瓮两侧系着彩带被挂在了一个妇女的头上。不受它压力和形体的影响，那只褐色的木制水瓮在曙色中出现在一个妇女的脑袋后面，一切都是那样开始着，水瓮中响动着水的波纹，尽管我早就已经知道了藏族妇女的背水方式，我仍然对那只水瓮产生了无限的兴趣。

循着一条有水路的小溪往深处走，在一只水池边站着几个妇女，她们正将水瓮从头顶取下来，一只木水瓮竟然会盛满水被许多妇女用脑袋背回家，在水瓮置入那只充满苔藓的水池边时，我听见了水瓮相互碰撞时的声音。一只只木水瓮不会让我想象出玻璃器具或塑料水桶，也不会让我想起生锈的自来水管的龙头，那几只木水瓮相互碰撞的一刹那，声音当然也不会让我想象出一条斜线掩饰的城市的曙色流沙似的分分秒秒已经在这只水池边停留下来。我以为在这曙色之中循着一条小溪以及那个妇女背在脑袋后面的水瓮无意间流出来渗透地面的水渍，让我在这一时发现了一座村落饮水的源头及一种古老的背水方式。一只只水瓮放入水池，它们有着各自的力量，在瞬间我已经看见妇女们将水瓮拎上来时，水瓮里已经装满了水，水在这个村落的一只水池中泛出涟漪。我抬头往远处看去，香格里拉四周到处是雪山环绕，水就从雪山上而来。每经过一次日光的交融关系，冰雪就化成了水，水必然往山下流动，它的晶莹布局必然与一座村庄有分分秒秒的联系。水不受任何遮挡，从黑夜和白昼中往一座村落的方向流动，每一座村庄都有他们自己最干净的水池，这就是我在曙色中发现的那座水池。千百年来，人类饮水的历史从来没有得到改变，神在造人时已经把人体安排成可以在水中沐浴的生物，即使忘川也无法改变人将嘴张开伸向器皿、池、河流的姿态。所以，香格里拉的这座村落同样在曙色中享受着水的传统习俗，它是一种生命的需要。生命需要那座水池出现在妇女们背着水瓮的前方，生命需要那只只木式水瓮中盛满了水的无限，通过这无限一个妇女会变得如花朵般灿烂，通过这水的无限，一个妇女用脑袋悬住的那只水瓮可以使一个家园永不干枯，可以使他们的嘴唇吟唱。

慢慢地跟随一个用脑袋来悬住水瓮的妇女进入了一道藏式门槛，我看见了一个家族的人已经坐在火塘边喝着酥油茶，我是出乎他们意料之外降临的陌生人。他们从火塘边站起来，欢迎我迈进了他们的藏式门槛。那个藏族妇女轻轻地将身体一侧，那只水瓮就发出了流水的声音，水瓮中的水顷刻之间倒进了另一只木式大水瓮之中去。这是藏族家里神圣无比的水瓮，旁边有他们的神守候着那只巨大的木水瓮。这个妇女招呼我坐下又出去了，在我坐下喝酥油茶的那段时间里我看见那个妇女来来回回走了六趟，直到那只水瓮里的水满了，她才吁了一口气。我看见了她的满足，一只巨大的水瓮可以使这个妇女和她的整个家族得到一次生命的满足。水清澈地从雪山上而来，流入这个家族神圣的水瓮之中，融解着他们每天的日常生活。我看着两只不同体积的水瓮，光阴易逝，人生的许多光阴同样在这两只不同体积的水瓮中流动着。我能够感受到居住在雪山之下的村落，他们因畅饮到了圣洁的雪山融化的水而保持着平和幸福的姿态，他们因为有了那村头的水池可以让生命无限地延续下去，这种延续是一只水瓮的延续。我喜欢看那个妇女走在曙色之中，用她的头悬住一只装满水的水瓮，水瓮被她用最神奇的姿态悬在空中。她走得那么轻盈，哪怕沉沉的水瓮压在她身上，她仍然走得那么轻盈，因为这只水瓮延续着她昨夜那潮湿的梦境，她用若干世纪以来延续在香格里拉世界的一只水瓮，继续延续着他们整个家族永不枯竭的梦幻。水瓮使这座村落变得如此鲜活而生动，我不相信这种古老原始的水瓮有一天会在这座村落消失。

康巴男人的女人

我到底认识了多少个卓玛，卓玛就是康巴男人的女人。我们到达的地方与卓玛有关系：这座村落正在伴着晨曦苏醒过来时，我看见了卓玛，已经是 60 多岁的老卓玛正用一只水瓮开始她新的一天。将那只水瓮悬在头上，让这个晨曦的露珠滴在水瓮之间。她是康巴男人的女人，她叫卓玛，她还是一个少女时就用水瓮背水回家，嫁到这座村落之后，她就用另一只水瓮为一个康巴男人的家族背水。只有用水瓮背水的女人才会为一个康巴男人带来圣洁的梦境。

水瓮已经蜕变了一只又一只，当一只旧的散架的水瓮被遗弃的时刻，另一只新的散发出木味的水瓮又重新来到老卓玛的现实生活之中。许多年来，在其迷幻的现实中寻找到一种日常境界的卓玛，不知道为她的康巴男人的家族背回了多少只水瓮里的水。水，永远是雪山上融解的圣水，水构筑起她与这个老康巴男人永久的关系，她不仅仅为他用水瓮背水，她还为他生下了好几个孩子，当他们的孩子变成牧民、乡村教师、林区守林人时，他们已经进入了60多岁。衰老是在一只只水瓮蜕换之中悄无声息地降临的，衰老对一个康巴男人和一个康巴男人的女人是那样均衡，他们谁都无法抗拒这一切。当老康巴男人作为牧人的一生仍在牧场上漫游时，老康巴男人的女人卓玛同样用她心爱的水瓮一次次地为这个家族背水。

一个晶莹清澈的世界可以映照出老卓玛的容颜，当她和年轻的卓玛站在水池边时，她会发现自己的影子从水池中映现出了衰老。抗拒衰老的方式是坚持不懈地背水，多少古老的忧伤和古老的快乐啊，康巴男人的女人站在水池边缘，她又有了一只新的水瓮，那些年轻的卓玛正在开始背水时，她已经又嗅到了水瓮散发出来的新鲜的木质味，在日常生活俗套的日程表中最重要的背水运动就这样日复一日地进行着。直到有一天，康巴男人的女人卓玛背着水瓮走在回家的路上被树根绊住了裙摆，这个女人在顷刻之间连同水瓮一起倒了下去。我看见了那只水瓮中流出的水，也正是如此，卓玛有一个季节不能出门去背水，卓玛接受了治疗，她每天祈祷着自己能够早日站起来，因为对老卓玛来说，为康巴男人的家族背水已经成为她生命中重要的生活方式。有一天，老卓玛终于丢弃了拐杖，当那只新水瓮悬在头顶，她竟然又上路了，从家出门，经过了一片牧场，经过了梦境相连的藏式建筑的各种形体，老卓玛走在路上，无论是曙色高升，还是日暮黄昏的时分，只要卓玛头顶着一只水瓮，她的生活就在继续着。有时候当她家里的水瓮满了，她会走到牧场上去，她在望着落日把牧场照耀得一片金黄时，就把头仰起来，老卓玛每天都希望看见康巴男人和他的那群牦牛羊群出现在她眼前。

一个用水瓮为一个家族背水的女人，一个从来不会让那只家族中巨大的水瓮干枯的女人，就是康巴男人的女人。她老了，但她的头仍然在承受着那只水瓮的重量，那只水瓮的重量从某种意义上来说也是卓玛创造神圣事物的重量，它使已经 60 多岁的卓玛每天面对着那只水瓮，同时也面对着那个老康巴男人。他们日久天长地面对着他们不可能分离的世界，一只水瓮或门槛之外向天际延伸的牧场。他们还面对水给他们带来的幸福生活，水在壶中沸腾着，水在酥油壶中流动着，水在木碗中涌动着，水在他们的形体中恢复了一夜又一夜失去的时光。每一日都有新鲜的从水瓮中流出来的水，只要有水从水瓮中往外流出来，一个康巴男人无论走得多远都会回家，他在回家以后，面对着那只水瓮，也就是面对他的老卓玛。有了他的存在，她会永远背着那只水瓮，也许有一天，她会倒在那只水池边幸福地进入长久的睡眠，也许在回家的路上，那只水瓮会从她头顶永远滑落，那只水瓮会失落在她的脚下，永远不会被重新悬起来。然而，此刻，她有令她惊喜的力量用头悬起那只水瓮。

一条河流绕着草甸子有多少圈

一条河流很有可能在绕着草甸子流动时会迷失方向。我们都极有可能在一条河流迷失了方向的地方失去了梦。一条河流，已经在香格里拉，沿着牧人的足迹，沿着篝火、冷杉树林，沿着硬叶栎、红桦、白桦的阳坡和半阴坡，沿着一匹九色锦缎，沿着一种祭词在云端上升落下……这些过程我们看见过，但那位香格里拉的牧人沿着一条河流环绕着草甸子，他既是土地测量员，也是青稞专家，同时还是骑着中甸马做药材生意的商人。

现在让我们看牧人的他。他戴着毡帽，所有的牧人都与他在牧场上相遇，他们可以在同一个瞬间里属于连绵不断回响的铃声。他环绕那条河流而放牧，因为他知道河流经过的牧场是世界上最肥沃的牧场。他压低帽檐：“眼望着时光和流水汇成的长河，并想到岁月本身也是一条大川，知道我们都像那江河似的流去，而一个个面庞则都如逝水一般。”

他在有河流环绕的草甸上渐渐地让自己献出了青春和梦境，现在的他是一个平常的牧民，河流照亮了影子，如同一个心爱的女人使他将心扉彻底敞开。

在另外一些日子里他是土地测量员，他揣着每一种尺寸丈量河流直到草甸子的距离，进入一座村落的距离，他的眼里有无限的尺寸："将每一天和每一年全都看作是人生时日和岁月的一个个里程；将时光流逝所酿成的摧残视为一种音乐、一种声息和一种象征。"他在尺寸中离村落已经近了，他沿着一条河流的圈数预感到人生的密码之中反复轮转的圆原来近在身旁，这是土地测量员最为兴奋的一日："一切事物都是某种文字的单词，冥冥之中有人不分昼夜，用这种文字写出无穷喧嚣，那就是世界的历史。"他敞开尺寸之中的河流的远方，敞开了一棵树与一座村庄的隐秘世界，他在尺寸中最终发现了香格里拉河流中的地理世界，它是一架圆形的法轮。土地测量员在尺寸之间无法将一架圆形法轮的里程看见，他只好去问那条河流，然而，河流给予他的是"像曙光和晚霞一样去而复回"的流淌。

作为一位青稞专家，他尽一切可能让自己的时光沉溺于牧场和水流进去的泥土之间，每一种子进入了泥土是他喜悦的时刻："那些物事平凡，亲切而又必不可少，就像在赏赐给第一个男人的玫瑰。虽然如今都已经是可望而不可即，但是，我怎么可能将它们摒除心扉？"所以，一个游离在青稞中的人，把一粒青稞子看作是生命的男人，他确定出了每一粒青稞子美妙的生长期，它们在沿着河流环绕的村落中朝着日光已经变得饱满。所以，他的欢乐没有止境，他只好抛开一切交锋，去会见每一粒青稞，并与它们一起创造了香格里拉收获的秋天。

绕河流一周之后，他现在是一个商人，商业如同盛开的花朵使香格里拉有了一路上交换的武器。他做商人的那一天："金色的秋季初创了那个主意。艳红的葡萄酒像时间的长河，世代流淌，它在艰苦的路程中，给了我们大量音乐、热情和豪气。"这就是商业的美妙，他拉开了帷幕让香格里拉的美酒展览在世人面前，这是一种美妙的商业行为，然而我们知道："在喜庆的夜晚或者不幸的日子，它激发了欢乐或者减缓了惊险，我今天献给酒神的赞歌，阿拉伯人和波斯人都曾经唱过。"

一条河流环绕了草甸子有多少圈，在沿着河流绵延时，我们看见了在沿着河流而放牧的牧人以及用尺寸丈量无限的土地测量员，还有一路上念念不忘的青稞专家，似乎他的声音中也有青稞生长期的那种葱绿，还有他成为商人的那个世界。沿着牧人、土地测量员、青稞专家、商人环绕的一条河流："在哪一个王国，哪一个世纪，哪个寂静的星移斗转的组合下，哪个没有立碑纪念的秘密日子里，冒出了发明欢乐的勇敢而奇特的主意？"所以，我们无法计算出一条河流环绕着草甸子到底有多少圈，只有欢乐像泉水一样洋溢在草甸子上……

第八章　酥　油

与这种朴素、坚韧的生活相比，我们文明的历史显得像衰弱、时尚和奢侈艺术的编年史。但文明的人在最原始时代的诗歌中不会看不到真正的优雅。它提醒他认识到，文明只是给人穿上衣裳。它制出鞋子，但它并不使脚底变得坚硬。它织出质地细密的布料，但它并不触及皮肤。在文明人的躯体内站着仍然处于光荣地位的野蛮人。我们是那些蓝眼睛、黄头发的撒克逊人，那些身材修长、黑头发的诺曼底人。

——梭罗

嗅到酥油味就看见了牧人

酥油是什么？它仅仅是香格里拉众多事物之中的一件，我不知道从哪里去赞美它的存在。不过，只要你走在牧场上，在很远的地方，从一阵阵风里弥漫过来的气味中有一种酥油的味道：在那寂寥无垠的天边有一支游牧部落，一个牧人带着酥油从而赋予了一个现实，它飘拂着酥油味，我知道，嗅到了风中的阵阵酥油味道，我就将看见一个牧人。是飘拂在风中的酥油带来生动的一幕：一个牧人正将他的酥油从包里抓出来，我们现在相信了酥油是牧人生活中让他沉浸在古老芬芳世界中的一个佐证。酥油陶醉着一个孤独的牧人，使他在远离村落的草甸子上仍然在展示自己的一次午餐生活。那块凝固的酥油已经被他一分为二，整个场景充满了那样美妙的味道，我们在酥油味中开始相信那个牧人陶醉的东西，不仅仅是一块充饥的酥油，也不仅仅是一块可以让他产生力量的酥油，他所陶醉的场景为我们提供了一个事实：酥油是香格里拉王国制定幸福生活必不可少的，可以让香格里拉庶民世世代代为之栖息而准备的一种诗意的现实主义产品。只有当它的味道在牧场上飘拂而来时，你才会更了解那个牧民的衣裳之中为什么带着酥油。牧民就在那儿，在这个事实之中，他将一块酥油已经一分为二，于是，我们就这样在阵阵的酥油香味中看到了那个用魔幻方式放牧的牧人。在品尝酥油时，他就在那块酥油中不再是他自己，他是酥油史中讲着故事的牧人。如果在很久以前，牧人们已经在一次又一次游牧生活中记述了他们在漫长寂寞的日子里的一种始终不渝的幸福，那是因为一路上的酥油味把牧人们热情奔放、纵横无羁的灵魂收留在那只行囊之中。只要有酥油的存在，他们就可以游牧到远方去，而当他们在行囊中发现酥油已经被饥饿、被时间、被日光全部吞噬、咀嚼、弥漫完之后，他们就会毅然转身，朝着家的方向走去。而此刻，我们看见了这个牧人还有一分为二的酥油供他咀嚼，这意味着他的游牧生活还在继续之中。

继续让那块在空中飘拂的酥油化成风中之味，好让那个牧民在他敞开的世界中相遇到一本同样敞开的书籍，敞开中可以领略他的生活在一个地域之中，他正在让酥油味飘拂而去，他是牧民的后裔，他是在无意识中找到自己的人，他是咀嚼着酥油从不会丢失故乡的人。

只要你抬头你肯定会看见那个牧人，在弥漫的酥油味之中，那个奇谲的意象正等待牧人去相逢，正像我们在嗅到空中飘拂而来的酥油味时寻找到了香格里拉最稳定的味道。一切味道都在演变着扑面而来，香格里拉王国的酥油之味在若干世纪中不会急速地离开原来的味道，它聚集于一切最原始、古老的宁静、安详，它从不会跟随花香而演变其中的意蕴，因为它是香格里拉最稳定持久的味道，就像青稞味始终被我们嗅到。就像稻谷，麦穗之味一样承担着让后人歌唱的芬芳之味。

我们深深地沉浸在那个牧人将酥油一分为二的生动世界之中，一块酥油被他的现实所咀嚼，而另一块酥油却为他的游牧生活而服务。

酥油味使我们了解了牧民，在现实生活之中，每一种味道的扑面而来是可以展现出我们四周的生活图景，一块酥油所散发的味道可以假设出一个牧人在牧场上的生活状态，他把那块酥油的味道给予了牧场的风，给予了自己的身体，给予了时间。

任何时间都与空中飘拂的味道相遇，它们永不分离的秘密像爱情那样深奥，时间使那位牧人确切地寻找到了最好的牧场，时间也把他行囊之中的那块酥油化为弥漫的味道。时间已流逝，时间已休止过，时间已产生过玄学，时间创造了从无到有的奇迹，时间也会湮灭从有到无的事实。我们在酥油味中了解了一个牧人与酥油的关系之后，也就相信了那个牧人可以同一块酥油生活更长的时间，这种生活方式使香格里拉的牧场飘拂着酥油味，这是它最显著的特点。

木碗中的人间烟火

在这个自然世界之中，即使是一只木碗也有它的叙事特征，木碗除了有它原本所具有来自森林的原始之味之外，它还有酥油味道，这就是我所体会到的叙事性。来自一个黎明的村落最早醒来了，木碗摆放在火炉旁边，它来自一天开始的第一种叙事性。喝一碗早晨的酥油茶，几乎是藏民最简朴的要求，已经沸腾的酥油茶保持着每天的芬芳，这芬芳与明天一样，它仿佛是从香格里拉世俗生活的第一天，也就是“初转第一轮的无限纯洁”就已开始了它的叙事性。喝一碗热腾腾的酥油茶，这是身体向往新生活的需要，这是生活在叙事性的牧民们准备出门放牧前的需要，这是内心从先辈们“初转第一轮的无限纯洁”开始的叙事特征的需要。当一只木碗充满了酥油茶的味道也就充满了人间烟火的气息。我在看见那只木碗被藏族男人、女人、孩子、老人的手捧在手心时，我知道或正在想象着这些正在喝着酥油茶的一家人新的一天。年轻的牧民喝完一碗酥油茶之后，他是第一个出门的。当牧民在牧场上展示着一片辽阔和遥远时，可以说，他们在这个家族之中是第一个与时间有关系的个体，他们只要喝了一碗酥油茶，就出了门。在那几近魔幻的叙事性中，一个秘密在黎明醒来之后捧起那只木碗喝了酥油茶。他有可能表现出他的脚迈进了牧场，也就进入了叙事性的实质之中。他去了远方，他的嘴里散发着酥油味。他用整个身心所散发出来的那种酥油味，去拥抱他已经感知的或正在发生的事物。一个牧人生活在牧场上并与他的伙伴牦牛们和羊群战胜了叙事性中有可能发生的一切：灾难和死亡，这两者均是整个生活在地球上任何国度的人们难以摆脱的劫难。一个牧民只要他在出门之前喝过酥油茶，他就有了一个家族给予他的梦幻的力量去战胜灾难和死亡。一碗木碗中的酥油茶有可能使他的叙事性变成一种英雄的行为，但无论一个牧民最后成为英雄式的牧民，还是成为一个用魔幻的方式战胜灾难和死亡的牧民，他都生活在他出门之前手捧着的一碗热气腾腾的酥油茶中，那碗酥油茶使他生活中的烟火有了牧场的迁徙，只要他脚出动、游动，他就有了自己的叙事性。我们现在来进入一个孩子的世界，他是一个牧民的儿子，他已经 10 岁，他上了小学。每天清晨，他的母亲就递给他一只木碗，这种叙事性从他开始寻找事物那一时刻就已经开始了，他捧住的那只木碗中荡漾的酥油茶显然是除了他的母亲给予他的乳汁之外的世界。热气腾腾的酥油茶使他的叙事性来得那样快，几乎可以这样说，在他喝第一口酥油茶的时刻，他就开始了跟随他的父辈生活在藏区，生活在藏区的人间烟火的叙事性之中，随后他上了藏区小学。每天在上学之前，他的母亲已经为他煮好了酥油茶，当他捧起一只木碗的时候，酥油茶是那样芳香，散发出他的祖先用手转动“第一轮的无限纯洁”的那个时刻。从此以后，那个纯洁时刻永远在每一个黎明中到来。喝完了酥油茶，这个小小藏族牧民的儿子，已经背上书包出门，他的叙事性延续在一条小路上，从这条小路就可以到达他的藏区小学。走在路上，他的心每天呼呼直跳，是木碗中的酥油茶让他可以在他“初转第一轮的无限纯洁”之中，从步入这座学校的第一天，就向往着在他生活的叙事性之中出现字母。语言的字母被他赋予了想象的意蕴，他想在那个奇谲的世界中寻找到如同母亲捧给他的那只木碗，那次黎明中给予他的那种希望。他是这个藏式家族中唯一将脚迈向学校的男孩，因而他的叙事性不可能是他父亲的牧场，也不可能是她母亲永远守候的那片青稞场。现在让我们回到他母亲那里，她显然是最后一个喝完那碗酥油茶的女人，她送走了做牧人的丈夫，同时也送走了做学生的儿子，她现在开始了她自己的叙事性。她来到了青稞场，这是一个藏族母亲常年生活的地方，她身上散发出酥油味并让这一切环绕着她的青稞场，她的叙事性开始于金黄色的编织……

酥油花

酥油花的奇迹产生于一种传说：创始黄传的第一个人宗喀巴在一个寒冷的季节面对东方的天空，面对青藏高原的茫茫冰雹，为了纪念释迦牟尼，为了让佛学传播到更远的地方，他组织了一次祈愿大法会。有一个梦境犹如冰雪在凝固，突然从他的睡梦中缓缓溢出，那个已被荡漾在眼前的梦把一丛丛青藏高原的荆棘变成了乳白色的灯，把缠住他梦境的杂草变成了花朵。宗喀巴在眼前荡漾的梦境之中停留了很长时间，因为时间可以让他集中神韵把梦境凝固起来，于是，他开始了这样神圣的工作，他召集人用酥油凝固梦境，用很多双纯洁的手雕塑出了梦见的灯盏和花卉。这是一个奇迹，这个奇迹使青藏高原在白雪皑皑的季节仍然有酥油花供奉在佛前。还有另一个传说，仍然出自梦境，我想是出自那些成群结队的在花朵芬芳中生活的藏民的梦境。当唐初的文成公主一路跋涉进藏同吐蕃赞普松赞干布完婚时，她带去的那尊释迦牟尼像光芒四射，供奉在大昭寺，藏民们将梦境之中的那些花朵变成了酥油花敬奉在佛前……这是与神有关系的传说。酥油花从此以后始终盛放在香格里拉，盛放在青藏高原的每一个有神祇、佛光的地方，即使是一座偏僻的角隅，只要有佛光，有神祇，只要你走进去，你就会看见酥油花像莲花，像我们梦境之中的任何一种美丽花卉，它盛开在佛前。一个梦境创造了酥油花，我们应该说得更明确一些，在那些梦见酥油花的人的梦中，在所有人的梦中，酥油花用来寄寓他们目睹的那次花卉的改革。用酥油雕塑的花，承受着那些在梦境中创造花朵的人的心灵，他们即使是在一个冰雪时代，在一个花季已全部凋零的季节，仍然在期待鲜花盛开的时刻，他们把鲜花敬奉给佛，他们从心灵中荡漾而出的芬芳有了凝固的地方或弥漫的天地。

从此以后，酥油花同时传播在藏族的民间生活之中，他们可以发挥每个人独特的想象力，各种各样的可以飞翔、可以游动、可以行走的人物禽兽均在他们的想象力中出现。除了一代代藏族艺僧生活在寺院之中雕塑他们所梦见的酥油花之外，那些民间的艺人为了敬奉佛，为了向世界献出心中的梦境，他们将想象力凝固住。那种神奇的制作酥油花的过程并没有被我目睹过，当我看见一只又一只盛开的酥油花时，我要求我自己去想象一种最高的艺术创造，犹如想象出“甜美的天空像东方蓝宝石”。我想象着酥油在艺人们手中，他们置身在寺院的一个角隅，在阳光经过的一个角隅长时期地坐下来，一朵朵酥油花经过了抒情性的想象的旅程，在这想象之中，它带来了一次梦境之中的朝圣之路，朝圣者们一心一意想采撷到香格里拉以及整个青藏高原最鲜艳芬芳、最富有生命力的花朵。他们用心灵的想象去塑造一朵酥油花的灵魂，另一朵酥油花的芬芳，就这样我有可能看见了那群艺僧，他们用双手捧着酥油花，使圣歌有了花瓣张开，使香气沿着佛光流曳。

还有那位生活在藏区的艺人，每到冰雪覆盖住群山时，他就会坐下来，他有自己穿巡在时间记忆中的动物，他有心灵之中永远盛开着的那些殷红色的花瓣，他有萦绕着他双手的那些光芒，这一切使他变成了一个艺人。他心中的一朵朵酥油花应该有一切生物的形象，在形象中应该体现出一切生物的虔诚和声音。他坐在藏房中那个最干净的地方，塑造一朵酥油花的过程是一次漫长的过程，除了保持内心的寂静之外，他还必须保持灵魂的圣洁。一朵酥油花从塑造到盛开的时间使这个藏区艺人的生活更加明确地往来于朝圣的路上，谁也无法干扰他内心的宁静，谁也无法惊动他。他几近迟钝的面孔，实际上洋溢着一种花朵般的激情。我在藏区的那个最干净的地方看见了他，我相信，美好的梦境会影响一个人幸福的倾向，他把一朵朵酥油花献给了天地，献给了神，献给了那些美好的心灵，他是我看见的又一个幸福的人。

如果你不会喝酥油茶

在藏族聚居区，你如果不会喝酥油茶——你就无法真正进入那片土地。我看见一个不会喝酥油茶的旅人，他在牧场之外徘徊，他嗅不到从空中飘拂而来的，放牧生活的最高尚的欢娱。当空中弥散的酥油味道从牧人们前进的速度中飘来时，不会喝酥油茶的旅人不可能去赞美牧人生活的境界……进入香格里拉，离酥油茶的味道已经越来越近，我们可以深入许多味道之中去，巧克力味、糖果味、咖啡味……香格里拉最为浓郁的味道就是酥油茶之味。我想，如果我是那个不会喝酥油茶的旅人，那么我会可悲地远离香格里拉的怀抱中，远离它嘴唇吟唱的味道。幸运的是，当我第一次嗅到酥油茶的味道时，我就喜欢上了这种味道。

在这片土地的一个个黎明，我在藏民家里做客，我荣幸地得到了一只木碗，里面有温暖的酥油茶。我就是在那一时刻，再也无法离开这种味道，在这种味道之中我看见了那片土地已经醒来，祖传的木碗在我手中晃动着，我终于沉稳地托住了那只木碗，就这样我以这种方式进入了那片土地的生活。当午后我们经历了许多路程，突然进入另一片地区，那显然是我们所落脚的新的驿站。在那个疲倦的午后，我们愉快地喝着酥油茶。我的心在荡漾，我已经驻足在这片土地， 在手中的那只木碗里，我知道我们生活在同一地球上。我一路上喝着酥油茶，有可能忘记的忧伤第一次与那次午后回味无穷的酥油茶溶在一起，我深知有一天当我回到另一个世界，当我写着这些文字：“观看她的心无不感到眩晕，时间赋予她永恒。”她就是香格里拉世界，我会写一本无人仰望它的书，我会让真正的香格里拉如梦境呈现在世人面前。现在，我就是捧着木碗，对香格里拉世界怀着眷恋的人，我将让时间赋予她永恒。所以，我会大碗大碗地喝着酥油茶，所以，我不是别人，而是海男，我不可能在这个世界上失去灵感，那些想让我失去灵感的人啊，你们看一看，睁开你们的双眼看一看，如果我在此刻已经产生了灵感，它在酥油茶之中，我将用我的锐气，我的健康，我的全部激情赞美香格里拉，赞美一个牧人，一只木碗，演绎酥油茶的全过程。我决不会写别人已经写过的诗句，我决不会重述着别人说过的任何话语，只因我是诗人海男，天黑了天亮了……酥油茶和一座牧场永不会让我丧失任何灵感。

现在，我再一次回顾我的人生，我遗忘了那个垂死的阴影对我的巨大折磨，那道垂死的阴影如今早已经无法估量我在牧场上穿行的速度，那垂死的阴影永远进入不了香格里拉芬芳的国度，因而我是躺在牧场上，嗅着牧人们远去的酥油味不想归家的一个游人。在我捧着木碗喝着酥油茶的每个黄昏，我都想着这样被一个阿根廷诗人所描述的场景：“在伊朗的一个荒无人烟的地方有一座不是很高、无门也无窗的石塔。在那唯一的（泥土地面的圆形的）禅房里有一张木头桌子和一个板凳。在那间圆形的禅房里有一个样子像我的人在用一种我不懂的文字写着一首长诗，说一个人在另一间圆形的禅房里写着一首诗，说一个人在另一间圆形的禅房里……就这样没完没了地延续下去……”

那个不会喝酥油茶的游人早已离去，我却可以依然留下来，其中最为主要的原因在于我会喝酥油茶。一个阿妈让我喝她的酥油茶，我们用惊异的喜悦凝目互望，那一刹那，我就这样留了下来。那个阿根廷诗人描述的场景与我很相似，只不过我置身在芬芳四溢的香格里拉世界：在一座有酥油味荡漾的村落我开始为那些人们寻找可以歌唱的文字，我的头承受着他们的历史，他们的历史如一根银色柱子。我不断地游荡，因为我只要学会了喝酥油茶，我就可以去游荡任何村落，2000年的秋天不同于任何秋天，我在香格里拉的一座村落认识了一个会煮酥油茶的阿妈，我在牧场的远方认识了一个牧人，2000年的秋天我就像坠入某种为之迷恋的深渊，长久的喜悦使我无法走出去，如果将来我能够走出去，我会用我的语言不断地叙述我在酥油茶荡漾时相遇的诸路神祇。

在升天的时候

纯洁的双手将酥油涂在一个死者的身上，当一个死者的躯体在香格里拉的日月世界停止了运转，那些活着的人便帮助死者洗身，洗身的过程好像是在变幻一个死者的世界，想让死者脱离尘埃的那种虔诚把死者交给一次庄严的洗濯，这也是死者在尘埃之中最后一次沐浴。这次沐浴在阳光和黑夜互相交替的那个瞬间开始，水，源及一个生命的灵魂之处，现在，帮助一个死者沐浴可以尽早地让死者摆脱尘埃的纠缠。

酥油被涂满了死者的躯体，从一个死者的四肢中散发出浓烈的酥油味道。当送葬者沉浸于不幸之中时，他们用酥油涂在死者的皮肤上，那些享受着日月照耀的皮肤，那些布满痕迹的皮肤平静地散发着酥油味。我目睹的那次葬礼已经进入了涂抹酥油的最后时刻，旁边有朗朗的声音，犹如网中黑色的蝶蛾发出的声音，涂抹酥油的最高境界在于为一个死者创造升天的机会，让这个死者带着纯洁的身体去会见另一个世界的祖先。我从未看见过这样的葬礼，当酥油味合起了那个死者的尘埃世界时，死者已经在天葬场上消失。酥油味已经被死者带走，我开始想象那个死者在升天时的幸福感觉：经历一个秋天的香格里拉生活，使我在酥油味中了解了一个民族的原始之味，每一个黎明被镜子一经照耀就变成了落日，酥油涂在一个死者身上的那种最高境界同时也意味着一个死者还可以带着他们身上的酥油味去天堂的牧场上去放牧。

那个死者是一个牧民，所以我现在想象着天堂上的那片牧场。人只有经过尘埃的牧场才能进入另一个天堂的牧场。一个牧民在尘埃的牧场上放牧的崇高行为会给他进入天堂放牧时带来特别的美感，我想，那个在天堂中放牧的牧人，一定还带着酥油，影响了他一生的酥油味道同世界上别的事物一样会给他带来永诀也会带来重逢。如果那个牧人已经升天，已经会见了他的老祖宗，那么他们已经在天堂的牧场上相逢。在我们看来，天堂的牧场是极乐，是酥油花盛开的极乐世界。

一个牧人升天的时候有一种心旷神怡的感觉，他始终没有离开他所生活的香格里拉世界，即使在上天堂时，仍然带着满身的酥油芬芳进入天上去。活着的那些人站在天葬场四周，他们的祈祷之声如同酥油味一样飘荡在死者升天的一分一秒之中。一个牧人在很早的时候升天，即使再有无数的栅栏他也已经可以轻轻地越过，天葬场上的酥油味并没有完全消散，许多人身上散发的酥油味道使他们在生长的青稞或花朵中看到了小溪，在香格里拉世界永远环绕着虔诚的祈祷，有一种从内心上升的祈祷，它可以继续环绕着整个香格里拉：送走一个进入天堂的人，让酥油味随他而去。这种告别是永诀。活着的人们正在用酥油产生坚韧的弯刀，产生修行的神道，产生牧人愉快的世界，另一边的牧场。这种祈祷给香格里拉带来了祝福和吉祥。

我开始赞美那个涂满了酥油已经升天的牧人的灵魂时我已经回到了城市。城市有殡仪馆、医院、足球场、酒吧、游泳池和书房，我在我的书房里走来走去，这时冬天已经降临了。

那个已经升天的牧人从他身上散发出的酥油味使他告别了冬牧场、夏牧场或春牧场。告别中飘拂着酥油的芬芳并让我永生难忘，我还记得四周的人们虔诚祈祷的姿势，在人类所有的姿势之中，没有一种姿势像祷告一样迷人，也没有一种姿势像祷告一样界定了生生息息的领域，界定了我们无法企及的无限状态。冬已来临，离开了香格里拉，等待我的是隐居生活。无人可以进入我的门扉，有很长时间我去了茶马古道、峡谷、牧场。现在，那个已经升天的牧民，他有怎样的幸福，他有怎样芬芳的一座天堂世界？我隐居在不眠的长夜之中，一头羚羊有时候会发出奔跑时的声音，这是我看见的香格里拉的一头羚羊，不是别的人在平庸愚钝的世界中看见的羚羊，所以，我会像那头羚羊一样利用我敏捷的速度去奔跑。

点燃一盏酥油灯

世界上没有两盏相同的灯。灯进行着从黑暗到明亮的交织，交织在一个银白色的世界，当一个香客不远千里来到香格里拉世界时，他只为了点燃一盏酥油灯。一片前额布满了不断销蚀的纹线，他手中的酥油灯在东竹林寺、松赞林寺点燃了，他进行着生生息息的交织。他的鞋子在门外，已经被他抛弃，那双已经变得无用的鞋子把他带入了可以点燃酥油灯的圣殿。赤脚在圣殿中行走的香客，既不是僧侣，也不是圣客，他只不过是在时间的地图中一生以牧场为家的普通牧民。他已经有 30 多年的放牧史，每年秋天，他都要将牦牛放牧到最远的天边，当牧牛们自由地忘记了回家的路线时，他会带上一根拐杖，穿上那双他舍不得穿的新鞋子，走上这条朝圣之路。在他进入秋天时，总想编织自己放牧的理想，这种理想 30 多年从未间断，总是在他幻觉之中出现。所以，他闭上双眼，他可以闭上双眼在牧场上行走，因为牧场上没有栅栏可以绊住他的身体，他这样闭上双眼走了一会儿仿佛看见了那盏酥油灯。在他神魂颠倒的牧场史中他看见一盏酥油灯时意味着他已经看见了时间，那从不停止的时间，所以，灯，被他组成了银色的世界，与他的牧场世界进行着交织。现在，他慢慢地点燃了一盏酥油灯。火焰在他看来永远有魔法的力量，他的手伸出去，寻找到火焰的源头，它类似在星辰不灭的长夜，在牧场隐秘的一角隅，他的手摩擦了一下闪现出了火花，它类似在日光那金色的容貌之中从年轻时代会见的闪闪发光的东西，比女神还诱人。它在牧场上流曳，它在他的怀抱停留并为他卸下了生命的暗淡色彩。所以，他点燃了一盏酥油灯，这就是他走了千里路看见的火焰，一盏盏酥油灯相继都被他点燃了。他在酥油灯前，怀着无穷希望开始祈祷。对一个有 30 多年放牧史的牧民来说，他的祈祷只可能是他的牧场和牦牛：命中注定了他所置身的是牧场，因为他初次与世界会面的地方就是一片肥沃的牧场，那时候他还是一个男孩，手里啃着一块酥油，正在领会着那奇妙的味道。他在他的父辈的影子下面牵到了一根马的缰绳，他在他父辈的影子下面触摸到了一群牦牛的尾巴，他在他父辈的影子下面与一群绵羊初次会面就产生了嬉戏感……因此，他所知道的世界就是他的牧场，祈祷决定了他的牧场有多遥远，有多广袤，有多肥沃……他闭着双眼，作为一个牧人在祈祷的时候他只有闭上双眼才能尽心尽情地为他的牧场和广阔的理想编织出色彩。仿佛每一次都不一样，昨天在祈祷时他看见了牧场上的水池，供牦牛和羊群照镜子或饮水的水池；今天闭上双眼祈祷时他看见的是在牧场上空飞翔的彩色的鸟群，那群鸟群可以栖居在牧场上的任何一个地方，可以飞到牦牛和羊群温暖的脊背上……这样祈祷时看到的场景使他喉咙中变得一阵清凉，他足足在酥油灯前祈祷了一个时辰，在一盏盏酥油灯映照下，他的历史是与一片牧场相联系的。从前可以确定着放牧的无穷无尽的希望，希望就在远方的水池边，现在可以确定着牧场上的另一面是镜子间扎下根生长的松树，是按照他膝头上弹唱的乐器把转瞬即逝的光阴留住的一次歌唱……确实，世界上绝不可能有两类相同的灯盏在点燃之后发出同样的火花。他祈祷了一个时辰之后仿佛被所有事物感动过，他的嗓子清凉，对每个人、每道光、每面镜子、每条河流都情有独钟，他赤着脚已经经历过了他在酥油灯下编织的理想。现在，他有了 30 多年的放牧史，对他来说还不够完美，他要的那种完美就像他在祈祷之中闭上双眼看见的，交织在眼前的一种回声。他现在知道了从他的父辈的影子下看到并牵到那根缰绳的那一刹那。他就想听到一种回声，当他目送他的父辈在香格里拉最古老的文字中被古老的文字所笼罩住时，他就出发了。转眼之间，他已经有30多年的放牧史，他得到过听到过各种各样的回声，有一种回声在他祈祷的尽头，被他身后的那盏不会熄灭的酥油灯永远地照耀着：这就是他的影子获得了清新感觉之后创造的历史。

被酥油味熏醉了的婚礼

有一个诗意而古老的瞬间决定了他们的幸福关系。雪山脚下的村落长长地保持着一种纯洁的习俗，当子女到了11岁，那是他们在一个清新灿烂的早晨可以把自己的身影游移在阳光之下的时刻，那是香格里拉的父辈为子女举行成年礼的时刻。每到11岁以后的子女在那个阳光照耀的日子，开始从头到脚被一身崭新的藏族服装笼罩着，它所以有笼罩感是想让他们的母亲牵着子女的手，母亲的手在那一时刻要变幻出另一个世界，母亲的手来自世代交替的时辰，她把那个美丽的时辰展现在她的儿女们面前。在一只具有魔法的大簸箕中，魔法中跃出金黄色的青稞，两边铺满了松针叶，展现出他们的未来是吉祥的、富裕的、快乐的。成年礼过去后不久，他们慢慢长高，就变成了小伙子和姑娘，他们可以在牧场上，集市贸易中，在傍晚寻找他们各自的恋人。居住在雪山脚下的少男少女都有他们各自爱的偶像，如果寻找到了爱侣，他们会在牧场上互唱山歌。除了山歌之外，情歌是那样绵绵……经过了订婚仪式之后，他们的恋人关系就确定了。在酥油味飘拂的一个吉祥的日子，是生活在雪山脚下的恋人结婚的日子，婚姻在人类任何国度均演绎成可以用手触摸到的一种最幸福的关系。当婚姻关系在雪山脚下的这座藏族村落开始确定之前，隆重的仪式开始之前，我就嗅到了酥油味，仿佛与以往的酥油味不同，我所嗅到的那种酥油味道有一种沉醉的感觉，这种沉醉在很远的地方就已经感觉到。后来我才知道我有幸进入了一对恋人举行的仪式，他们即将确定他们一生最长久、永恒、牢固的幸福关系。我渐渐地进入了婚礼的仪式，我参与了他们被酥油味所沉醉的仪式。新郎叫扎西，他此刻早已经抚摸到除了做一个年轻牧人之外，他在有限的世界中抚摸到了一个影子，这个影子可以支配他的精神史；新娘叫卓玛，她像所有的卓玛一样动人，她在雪山脚下的这个村落寻找到了可以热恋的那道影子，可以同甘共苦的那道影子，可以融合一体的那道影子……酥油味在这隆重的仪式上空飘拂着，婚礼开始了歌唱阶段，歌唱队伍来自村落，来自那些心中有祝福之辞的嘴唇的吟唱。歌唱从我们的远古就已开始，我想起了《诗经》中的求爱方式，歌唱是为了表达幸福时刻的确定。一支吟唱队如同粉红色的乐器发出不同的声音，然后是送亲队来了，彩色的送亲队伍类似在牧场上举行圣宴，他们在歌唱的声音中把那个动人的新娘卓玛送到了另一个村落，酥油灯已经点燃，酥油味依然如同幸福的味道在婚礼上空飘拂着，歌唱的调子有告别调、离村歌等等。我在一场隆重的婚礼之中参与了一次幸福生活被确定之中的现实生活。

幸福来自酥油味高高地飘拂在上，当青稞酒在杯中流转，幸福源于这雪山之下的村落中有扎西和卓玛的爱情生活，有他们相互赠送对方的红色的腰带，有他们为对方点燃的酥油灯。幸福在这雪山脚下的村落包含着酥油味可以飘拂在枝叶纷披的房间，可以穿插到他们的视觉、嗅觉之中去，不会将未来变为浮光掠影的刹那……所以，香格里拉的各种仪式之中飘拂着芬芳而浓烈的酥油味道。

酥油味中荡漾着一种旋律，高高在上，在今后的婚姻生活之中，两个人只要不脱离这旋律，幸福对于卓玛和扎西来说就像诗意的火焰一样永远燃烧着。我参加过许多婚礼，但我在雪山脚下的村落看见的卓玛和扎西也许是世界上最为幸福的男女。很久以后，当我回到这座村落，卓玛和扎西已经在幸福的笼罩之下给我煮好了一壶酥油茶。我喝着酥油茶，酥油味依然像婚礼中一样高高地飘拂在屋顶之上，而他们在现实中已经有了两个人的牦牛、牧场，有了两个人的青稞架以及同床共枕的梦境。看见他们的影子出入于一道门槛，我被这样的关系所感动着。若干年以后，他们仍然会出入于同一道门槛，这种关系可以把时间变幻成万花筒，可以把灵魂变幻成怦然跃动的心跳之声。

绕世界一圈回到了中甸

绕着香格里拉世界一圈之后又回到了中甸。我身上已经散发出酥油味。中甸城里的灯火使我想起旧时的影子，想起了那些永远在马背上生活的骑手。酥油味从夜的深处飘来，一群从雪山村落中到中甸城的男女正在中甸城中散步。一群时尚的年轻人仍然穿着藏袍，持着藏刀，那样的英武，而年轻的女人们走在他们身边，他们深入了中甸县城夜的梦境。我走上前去，他们会说一口流畅的汉语，他们站在街心告诉我，从某一个时刻开始，他们之中的一个人发现了从雪山村落通往县城的路，那条路尽管迷迷蒙蒙，却使他们兴奋不已。于是，他们悄悄地在驯马的过程策马驰骋在牧场，进入了一条道路。很久以前他们第一次进入了中甸县城，这座县城是他们迄今为止看到过的最大的城市。他们把马拴在城郊外的村子里，进入了中甸县城的大街小巷，他们发现了他们生活的村落中没有的新事物，向他们敞开怀抱的商店有那些新奇的玩具和汉族服饰。他们睁大双眼，从一家商店出来又进入另一家商店，中甸县城使他们寻找到了汽车客运站，那天黄昏他们听见天空一阵轰鸣，然后就看见了飞机。就这样他们经常往返于中甸县城，带着他们身上的酥油味在大街上漫步。

转眼之间，他们就消失了，他们还要回到那座雪山之下的村落中去，等待他们的是另一个黎明以及母亲煮好的酥油茶。我在中甸县城的小巷中再次喝到了酥油茶，那是一位年轻的卓玛开的小吃店，她告诉我，她的家并不在中甸县城，她的家在很远很远，这是无法看见的，也是无法用尺寸来丈量的，在小卓玛的心里，那座遥远的村落似乎因为遥远才会与外部世界有盘根错节的联系……她独自一人背着酥油进了城，她有一个梦想，她要让中甸县城的外地人喝到她亲手煮的酥油茶。一个普通的愿望实现了，她有了自己的小吃店，每天每天她都站在门口迎候着像我一样喜欢喝酥油茶的外地人。我在她的店里看见了金发碧眼的老外，看见了从平原上来的男女，他们像我一样进入了中甸，而且想喝着酥油茶度过一个夜晚。

绕香格里拉世界一圈之后，我现在进入了中甸县城，我看见站在城头的一群卓玛，她们的膝头前放着一只只竹筐，里面摆着酥油，凝固成四方形的酥油正在展览某个村落的古老习惯和传统。我停留在酥油味弥漫的中甸县城，我沿着一条小径看见了一个酒徒，他正沿着那条小径唱着一首香格里拉的酒歌：“春雨要下透，朋友请喝够。美酒融进我的情，双手高高举过头。酒歌唱得月儿圆，云雀飞来不想走。哈达连着我的心，情与天地共长久。啊——拉里呀拉，啊——拉里呀拉……”这是沉浸在美丽的境界之中的酒徒，我走过那条小径，他一路走一路唱。我想起了梭罗，他对那些生活在康科德河沿岸的人们进入市镇持这样的描述：“很值得看看这些村的人们，看看他们是如何涌入市镇。这些农民没有喝醉，头脑清醒，此刻心情激动，他们的衬衫和外套的领子向前伸出，——领子如此宽大，仿佛把衬衫倒过来穿似的，因为服装的时髦总是倾向于多余，——他们的步态格外轻快，相互间热切地聊着谈着。”

我在这座有酥油和青稞酒的中甸县城走来走去，我自由得像牧人们已经欢快地跳过了一道道栅栏，我不想进入睡眠之中去，到了下半夜，我再次进入了卓玛姑娘的小吃店，在里面，我喝到了一碗让我今生今世永远难以忘记的酥油茶，我坐在门口，看着星星：这种生活当然是我一生中最快乐的生活。经过了长长的旅程，我对香格里拉到底了解了什么，我想起了洛克的探险队伍，我想起了博尔赫斯和他的语言：“我得到了一种几乎是标准型的事物给予人们的奇特的幸福感，感觉持续了几秒钟之后，当我领略到欧几里得几何学的纯形状——圆锥体、正方体、球体、金字塔体时的基本快感，在那一瞬间又回来了。”

喝完酥油茶，牵着藏犬

藏犬陪同那个牧民已经有很多年了，一个牧民喝完酥油茶，牵着藏犬，他就可以出入任何地方。我见到过一只藏犬穿越过牲畜的干粪之间，一直紧跟随它的主人，它的主人则是一个牧民。根据一个传说出现在世人面前的藏犬有着漆黑的皮毛，浓密的皮毛就像黝黑的丛林纷披在它额头，它高大的形象当然让人想起猛兽。在那个传说之中，我们面前出现了一片史前的古老牧场，在闪烁着日光的金黄色缎带之中突然跃出了一只猛虎，这只猛虎有着金黄色皮毛，它似乎可以纵览一切技巧。那个干燥的秋日上午，这只从金黄色缎带之中跃出的猛虎寻找到了它角逐的对手——与一头雄壮的公牦牛决斗，它的目的是想证明谁是香格里拉王和新主人。在漫长的七天七夜的争斗之中，那只猛虎与公牦牛难决胜负，它们被那匹秋日的金黄色缎带一次又一次绊住了身体。就在这时，我们传说中那只史前的藏犬迈着雄壮的步伐从牧场的另一边走来了，它置身在猛虎和公牦牛气喘吁吁的角逐之间，藏犬说："你们应该停止争斗了，看上去你们谁也不会赢，特别是老虎不能赢。因为谁输了我就帮谁。"那头猛虎第一次看见藏犬，牧场上竟然会出现这么高大的动物，而且还戴着铜铃，藏犬一说话，铃声就响彻了牧场，更为重要的是那只占据着牧场的藏犬的双眼犹如一对铜铃那样敏锐，放射出威慑力。虎来自丛林来自有可能使一座丛林被撼动的地方，它显然已经感受到了这只藏犬的力量，因为一只藏犬身后有宽广的牧场，一只猛虎就这样决定撤离。那只藏犬在猛虎转身离去的那一刹那公正地宣布："在我看来，你们在七天七夜的决斗中展现了各自的风格，我公正地宣布，老虎没有输，牦牛也没有输。"一只青藏高原的猛虎开始在一匹金黄色的缎带上撤离而去，它沿着自己金黄色的影子回到丛林成为森林之王，它闪烁着层层金黄色皮毛企图裹住青藏高原的所有丛林，以证明它的形象，而那头公牦牛却依然生活在牧场上，不久之后它就做了草原之王，牦牛和藏犬的影子互相照耀使它们相互成为王中王。现在，从这个传说之中让我们来看看眼前这头藏犬，因为在传说之中有些成为王中之王的藏犬的额头与虎一样印有王字。

那头走在牧民身边的藏犬此刻抬起头来，一个牧人在黎明喝完了酥油茶牵着他的藏犬出发，意味着这个牧人要去经历一条从未经历过的道路，他们共同走上了一条充满牲畜干粪的小路。后来就感觉不到脚下有干粪了，道路越来越宽阔，那头藏犬突然摆脱了牧人的影子跃入牧场上那块隆起的山坡。藏犬的那个姿态像是在往整个香格里拉无人经过的牧场上眺望，它的头颈挺直，它嗅到了那只猛虎的味道，从一只猛虎身上散发的气味必然会展现出一匹金黄色的缎带，一种猛虎的气息扑面而来时，那只藏犬的铜铃突然响彻天际，它的铃声毫无疑问会传进那只猛虎的耳朵之中去。就这样有了一只藏犬的存在，只要它站在山坡上摇响自己的铜铃，我们可以执着地相信这个牧民会寻找到他梦中的另一片牧场。

喝进去的那碗酥油茶让牧人在牧场上充满了想象力，同时也充满了判断力。只要藏犬的身体产生动人心弦的旋律感，就意味着他们已经进入了无人进入过的一片原始牧场；只要藏犬摇动着铜铃，就暗示着那只忠诚于牧场和牧人的藏犬正在用它奇特的力量体现它的英雄气概。我们在那个牧人和他进入的牧场上看见了那头藏犬。现在，它已经帮助牧人战胜了危险期，它额头上印有王字，它像一种秘密符号证明它有王位，有显赫的荣誉，有难以忍受的力量。它在松弛下皮毛的时候通常是它们进入一幅和平的图画中去的日子。有时候它一动不动地伏在牧人脚下，它想看见牧人看到的那种景象，它忠诚地守候着一个牧人的梦乡，这个每天喝着酥油茶，出现在天边的牧人尽情地带着它的草原之王——一头勇猛机智的藏犬出现在完美无瑕的梦境之中。

马背上的酥油糌粑

对一条著名的茶马古道来说，当它出现在一个永久轮回之前就已经有了它独特的芬芳，在无数种芬芳之中有一种香味是从酥油糌粑中散发出来的，它流传在马背上。如果我们站在昔日的茶马古道口，如果我们的鼻子灵敏一些，直到如今，我们都能嗅到从茶马古道昔日的空气中逐渐弥漫过来的马背上的酥油糌粑的味道。如果你不相信，我现在就告诉你我的幻觉和感受。一支马队经过了一座驿站，那座有名的藏区驿站以产生芬芳的酥油糌粑而获得了名声。一支马队驻足下来，等待那天黎明的第一块酥油糌粑，也就是等待那些芬芳四溢的青稞在沸腾的水里煮洗之后，经那一双双在时间史中获得灵气的手的制作产生一块块酥油糌粑。马队守候着一座驿站也就是守候着一座有名声的美食传说，而他们是直接的享用者，他们的马背上驮上了那天黎明的第一批酥油糌粑，还散发着锅的味道，也散发着它的名声味道。马队就这样为自己确定出了进入茶马古道的历险之路，有了马背上飘曳的酥油糌粑的芬芳之味，他们就可以把岩石、丛林、牧场当作驿站，他们就不会惧怕当一只猛虎的出现而难以探测的路线。当一个赶马人走累了，饥饿了，坐在茶马古道的路口咀嚼着从马背上取下来的一块块酥油糌粑时，他们的茶马古道向他们展现了不可穷尽的道路以及不可穷尽的浪漫而艰难的变迁之路。

咀嚼声是那座寂寞的临时的小憩处唯一发出来的声音，噢，那咀嚼之声说明马背上的酥油糌粑是多么香，来自香格里拉王国的酥油糌粑是多么香。香味使马帮队伍有了他们唯一可能的命运——那就是不停止地走下去，朝着岩墙之路，朝着蛇使他们有可能遭遇的丛丛纠缠，朝着澜沧江大峡谷的火海……只要马在前行，马背上的一阵阵芬芳可以让英勇的赶马人编织出与现实相接触，与死亡、蟒蛇、兀鹰相接触的搏斗。

在那座有名声的驿站里，我看到那个黎明的第一块酥油糌粑，我坐在木凳上——当年的赶马人也曾经在这里像我一样等待那种芬芳，我用手接触到了第一块酥油糌粑，这种古老的香味过去曾经使赶马人的手寻找到了芬芳，可以使他们的灵魂变得勇敢。

第一块在名声中被传播出去，获得了芬芳的酥油糌粑。这么快，在黎明之中让我竟然与当年的那支马队，与那个驻足下来等待第一块黎明中的酥油糌粑的人有短暂的汇合，它被我的手触到的青稞有着香格里拉王国牧歌的传说，它被我的心所嗅到的味道记载着一条茶马古道浪漫的背景，那些在马背上传播酥油糌粑的赶马人只限于他们的饥饿，只限于他们的漫漫旅途而产生了意想不到的咀嚼声，那不倦的咀嚼声为我们展现出一幅风俗画：一个赶马人在咀嚼声中延续了自己的道路，并创造了他自己的奇迹。我能够咀嚼出一块酥油糌粑深处的那全部芬芳吗？一个人来了，他的帽檐压得很低，他有一支队伍，在他身后的马背上驮着看不清楚的物资，但我看见了华丽的马鞍。一个新的赶马人来到了这座产生酥油糌粑的驿站，他展开一只布袋，有 20 多块新鲜的酥油糌粑被他的布袋所收容，他扎好那只布袋的入口，跨上了马背，他坐在那只华丽的马鞍之上。他显然是新的赶马人，在他消失的地方是茶马古道的另一条转弯处，带着那只布袋，他就可以行千里路。模仿是人的天性，有时候我们在模仿之中享受到了我们的幻想生活，有时我们的一次杰出的模仿会使我们的感受力变得那样新鲜。我咀嚼完那块酥油糌粑后所做的第一件事就是模仿那个赶马人，我寻找到了一只布袋，敞开它的口，20 块新鲜的酥油糌粑掉了进去。在这次模仿之中，我寻找到了让我的影子融入一条道路的理由，我要寻找我的小憩处，荒凉的驿站，我要在鹰飞翔的澜沧江大峡谷坐下来，咀嚼那些芬芳的酥油糌粑。噢，让我自己说：酥油糌粑多么香，香格里拉的酥油糌粑多么芬芳。然后我仰望天际，继续在一条道路上消失。

第九章　香格里拉的云、舞、酒

我乘风扬帆航行在一条河上，去发现新的土地、新的人民和新的思想；海角天涯景物历历如画，千难万险令人心惊胆寒。然而当我回忆经过的地方，回忆映入眼帘的山川，你像是唯一永恒的岸，无人绕过，无人漫游的海岬。

——梭罗

雨崩村上空的彩云

飘在雪山深处的云，现在有了结果。云环绕着雨崩村，这使居住在雨崩村的村民抬头就能够看见云，只要看见云，灵魂就会发现巨大的变化。一个村民在云彩之下继续着她的织布机上的生活，织布机正在复制着白云成为飘带的现象，我看见了她的灵感来源于白云编织的方向，整个白昼生活都在云下展开，织布机在穿行，事实上是从她手指下穿行。后来我看到雨崩村的这个年轻妇女，借助于云彩的想象力织出了一匹彩云的布匹。云在雨崩村流曳，云是那样高远，云是那样缥缈。一个村民和他的苹果树正在云彩下掌握着幸福的秘密，他的小小苹果园在雨崩村一面山坡上，多年前他引来了苹果树苗，他有一种不可遏止的力量想将云彩下面的那面荒坡变成苹果园。雨崩村的一个村民，年仅 35 岁，他念过中学，他被乡村教师写在黑板上的中国汉语点燃过理想的火焰。火焰在上升，萦绕着已经扎根在雨崩村的苹果树，只要彩云出现在上空，这个 35 岁的村民就会生活在苹果园中。久而久之，他已经看到苹果在开花，苹果在结果，雨崩村有了自己的苹果树和苹果园，雨崩村的人们品尝到了一只只甜美的苹果。云在山路上游动，云彩使一个年仅 8 岁的男孩进入到一个未知世界之中去，在云彩变化的不远处就是雨崩村的这个藏族男孩的学校。他是一个幸运的男孩，从他开始看到云彩会游动身体时，阿妈就把他交给了一所学校，他的幸福在于他在云彩的引导下一次又一次地走在一条路上。不远处就是他的学校，尽管学校是那样小，但还是被一片又一片彩云照耀着，他在学校往天空看去，年仅 8 岁的男孩就这样被无限蔚蓝、无限宽广的图画所引导着，久而久之，他成了这幅图画中游动的梦境。云彩此刻已经落在午后的雨崩村落的庭院，这座散发着秋天气息的庭院秘密地支撑着一个雨崩村的 80 岁老人的回忆生活。她坐在木凳上，她的儿孙们已经出门游动在云彩之下，她老了，她已老态龙钟，世界才会进入一片纯净的状态：坐在云彩之下回首往事的 80 岁的雨崩村的这个老人，她倚靠着彩云的一角，那样轻盈的云彩就在她头顶上方游动，她回首往事的全部意义就在于在飘曳的彩云之下能够清晰地看见自己的形象，她看见了那个在云彩之下恋爱的季节，看见了少女的自己，她看见了那个在云彩之下产生的逆境、疾病和幸福，最后，她看到了在云彩之下一个美妙的时辰，她在一生中最漂亮的刹那，她所爱上的那个男人就在云彩之下看着她。雨崩村上空的彩云似乎永远照耀着那条朝圣之路，生活在梅里雪山之下的村落似乎离神永远是那么近，所以，他们有一条心中的朝圣之路。彩云在路上游动着，如同游动着时间，时间是那些朝圣路上无处不在的历史，尽管无法留住逝去的每一天，雨崩村的朝圣者却在神祇的文字中看见了时间的演变过程。云彩，雨崩村上空的云彩就是云南高原的云彩，在许多辗转不安的旅程之中，云南的云演变出了我为之抒情的事物。现在我看见了雨崩村的云彩在游动，一个头顶着水瓮的妇女经过了我身旁，人们围绕着时间有各种不同的世界观，就像耶稣基督、帕斯卡尔、弥尔顿、苏格拉底有他们迥异的世界观一样，因为他们有世界观的不同距离，从而产生了玄学，产生了令人眩晕的梦幻，产生了恐惧和孤独，产生了杰出的史诗。此刻，雨崩村的每一个村民都有他们自己的生活方式：一个妇女在彩云下面编织布匹，一个村民守候着他的苹果园，一个男孩在彩云之下寻找着乡村小学，一个 80 岁的老人被彩云笼罩着有了回忆梦境的彩虹——这座被彩云、被浩瀚无垠的诗的意境所提炼的永恒事物就是人们看见的香格里拉的原始传说。我企盼被这传说带到云彩之下去，我希望有较长的时期，我可以生活在雨崩村，我要再一次去访问彩云之下，万物在其中各得其所的居次，去访问在彩云下将平凡生活当作抒情诗来吟咏的雨崩村的村民。如果空中的彩云高高地缥缈地在抒情……我已经在其中生活。

在彩云间出现的天生桥

雾起初一直使我们的想象置入层层屏障之中，有时候生活在香格里拉，也就是生活在雾的屏障之中。天生桥在哪里？我们在雾中忍受着那种难以忍受的期待，我们希望在松涛丛林的雾中突然睁开双眼就看见天生桥的原形。所有充满灵魂的事物都会把它们的原形隐藏起来，天生桥就是一座巧妙地隐藏好自己灵魂的景物。一层紫色气雾，突然散开，在雾气中呈东西流向的硕多岗河在这里寻找到了地下溶洞之中的迷宫，硕多岗河是一条进入中甸的河流，也是引导我们看见中甸的河流。硕多岗河穿越溶洞中的迷宫时在激情的尾翼扑动下让我们看见了一座天然的石灰岩桥梁。桥高 60 余米，宽 10 米，长约 200 米。当天生桥在我们眼前现出原形时，我想起了丽江木天王游历此地，他的眼前在刹那间出现了天生桥的原型，在那个特定的日子里，木天王陶醉在进入一座桥的灵魂并展现灵魂的喜悦之中。天生桥的灵魂使木天王在一块石碑上立志记，在木天王眼里天生桥将永远在游者眼前现出原形，它是一座不朽的桥梁。天生桥在云彩之下出现原形的传说被每一个游者的影子继续传说出去，相传在久远的年代，莲花生被吐蕃请到西藏，为了弘扬佛法，他常常翻越绵绵青藏高原，那个盛夏，他经历了许多路线进入硕多岗河畔，他看到了紫雾筑起的屏障，汹涌的河水挡住了去路……他在神山上小憩了数日之后被山神看见，勇敢的山神施展了全部魔法，于是，一块巨石在魔法之中造起了一座桥梁，后来，莲花生过了桥继续去弘扬他的佛法。这个传说反映了一条神祇创造的道路，它展现的是虔诚的藏传佛教的画面……天生桥就这样在硕多岗河之上触摸着彩云，莲花生过了桥后曾经在山神为他创造的温泉池子中沐浴净身，那道纯净的池子使我们看见了前来沐浴的藏族人，虽然如今那水池已成为有名的地热温泉，前来沐浴的藏族人有一个美好的愿望，希望在莲花生沐浴过的温泉寻找到无穷无尽的快乐。

现出了原形的天生桥上空是彩云，也许是因为有一条硕多岗河流过，有河流的地方是彩云筑起屏障的地方，彩云想把天生桥笼罩住自有它的理论。我相信这个真理：“世上没有一个人能有把握地宣布自己是谁。谁也不知道到世界上来是干什么的，不知道他的行为、他的感情、他的思想的来历，也不知道他真正的名字，在天光的记录中他永恒的名字叫什么……历史是一部卷帙浩繁的礼仪书，书中的字母和标点的价值不亚于整章整节的内容，而彼此的重要性则是无法确定的，深深地隐藏着的。”

传说之中的木天王、莲花生看见了天生桥的原形，是他们面对面与一座桥梁互相问候的时刻，也是他们面对面现出自己灵魂的时刻。他们在传说中过了桥，他们在形而上的意义中创造了一个永恒的瞬间。我们现在正过桥，这是木天王、莲花生走过的桥，这是许多知道无限来源于有限梦境的人们走过的桥……

我往下看去，硕多岗河正在流入迷宫的前方，一条河流之上必然有一座又一座桥梁的出现。许多人不远千里而来，起初他们被一层层屏障所挡住，我又一次沉浸在这样的文字之中：“一切都是象征，甚至连最撕心裂肺的疼痛亦然。我们是在梦中呼喊的熟睡者。我们不知道使我们伤心的东西是不是我们事后的欢乐的一个秘密开端。”所以，我们在面对屏障时虔诚地等待，就像传说之中的木天王和莲花生因为拥有等待享受到了他们在传说之中过桥时的喜悦。我走过了天生桥，它的原形以一种潜在的意识面对我们的灵魂。在这个世界上，我们短促的一生不知道要走过多少座桥梁，在香格里拉，天生桥是传说之中的木天王和莲花生走过的桥梁。滚滚流动的硕多岗河在桥下面变幻着它的迷宫，确实，我们以为找到了自己，其实在很多场景之中我们再一次迷失了自我。这种迷失使我找不到现出自己原形的机会。

热巴舞

舞在公元 11 世纪进入了香格里拉世界，在一种有鼓、钹、锣伴奏的集体大型歌舞之中，热巴舞产生了。在一个男人手执铜铃而来时，香格里拉已经进入了女执手鼓的绕圈舞步之中。最古典的热巴舞在维西塔城，想进入古典热巴舞的期待使我们来到了塔城。我们虔诚的来访感动了上苍，我们偶然遇到了一支跳热巴舞的队伍。塔城是一座“建在塔形山下的小镇”，塔城就在眼前，那支跳热巴舞的队伍就在眼前，我们都知道舞蹈源于香格里拉的一种最古典的形式，人们想在舞蹈中祈祷并追寻未来的理想。一种理想在塔城脚下的小镇上升，他们的理想是想看到丰收的景象，祈丰收，祈六畜兴旺，祈村寨平安。似乎在他们露面的时刻我就已经看到了塔城的那些一代又一代的老艺人，他们培养着新一代的热巴舞，我看见了塔城的年轻舞队，他们手鼓齐鸣，在塔城脚下的小镇听到的一阵阵鸣鼓使我置身在遥远。相传：“人们在索扎、美利、生爪三条河汇合处兴建一座九层楼寺庙，统治者为诱惑人们来为他们建寺，由噶玛巴创始人之一米拉日巴组织五男五女在工余时间表演，进行鼓动，每盖一层楼时就举行一次舞蹈盛会，经过数年的兴建，寺庙盖好了，热巴的鼓点增多了，舞蹈也就丰富起来。”热巴舞最为重要的是体现在鼓鸣之中，舞步在鼓鸣中为一场大型集体歌舞提供了无数的可能性。年轻的塔城人，年轻的舞者正在这种古典热巴舞蹈之中制造祈祷的种种现象，这也是大千世界、芸芸众生用身体的舞蹈在鼓鸣之中幻化出的一种精神。

除了塔城的古典热巴舞，现在我们被德钦县的流浪热巴舞深深地激荡着。流浪的热巴舞来源于旧时代的德钦艺人出入的驿站和古道，他们的着装让我想起西班牙舞女，那个漂亮的女人身穿古绿色的古式女藏袍出现在我们面前，她微笑着，她的神态身型就像一个美丽的流浪女人。当她手执杆鼓和弯鼓槌时，舞蹈已经开始。在德钦高原的一块山坡上，我看到了跳热巴舞的舞队，他们以流浪者的身份创造着在德钦高原的舞蹈艺术中的隐秘的秩序，仍然是鼓在鸣响，在这里的流浪热巴舞之中，鼓似乎是展现一种前景的美好幻觉。鼓一经鸣响，未进入的地区就是他们的近邻，他们在鸣鼓之中热切地往前流浪，在那片山坡上，我看到了简洁纯朴、自由奔放的流浪热巴舞进入我们的世界。流浪是一种神秘的生活，在德钦高原流浪，就是借喻于那个地域，那里的茶马古道，那个产生神祇文化的世界，以及用雪山下的泉水洗濯过灵魂的世界。作为舞台，我看到的那个女人，那个美丽的女人，她手执杆鼓和弯鼓槌，在她心灵深处有一条流浪之路，流浪这种精神也是一个让自我的精神深入到一个不稳定的精神世界中去，演绎持续不断的人类精神的方式之一。所以，在德钦高原美丽的山脉中必然产生流浪的热巴舞舞蹈。

傈僳族热巴舞在香格里拉上江的傈僳族村庄展开。在月光下我看到了这样的乐器：手鼓、钹、锣。乐器可以体现出一个民族隐秘的文化，看到这些古典乐器时，我的心怦然跃动。当舞蹈还未开始时，我站在月光下抚摸着那些神奇的乐器，如果“这个世界是一个永无止境的迷宫，是一个混沌，是一个梦……”我想起了那个叫彭的艺人，他会制作狮、象、鹿、马、鹤的动物模具，他是云南鹤庆人。鹤庆这个地名是产生时间、产生一个明确时间的地方，那个叫彭的艺人第一个使傈僳族热巴舞有了变化。我们现在看到的热巴舞中的孔雀、马鹿、白鹤、大鹏鸟、小马、牦牛等舞蹈来自云南鹤庆人彭幻想的世界，从此以后香格里拉上江傈僳族的热巴舞使那个村落有了一系列的神秘的舞蹈现象。我看见的那些乐器在这个有月光的夜晚响彻了整座村落，一种变幻无穷的热巴舞蹈使这个小小的村落有了一个近乎完美的世界。我想起彭，那个把不可分割的瞬间看见，并在丛林中为一切生物寻找到舞蹈的形式的民间艺人的想象力：我在这个村落的民间舞蹈之中找到了人类涉足的某些意念。

弦子舞

德钦有梅里雪山、澜沧江、金沙江……德钦还有一种圆圈舞，也叫弦子舞。在我认为，一个地区只会因为把一种潜在的意识化为幻想时而产生了舞蹈，一个地区只会因为为了确切地把流传已久的神话颂扬才产生舞蹈，一个地区只会因为在看见自己的影子时看到了一个世界的抒情性时才产生舞蹈。所以德钦就是这样的地区，它用高大的山脉激起了人的意念，生活在雪山脚下的人们信奉着时间同时会被那不可感知的生命游荡在外，当他们游荡在外时弦子舞便产生了。弦子舞同这个地球所有民族的舞蹈一样具有同样的美德；它想让那些消失在朦胧黑暗中的希望重新诞生于黎明；它想让那些游移在外的混沌不堪与灵魂编制成一道圆圈，回到神祇的怀抱；它想为那些心怀梦境的人设定梦境的色彩或方向；它想在人们还未征服恐惧、死亡时间之前，让人们进入一种欢快的节奏之中去看到天边那金色的光芒。

弦子舞就像世界上的所有舞蹈一样没有固定的场所，它的舞台是人们看到的一种雏形事物，一只幼鸟飞过的地方，是人们在褐红色围墙之中准备好一个旋律的地方，是德钦县境内的草地、城池旁、古老驿站的一块废弃的平地上，是人们看星星的屋顶……所以，弦子舞可以在任何不确定的时间中展开。在我进入这种舞蹈之前，一个跳弦子舞的老人正在准备他的弦子，他用手抚摸着那把弦子，这是他心爱的乐器，已经陪伴他 40 多年。时间为这把弦子编织出无穷尽的旋律，老人从年轻时代到现在，一直使用这把弦子，他固执地认为，如果丢弃这把陪伴了他 40 多年的乐器，他的心就会忘记任何音符，他的手也不可能弹奏出心灵的旋律。他固执地守候着那把有 40 年历史的弦子，毫无疑问，他把他的弦子当作人信奉的一个永恒法则。如果我们看见那架陈旧的弦子我们就应该理解一个老人同他的弦子生活了 40 多年，他的旋律已经在那把弦子上荡漾，他再也不可能寻找到虚幻的复制品，如果丢弃这把弦子，他对时光的感觉将失去源泉。这样一个普通的道理展现在一把古老的乐器中，我看见老人拉弦子时，就想起了一句话："时间是我的构成实体。"时间就是老人的那把弦子，他的悲痛，他的快乐，他的倾诉应该都完整地交给一把弦子来实现。我也同时看见了年轻人拉响的弦子，那是崭新的乐器，当然也是年轻人假设的时间，古老的弦子和崭新的弦子互相碰撞，世界也许就是这样寻找着永恒。

在许多弦子发出的旋律之中，男女组成的舞者出场了：舞者们带着笑容，我在香格里拉世界看到的都是笑容，因为笑容是一个世界有音乐、有激情、有梦想存在的表现。舞者们在四肢的柔曼舞姿之中有时发出对唱，先为颂歌，他们歌颂日月环绕，他们歌唱杉树、动物和青稞；然后是友谊歌，友谊在他们看来就是呼唤，他们呼唤雪山之下的一道窗扉，他们呼唤赶马人回头，他们呼唤出发的人快些回家；然后是对歌，男女用不同的语调，让叙事情节出现在对歌之中，有时候你会在这歌词中看到古老的起源看到男或女在叙事生活中制造出娱乐场景……有时候这样的叙事对唱此起彼伏，持久不散。

弦子舞在德钦是在一片屋顶上展开，一种娱乐的歌舞使我看到了那个拉弦子的老人，整个过程他都闭上双眼，他在他的弦子下面游荡。从某种程度上可以说，一个携带弦子的老艺人，在他一生中所梦见的所有旋律都已经在弦子的颤抖中表现为相逢、约会、别离、祝福；他一生中所产生的意念都已经在和那把弦子的多年历史中，表现为雪山、青稞、酒、河流。所以，他可以闭上双眼，他肯定了他这把40多年的弦子会给他带来日复一日的快乐；所以，他肯定了他的命运就是这把弦子发生的旋律。他的双眼紧闭，他就是弦子舞中最老的艺人，他就是德钦高原和它们的弦子舞队一次又一次解释了日月会永远循环不息的那支弦子舞队。只要有这样的弦子舞队存在，德钦高原的高度将变得永恒。

锅庄舞

“我常常永恒地回复到永恒中去。”7世纪之前青藏高原的舞姿文化之中有这样一种现象展现在我们面前，人们在劳动过程中有了打青稞、捻羊毛、喂牲口、酿酒的场景歌舞。7世纪之前的原始劳动和牧业文化是青藏高原锅庄舞的基本源泉。从7世纪以来，香格里拉的锅庄舞开始表现出祭坛歌舞的原始状态。什么是祭坛？人们在劳动生活的地方向上仰望的地方就是祭坛，它有金黄色的光芒，我们人类始终在迁徙的自然而然的过程之中把自己交给可以仰望的宇宙，它是日、月、镜、神祇，是森林、天空、杉柏与花朵……香格里拉为自己确定了永久的祭祀舞蹈。自有了茶马古道，香格里拉的锅庄舞在随着世俗生活而改变。在茶马古道迁移的赶马人的形象和姿态使锅庄舞产生了循环性的舞姿，那些舞着藏族长袖的舞者寻找到了茶马文化的出发点，他们在沿着古道循环时表现出对日月的追问对日月的崇拜。长袖挥舞在空中，已经有了一个显著的舞蹈特点，每一个舞者都在表现出这样的精神内容：半步舞、六步舞、八步舞、索例哆、猴子舞、孔雀舞、牧羊曲等。舞，在我认为是人类在世俗生活状态中寻找到可以支配自己的灵感的一种表现力。锅庄舞从 7 世纪之前就在青藏高原诞生，在那个原始的村落中，舞姿来源于劳动的姿态，来源于动物飞翔或行走角逐时的状态，所有舞姿都需要借助于我们的灵感来完成。香格里拉是锅庄舞诞生之地，我有时经常沉浸在他们的舞步之中：为了使祭祀中的场面变得隆重，他们在歌舞之中必须创造出这样的意境，一切祭祀都是为了把我们的灵魂从肉体脱颖而出，为了让我们的肉体和灵魂融化在过去、现在或未来的意念之中。所有的锅庄舞都是一场集体歌舞，进入锅庄舞之前，我以为锅庄舞只是年轻人喜欢的舞蹈，我没有想到夜色之下展开的锅庄舞来了那么多人，老人们有他们不可能篡改的富有权威性的锅庄舞蹈，他们最喜欢沉浸在那种古老的祭祀场景之中，他们怀着对大地一切神性事物的感恩心情，怀着被一只只时间之翼缓缓磨损着的那种伤感，怀着对普遍事物的钟爱一次次地表现出了锅庄舞的祭祀性。年轻人来了，香格里拉的年轻舞者穿着鲜艳的藏族服装，他们没有古老的舞姿，他们的四肢产生出了另一种旋律。有一种舞叫擦司，即男女融合起来的圆圈舞蹈，年轻人在顺时针的舞动之中正在开始他们的人生，在如此长久的锅庄舞的历史中，年轻人有了可以展开的双翼，他们的舞姿仿佛正朝着这样的幅度而旋转。那个古老的罗马帝国的皇帝马可·奥勒利乌斯曾表达出了这种状态："现实是所有人的，死亡就是失掉了现实，这是个极短的时期。任何人都不会失掉过去和未来，因为对任何人都不可能剥夺他没有的东西。你记住，所有的东西都在旋转，而且又重新在同一轨道上旋转。对于观众来说，看它一个世纪或二十个世纪或无限制地看下去都是一样的。”

在香格里拉，锅庄舞在各个不同的季节、节日、祭祀活动中旋转，这已经足以说明旋转产生了现实的舞蹈。一群老人的锅庄舞蹈的旋转是为了歌颂被日月所耗尽的每一种劳动的时光，梦境与现实交织在一起的时光；年轻男女的锅庄舞充满了无限的幻想，无限的快乐，无限的伤感；孩子们挥着长袖，跳着他们自已的锅庄舞，他们没有过去，只有现在和未来，他们跟着大人们在旋转。这就是马可·奥勒利乌斯所说的：“所有的东西都在旋转，而且又在同一轨道上旋转。”

香格里拉用它的旋转力量表现出了锅庄舞在这一地区的集体舞姿。当我沉浸在这一强大的现实之中时，那些舞者仍然抛出他们古老的、年轻的、彩色的长袖，我感到这种旋转的力量已经撼动了我，已经撼动了一架时钟，因为每一架时钟都是祭坛，是金字塔的造型。香格里拉的锅庄舞证明了舞蹈来源于现实的力量，来源于我们改造现实而产生的梦境。

酒味像藏族少女的唇香

青稞酿成的酒被酿酒师梦中展现出深奥的意图，展现出一种单纯的香味：一个藏族少女的唇香味。呷着杯中之味，我发现了酿酒师的梦境，他想让那个藏族少女的唇香从酒味中上升，让牧场上，传说之中散发出这种单独的美味。他的这个愿望证明他除了在酿酒的领域具有严格的想象力之外，他还是一个梦境大师。首先，藏族少女是香格里拉最美妙的意象，是花朵怒放，是绝妙的香味。酿酒师在漫长的酿酒过程中提炼出了这种香味。我在品尝着青稞酒味道时认识了一个少女的唇香，她是一个村落的小学教师，师范学校毕业后她就实现了做教师的梦想，她才有 18 岁。我无意之中进入了她执教的一座小学，在被炊烟熏染过的土坯屋里，我听她说话时，想起了那位酿酒师提炼出的梦境，一种美妙单纯的香味。那时候学生们已经回家，她一个人独自守候着那座土坯屋，她的所有梦想都围绕着一间简朴的教室展开。可以想象当她启开嘴唇，一个 18 岁少女的唇香吟咏着文字符号，这种理想使她有一种期待，若干年后在这座土坯屋的教室中走出去的学生中有农技师、数学家和诗人。遇到这位少女后我就想，为什么那位酿酒师会在梦境之中提炼出这美妙的唇香味道？

那么，在骏马奔驰的牧场，我会不会在另一个藏族少女那里嗅到这种味道呢？我走过了许多牧场终于与卓玛相遇，她是我见到过的唯一携带着牦牛和一头高大的藏犬在牧场上游牧的少女，她简直是在神话中游牧。在我发现她在一片水草肥沃的牧场上时，她再现了一个神话：她红色的藏式牧装使她占领了一座牧场，一只漆黑的藏犬站在她旁边，为她忠诚地守候着那种梦幻。而她绯红的脸颊就是太阳的颜色，我离她越近，就离她的唇香越近。噢，唇香从风中弥漫而来，我想起了那个孤独的酿酒师在一种梦境中捕捉到的香味——它来自这个以游牧生活为神话的少女的唇香。我想，在那一刹那，当他捕捉到并提炼出了这唇香，心中的喜悦便产生了青稞酒的香味。

另一位藏族少女在她唱歌时，我嗅到了她的唇香。那是在中甸，在香格里拉大峡谷的一个夜晚，我听到了这个少女的歌声，我嗅到了她的唇香，那个夜晚我们再一次品尝着青稞酒。我们认为，品尝到了青稞酒的味道，我们也就品尝到了香格里拉灵魂的味道。我再一次想起了那位酿酒师，当他陶醉在一种无限亲切的梦境之中，那个梦境被他晃动着，他为香格里拉王国寻找到了最确切的味道——酒味像藏族少女的唇香。

在一场酒味的变革之中，我似乎在一个傍晚会见了那个已经隐居的酿酒师，他有自然赐给他的老态龙钟，他有时间赐给他的智慧，他有梦境赐给他的明亮的目光……在香格里拉的酒窖之中我一直渴望与这位酿酒师相见。

然而，只有酒味弥漫在空气之中，我猜想那个酿酒师在提炼出那种少女唇香的酒味之后，就已经神秘地消失了，因而，我想是神在永恒之中提炼出了那种酒味。

永恒的酒味如今在香格里拉的任何地方，在旅馆，在客栈花园，在牧场，在雪山之下的每一个村落，在流水经过的地方，在玫瑰色的藏式围墙之内到处都飘溢着这种酒味的香气。我已无法去会见那位酿酒师，我只好举起杯来，这是一种干杯的形式，祝福的形式。

在我醉了的那个午夜，我在香格里拉的一座古客栈里面，在梦境之中会见了那位著名的青稞酒酿酒师，在自然赐给他的老态龙钟之中我看到了他被那个秘诀所笼罩着的幸福；在时间赐给他的智慧之中我看到了他所沉迷世界的辽阔；在梦境赐给他的明亮的目光之中我看到了他一生所迷失的影子；在提炼出酒味的香味之后他迅速消失的那条牧场上的小径。我彻底醉了，在这样的会面之中，我知道我们人类可以在一种味道之中穷尽一个瞬间，再后来，我睡过去，再也没有做梦。

牧人、青稞酒和葵花籽

酒在跟随一个牧人迁徙的过程之中使他抓住了现实的缥缈的未来。那只酒壶背在他身上，跟着他踉跄。在难以测定的前方，他会坐下来，一只牧人的酒壶是 20 世纪 70 年代的军用水壶，整个牧区都在使用这种水壶。这个牧人和他的酒壶在一起就不会寂寞，现在他坐下来，呷了一口青稞酒。酒在浩瀚无垠的香格里拉如同酥油茶一样重要。由于酿酒师调制提炼出了青稞酒，它就使牧人们把握住了自己对酒味的选择。青稞酒在一个牧人的军用水壶中似乎有沸腾的现象，任何酒壶放在游牧生活之中都会沸腾起来。一个牧人呷着酒，有时候手中有一把葵花籽，酒在他体内弥散，葵花籽在他嘴里咀嚼着，这是一种大地的画面，我想记录下这种画面，作为香格里拉的一个牧人生活的一个瞬间。青稞酒在他使用的军用水壶中沸腾着，使他处于一种沉醉燃烧的状态，而葵花籽让我们想起金黄的形象，让我们想起凡·高，很显然作为艺术家的荷兰画家的葵花树与香格里拉没有一丝联系。然而我们却知道，一个牧人咀嚼着葵花籽，并且是坐在大地上咀嚼着葵花籽，这让我们想起了人类的精神是在事物之间弥漫上升，眼前的情景就是例证，葵花籽和一壶军用水壶中的青稞酒都是活生生的事物，当一个牧人和他的精神在一起时，他正在与青稞酒和葵花籽这两种事物在一起。

当他呷了一口青稞酒，一位生活在21世纪的牧人，有着自己的牧场和牲畜，他的生活一直离不开牧场和牲畜，既然他生活在牧场上，他必须带上自己最为重要的东西出门，就像有些人在出门时从未忘记带上一只箱子，箱子里面有香烟、钞票、地图册、笔记册……出门到一个地方去永远是一种跨越空间和时间的旅程。我们的牧人每次出门之前都在自己的精神世界中看见了两种事物：青稞酒和葵花籽。也就是说他的出门游牧生活只需带上一壶青稞酒和一布袋葵花籽。

一壶青稞酒显然不够他在整个游牧生活中畅饮，所以，在牧场上看见一座村落时，他会想方设法地寻找一座村落中的小卖部。香格里拉的每一座小型的村落都有小卖部，即陈列人们在现实和梦境之中的事物的地方。在每一个小卖部都有青稞酒，青稞酒在一只巨大的罐子里，需要用一只小滤壶将它打捞起来，这个牧人从千里外寻找到了这个村落中的小卖部，当他看见那只巨大的罐子里涌满的青稞酒涟漪时，他有一种冲动，他有一种想拥抱那只土罐子的念头。当他拎着灌满了青稞酒的小卖部消失在那座村落时，他是那样精神焕发。

一小布袋晾干了的葵花籽为什么对一个牧人那样重要？因为葵花树是一个牧人耳畔飘拂的事物，他沉浸在斜坡上的葵花林中穿行，在迎着阳光盛开结籽的葵花林中他咀嚼到了那些正在长大的葵花籽，一个人的记忆总是与心灵感应的事物有众多的联系，从那以后，他就有咀嚼葵花籽的习惯。在这个世界上，似乎只有两件东西对他是不能缺少的，一壶青稞酒和一小布袋葵花籽，只要带上这两件东西出门，他就不会感到寂寞。在咀嚼葵花籽的声音之中，他是一个幸福的、安静的牧人，他坐在牧场上，看着悠悠的白云在飘荡，看着身边的牦牛在愉快地放逐自己，咀嚼声使他有一种巨大的满足，再呷一口有香味的青稞酒，这时，整个灵魂都会产生一个这样深奥难测的事实：一个牧人到底已经走了多远，当他在跨越空间和时间的旅程时会不会把自己塑造梦境时的故事变成一种虚幻？事实上，当这个牧人的水壶空了时，我们看见了他灵魂被虚幻所折磨的时刻，犹如一只困兽，尤其是无法看见村落时，他的身体中有一种焦躁环绕着他，但无论如何，这个牧人都会在他的远方看见一个村落、一个小卖部、一只巨大的罐子涌满了青稞酒的芬芳……而那只小布袋中已经晾干了的葵花籽永远在他的咀嚼声中变成了音乐，没有任何时间和空间可以改变这个牧人的生活，可以使他的青稞酒失去芬芳，失去叮咚之声……

想靠近一只澜沧江大峡谷的鹰

鹰未被我认识之前是一种英雄的象征。因为在所有飞翔物之中，唯有鹰可以使我想起英雄的姿态来。在香格里拉王国行走，我们会与天空中的鹰相遇在澜沧江大峡谷之上，有时候我们也会在茶马古道的一个已经被遗弃的驿站看见鹰，有一次还在天葬场上看见了鹰。鹰的姿态确实像一个英雄的姿态。什么是英雄？能够像鹰一样穿行在寂寞、空旷、荒凉的辽阔天空的拥有鹰在飞翔过程中姿态的就是英雄。起初，鹰似乎离我们很远，因为真正的英雄是罕见的，所以我们把鹰比喻为英雄，它只会在我们偶然的惊喜之中出现。

赞美一种事物使我们有机会去认识这种事物。当我的影子移动在澜沧江峡谷之中，把一个不可分割的视觉形象占据，并看见了那些失沉已久的茶马古道在 19 世纪的阳光下移动，看见岩墙在移动，看见溜索在移动，看见马帮的影子在移动时，一只鹰也在移动。也许这只鹰就是 19 世纪那个炎热的午后飞翔的鹰，也许这只鹰就是与一个赶马人相撞，坠入汹涌的澜沧江大峡谷之中去的那只鹰……也许这就是 19 世纪第一个在澜沧江大峡谷之上的石岩上筑巢繁殖生命的鹰，也许……时间的无限性使我可以把眼前的这只鹰当作若干世纪以来飞翔在澜沧江大峡谷上空的那只鹰。这就是我可以迷恋它并向着它靠近的原因。当我想赞美它时，我必然靠近它，就像当年的赶马人如果想战胜它同样是用这样的方法，不避开它，而是靠近它。

用怎样的办法才能靠近一只飞翔中的鹰呢？因为这只鹰不是飞翔在沙漠上的鹰，它闪烁着黑红色的双翼，它在云彩中穿行了一阵之后已经开始盘旋在我们头顶。我看到了一条18世纪、19世纪的马帮部落通过的索道，它在岩石上朝前无限地在倾斜之中颤抖着，这条索道当然早已废弃，从远处看去它如同蚂蚁的队伍在我们已经开始变得眩晕的、模糊的视线中移动，那只头顶上空飞翔的鹰已经下降开始盘旋在那条索道的旁边，开始在那个世界寻找移动的人影并策划着与人搏斗的格局……突然一块巨石被一只鹰飞翔盘旋时的左翼碰撞了一下，我听到了一阵轰鸣，并看见了那块岩石离开了它盘旋扎根的地方，正将自己的身体朝着一种无穷坠落的方向跌落下去……这就是活生生的鹰的世界，它有着强烈的游戏感，当它无法在那条已经废弃不用的索道上寻找到可以游戏的马帮队伍时，它就开始用双翼挑战沉默了很久的岩石，它的游戏的最终目的，是想让那块巨石的身体涣散，只有这样，鹰才能在游戏中获得快感。那块巨石果然参加了鹰的游戏，它动摇了扎根的地方，它开始移动，在鹰的碰撞之下同样寻找到了快感，它终于让自己的身体离开了它的根，它开始在这个永无止境的栖身之处游离出去。

就这样，我已经离这只鹰很近了，在那块巨石坠入澜沧江大峡谷时，我已经看到了鹰游戏的无穷奥秘。它开始高高地飞翔起来，这种危险的游戏给它带来了高高飞翔的力量，在我们看到的澜沧江大峡谷，如果没有鹰在时间和空间之中飞翔，那么，眼前的澜沧江大峡谷会失去一种悲壮的力量，失去一种危险的美丽。

那只鹰拍翅飞去，我们在那个下午再也没有看见它出现在澜沧江大峡谷之上，这就是说英雄的姿态已经留在我们的记忆之中。英雄是罕见的，它只会在我们的惊喜之中出现。有一天，我会坐下来，在我生活的那座城市，在我的窗口会飞翔着一次澜沧江大峡谷的鹰，它因为具有用悲壮的力量游戏时间和空间的姿态而被我赞美成英雄。在那首未来的长诗中，一只飞翔在澜沧江大峡谷之上的鹰勇猛地产生了：“一种彻底诱发性的、无限的，已经被一个过去的行为——创造天地——打断时间。”赞美那只澜沧江大峡谷上空飞翔的鹰需要我再一次回到澜沧江大峡谷去，我也许会被那只鹰的游戏悲壮地带入澜沧江大峡谷，如果我死去，我会让那种美丽闪烁着危险的诱惑。

每片树叶荡漾着阳光

树叶进入秋天，我们的眼前出现了一大片金黄色的阳光，每片树叶都荡漾着阳光。在这里有一个守林人，也许我们的到来扰乱了他的宁静，他还很年轻，与我们看见过的任何守林人的年龄不一样，他的年轻应该在有人群的地方生活，应该在人群的嬉闹声中开创自己的梦幻。而他竟然出现在秋色之下，出现在每片树叶荡漾着阳光的地方。他的年轻使我无法深信他能在林中待下去，使我无法相信他能发挥他的潜力去战胜寂寞。他告诉我这片林区属于他父亲管辖的范围，但他父亲半年前去世了，他告诉我们，他父亲在林中生活了一生，在生命结束之前仍然产生了许多幻觉，所以，他死于那次幻觉的春天，他在林中闭上了双眼。当他父亲的遗容出现在家人面前时，人们根本无法深信他父亲已经去世，因为他好像在睡觉。年轻人很快替代了他父亲的位置，他才刚进入19岁。19岁的他已经守候了林区有一个春天、一个夏天，现在是秋天，他第一次面对金色阳光荡漾着每片树叶的时刻，这种面对意味着他是林中的一部分，不远处就是他的小木屋，很显然，在这寂静的林中，一座木屋活跃着他生活的另一部分现实，他的炊烟、床、油灯、粮食、斧头等等。而此刻他站在阳光下，从我这个角度看上去，他好像已是一片片被金黄色阳光所荡漾的树叶。

这是一个热情的守林人，他慷慨大方地引领我们进入他小木屋的一条林中小径。他走在前面，他19岁的身体已经深入了秋天的林区，他的年轻身体，他的脊背上荡漾着层层阳光。他走得很慢，他习惯了在

林中叙述跟树叶和藤蔓有关系的故事，凡是与树叶和藤蔓有关系的故事都是不着边际的奇事，所以他习惯了在林中缓慢行走，像他父亲一样，即使在林中路上走了一生仍然产生着一次最为灿烂的幻觉，在无法抓住那次幻觉之前他去了。所以，做一个守林人，最为重要的是在具备在不着边际的奇事之中产生去捕捉它的喜悦和激情。进入了一片不着边际的地方，他的小木屋成为眼前的现实，在金黄色阳光在每片树叶上荡漾之时，一个 19 岁的守林人把他按照日月的分秒而移动的一座木屋展现在我们眼前，这不仅是他的栖身之处，也是他与现实不可分离的一部分，我们看到了一只三脚架支起一只炊具，一只漆黑的铁锅中竟然有煮熟的土豆，他就用那些土豆给我们充饥……土豆和一个 19 岁的林区守林人在一起，这种现实使我激动，当他把土豆递给我时，我坐下来，在他用斧头劈出的一条圆木中坐下来。这横置在小木屋外的圆木就是他的凳子、他的椅子、他望着透明和黑夜产生幻觉的好地方——是他永无止境的栖身之处。而他递给我的那块土豆那么香，还有他支在三脚架上的壶，现在开始沸腾着，我喝到了林中之水，我喝到了一个 19 岁的守林人每天畅饮着给予他灵感的水。

我坐在圆木上往他每天眺望的方向看去，那层层金黄色阳光正荡漾着每片树叶……即使过了 50 年、100 年，阳光仍然会在这些树叶上荡漾吗？此刻，在荡漾之中，这个年仅 19 岁的守林人有没有假设过他自己的命运，有没有假设过这个林区未来的命运？我往他住的木窗看过去，我竟然看到了一只小小的书架，嘿，林区守林人的书架，一个 19 岁年轻人的书架，“叔本华说过，生活和梦都是同一本书上的书页，按顺序去读就是生活，浏览这些书页就是做梦。”现在，我无须去研究那些书架上陈列的书是什么奇书，我从这个 19 岁守林人的小木屋中看到了他通向未来的一道窗扉，它显然也会被金黄色的阳光一次次地荡漾起来，因为每片树叶都荡漾着阳光，每片阳光也同样会荡漾着 19 岁守林人的一部历史和一系列的历史。

三脚架上的水壶发出了沸腾的鸣响，那只水壶显然是父亲留下来的生活器具，而那些煮熟的芬芳的土豆是人类给予他进入梦境和现实的诗意的粮食，基于这种荡漾着阳光的过程，这个守林人在这林区生活的时间是长久的。

月光城中的舞女

再一次进入了古时的独克宗城，虽然这座城现在叫建塘镇，但我讲的这个故事与古时的独克宗城有关系。在那个蓝色之夜，月光的降临间接地证明了一个舞女已经出现。她的美丽就像古老的箴言一样让人们苏醒过来，从独克宗城的客栈经过的赶马人无意间看到了她的美丽。一个舞女的美显然与她的舞姿有关系，而一座古旧的独克宗城的美丽以跳一种虚幻的舞蹈而有名。这种舞蹈的虚幻性基于一种蓝色的抒情性，在古时的独克宗城，蓝色的抒情已经弥漫住了这座石头城的每个角隅。爱幻想的人们从每个石头角隅之中涌出来，只为了看见那个舞女的衣袖，因为她的长袖一舞动，整座独克宗城仿佛开始旋转起来。很显然，旋转是舞蹈的最显著特征，那个蓝色舞女使那座祈求梦境和希望的石头城陶醉在缥缈的意境之中。月光城每天都有不同的传说，在第一种传说之中，那个舞女的长袖使一个已经完全失去梦境的即将死亡的人重新将头探出窗外。他看见了那个舞女的美，她的美使他垂死的面庞突然被一种秘密的美得到了治愈，后来这个垂死的人在第二天就下了病榻，他在许多个蓝色之夜中试图寻找到那个蓝色舞女，但他只在石头墙的城墙上看到了舞女缥缈而去的影子。在第二种传说之中，一个牧人偶然之中来到了石头城，他喝了一壶青稞酒之后就看见了两只蓝色长袖在眼前晃动，牧人以为是在一座游牧的城池之中看见了仙女，牧人伸出手去只想借助于那两只蓝色长袖使自己进入天际之中的梦境落在仙女的窗前，然而，他一伸手，那两只长袖就飘曳而去，再也没有在他假设的梦境之中出现，为此，那个牧人用一生的时间讲述着这个故事，直到死亡降临。在第三个传说之中，在蓝色石头城中出现的这个舞女使一个赶马人和他的马队进入石头城之后就驻足下来，因为在赶马人和他的马队进入石头城的那个午夜，他像是在一层蓝色的幻景之中行走，他和他的马队都在一刹那间迷了路，因此他们只好寻找到一座客栈住下来。第二个晚上，赶马人在午夜出了客栈，他决心寻找到那个让他迷路的蓝色舞女，然而，除了面对一片蓝光他再也无法与那个舞女相遇。赶马人从此以后便日夜守候着月光城，把自己的一生交给了等待……

在这三个不同的传说之中，我们已经看到了那个蓝色舞女在月光城中的每一次出现，都会让那座石头城产生无限的梦境。古时的月光城的确有那样一个舞女每天午夜在蓝色月光之中出场，我们无法澄清这个舞女到底有没有存在过，到底有没有真正出现过。现在我再一次在这座月光城中徜徉，很显然月光城中的蓝色舞女是一种想象出来的梦境，人们渴望着在现实的意义上来揭示时间并最终超越时间，一个蓝色舞女既是缥缈的，也是现实的，在幻想她存在的人眼里，她每天都在一层层蓝色月光中降临，在幻想她并看见她降临的那些人眼里，月光城中的舞女是超越空间的一个梦幻，是让人们神魂颠倒的一个梦幻。

因而我相信那三个传说是有意义的。月光城现在改名为建塘镇，我在这个既是梦境又是现实，既是蓝色午夜又是白昼的石头城中产生的虚幻使我很自然地看见了那个蓝色舞女的长袖。她的舞动为我们产生了这样美好的悬念：在这座有月光的城中，每个年代，每个时辰的变化都在表现为永恒的一种形式，即在我们的潜在意识之中把一种又一种美好的梦境化为舞姿。月光城中的舞女只可能被梦境所看见，所以，她变成了我们的传说，变成了我们缥缈生活的一种形式。

现在的建塘镇仍然称为月光城，只要你走在月光之下，你就会看见美女如云的藏族妇女，我想，她们之中一定会有一个舞女，带给人们美好的遐想，带给梦境虚幻的传说，带给现实欢乐的节奏。所以，有月光城的蓝色舞女，你是成千成万个梦境中的永远。

日光城中穿巡的牧民

日光城在今天的松赞林寺，又称玉瓦寨，藏语称尼旺宗。日光在香格里拉同样经历了各个时期的演绎，它同世界历史一样在演绎之中有了秘密的色彩。今天走在日光城中的牧民是一个朝圣者。牧民离开了牧场，朝着日光城眺望，我知道的这个牧民同样叫扎西。即使在很远的地方，他心中总是会冉冉上升着一座日光城。终于来到了日光城，而在之前，他的朝圣之路曾经历着一片荒野，这几乎是所有朝圣者必须经过的道路。梭罗很理解荒野，他说："荒野对于每个人既亲切又可贵。甚至最古老的村子受惠于人造的花园，更受惠于环绕着它们的野生树林的边缘。树林的边缘以及它偶然伸进新兴城镇之中的景观美得难以形容，激动人心的那些城镇就像新筑的狐狸洞的沙堆出现在树林中。松树和枫树笔直挺立，表明自然界古时的正直和富有活力……"牧民经过了荒野进入了日光城，每扇充满日光的墙壁、门廊、台阶都向着这个牧民打开。牧民扎西掏出青稞籽朝着一路的阳光，将青稞籽撒在他经过的日光城的路上。

路上闪烁着斑斑驳驳的日光，这正是牧民所期待看到的景象，而他撒在路上的青稞籽就这样一遍一遍地为了展现他心中出现的那句古老的箴言，为了让他一遍一遍地把他一生淡泊、孤独、执着地放牧的生活交给一道日光。

日光将扎西的身体笼罩住了，那是他一生中最温暖的一个时刻，他站在日光城中，却出入在他的牧场，他想起了他的牦牛们，他想起了他的全部牦牛，一个叫扎西的牧民，在那一时刻，虔诚祈祷让他的每一头牦牛身上都有阳光普照。我就在这一刻知道了日光城为谁存在，它为了像扎西这样的牧民而存在，日光是神，是宇宙之神，扎西就在日光城中。叔本华曾说："历史就是世世代代的人类具有的一场结束不了的令人困惑的梦，在梦里有重复出现的形式……"做牧民的扎西反反复复祈祷着同一种梦幻生活，这就是扎西的一生，他在反复地为那同一种梦幻

而活着，为那些永远洒在牦牛身上的日光而祷告。可以想象在漫长的岁月中，这同一种梦幻给牧民扎西所带来的音乐或诗，如果一个牧民沉迷于他的梦幻并在这梦幻中找到了自己的音乐和诗，那么这就是一个牧人寻找到一个世界并想表达对世界之爱的时刻。牧人扎西走在日光城中，没有一个人像他那样衣衫褴褛，也没有一个人像他那样虔诚。他的衣袖已经被风吹成了飘带，他从台阶走到门廊之中去，又从门廊之中走到墙垣之中，他为那种唯一令他颤抖的场景而祈祷，他为那种场景想为此献出自己的一生，就像那位印度国王的言词，在他放弃权力，出门行乞的路上他宣布："从现在起，我没有王国，或者我的王国没有边界，从现在起，我的躯体不属于我，或者整个大地属于我。"

牧人扎西与世界万物的关系就是他是一个牧人，他拥有他的牦牛，放牧的全部过程，也许这就是他的王国，他的王国为他产生了梦幻，也可能是在梦幻之中产生了那个王国，所以他知道无论是梦幻还是他放牧的王国都无法离开日光的照耀。

日光公正地照耀着每一个日光城的角隅，照耀着牧人扎西的那张脸，我为牧人扎西的那张脸寻找着他私人生活的证据。他的脸面对的是日光，面对的是日光所折射的任何地方，面对的那些地方就是他带着他的牲畜出入于牧场的路线。他仅只是自然界的一个现象，像所有牧民一样有前额就充满皱纹，有眼睛就有欣喜与忧虑，有鼻子就有呼吸与芬芳，有嘴就有倾诉及沉默，有耳朵就有倾听到的声音，有头就意味着他有自己驰骋的空间……

牧人扎西执着地要把那个秘密告诉给他心中的日光城，所以，他一遍遍地站在每一个被日光所照耀的地方，他的温暖梦幻即是他的整个王国，即是他驾驭自己一生的力量，他触摸到的不是时间的流逝，而是时间那温暖的给予。

第十章　香格里拉的红军

要是我们遇见一个人，我们确信他身上具有我已经提到过的一类品质，这些品质我们虽然比其他的产品更加珍惜，却大部分已经散失四方，游离莫定，可在他身上却生根成长起来，这时我们的确会感到安慰而又愉快。一种微妙难以言喻的品质，举个例说，有如真理和正义……人类正沿着大路而来。

——梭罗

中心镇公堂的红色之光

红军的故事在香格里拉的草甸子上就像其他永恒的事物一样，变成了火焰及盛开的花朵。红军，这个词汇出现在一个极其广阔的时间编年史中。在 20 世纪初叶的那次著名的迁徙之中红军出现在香格里拉，“所有的原因都有具体的线索可寻，但只有天地创造之后的原因才是真正存在过的。”红军使我想到的是在一片好奇中诞生的红色，那片红色弥漫而来，从盘州市到香格里拉的路上，红色就像一片纷扬在空中的树叶，它经过了云南境内的富源、沾益、寻甸、宣威、昆明、嵩明、禄丰、楚雄、祥云、宾川、鹤庆、丽江等地，然后抵达了金沙江边，占领石鼓渡口。1936 年 4 月 25 日至 28 日，红军各部先后在石鼓与巨甸间的七个渡口顺利渡过金沙江，进入中甸县城。这就是香格里拉的红色，一种环绕在人们记忆深处的红色如同在中心镇中陈列的那盏马灯，一盏马灯可以让我们回忆起或者想象出，并间接地证明中心镇公堂是怎样变成了红军二、六军团长征过中甸时的指挥部旧址。一位老人站在中心镇公堂的门口，他已经很老，他用一根拐杖支撑着他已经逐渐萎缩的身体，他无意之间从中心镇公堂经过，事实上若干年以来他就这样被那些红色的影子环绕着一种人类的现象，他情不自禁地一次次经过中心镇公堂，他的牙齿已经有三分之二离开了他的口腔，他的语言含混不清，当我们面对他，他唯一能够重逢的一句话是这样的：“红军进驻中心镇公堂时，我就在我家的楼上往公堂方向看，我看到一片红光……”也许他看到的是那盏昼夜在燃烧的马灯，然而，对于这个老人来说，那盏马灯所散发出来的光，正是进入中心镇公堂的红军所带来的红色。老人站在我们面前，微眯着双眼，他说话时，撑着拐杖的双手在颤抖，他的眼前不断交织着 1936 年的中心镇公堂上空的红色，他的嘴唇翕动着似乎想证实那片红色有多红，那片红色是从哪里飘拂而来的。这就是红军，这个老人从平台上看见的中心镇公堂现在依然存在着，它就在老人不断陈述记忆和幻境的时候矗立在我们身后，老人站在中心镇公堂的门口，他还想叙述下去。守门人告诉我们，这个老人经常站在门口，见到陌生人就想倾诉，不错，老人似乎还没有倾诉完毕，他的嘴唇困难地再一次开始蠕动。我靠近他，他的声音显然是含糊的，在他的声音之中，我感受到了一种尘烟的断断续续上升到降落的过程，他的声音让我看到了一个老人看到的红军的意象，他在 1936 年的某个上午往中心镇公堂再一次眺望时看到了红军帽檐上的五角星，它们相互重叠突然使中心镇公堂放射出金红色的一片光泽……又是金红色光泽，在这个身体已经变得萎缩，声音已经含混不清的老人记忆中，他间接地为我们展现出了红军在中心镇公堂留下来的一种奇妙的红色、金红色……它们使我的眼前幻变出那支称为红军的队伍，在他们渡过金沙江之后，在他们被围追堵截之中，红军的那支队伍进入了中甸，进入了中心镇公堂，一个像梦境一样环绕着老人记忆的事实，其实是一座著名的指挥部，它的全称是：中华苏维埃人民共和国中央军事委员会湘鄂川黔分会——中甸城军分会军团指挥部。

这个住在中甸县城的一座阁楼的老人，当年是一个年轻小伙子，他每天站在楼顶，怀着好奇，也许还有各种疑团，他仰起头来往中心镇公堂看去，他看见了一片红光，那是一盏盏马灯散发出来的光，在灯光照耀之下的红军指挥部就是他所看到的红军的灵魂……而他所看到的五角星散发出一片金红色光泽使一个平凡的老人获得了那份奇妙而又永久的意境。久而久之，他为我们的真理保存了一种证据，为那次著名的长征保存了一种时间的秘密。我从这个老人那含混的叙述之中看到了1936年的中心镇公堂的楼上，红军的脚步声编织着他们灵魂的转移之地，从那个时刻开始，红二、六军团的长征过草地之行在这里产生了一种不朽的影响，只有真理才能产生不朽的影响，只有真理才能使那个老人沉迷于他的倾诉之光……

马灯、小锅、匕首

马灯、小锅、匕首是红军留下的遗物，如今留在红军长征纪念馆中陈列。一开始就与香格里拉相联系的普通之物，必然留在这个地区：似乎想给人们带来回忆的境界。一盏马灯被许多中甸流域的人们看见，那些有年岁的老人似乎看见马灯就会看见毛泽东、贺龙、任弼时、关向应、萧克、王震等人用过的马灯，似乎可以看见在一盏盏马灯的辉映下，整个香格里拉地区有一种从未有过的红色。如今人们仍然在传说马灯的故事，一个红军手中的那盏马灯曾经使他身边围满了香格里拉在1936年的春天的孩子们，那群孩子聚在他身边，年轻的红军战士比孩子们大不了多少，他却可以讲述红军的意义，红军为什么要经过香格里拉的中甸？为什么要长征？长征是什么？年轻的红军战士在一盏马灯照耀之下早已将长征的艰苦时光看见。然而，对那位年轻的红军战士来说，长征就是一条伟大的、奇妙的道路，为了通往幸福的家园，必须走长征之路。在1936年春天的夜里，那盏小小的马灯之下，晃动着孩子们稚气的脸，也晃动着年轻红军的那张脸。

一只小锅就像由一系列的事件所组成，它陈述的故事来自一个红军炊事员，那位年仅 18 岁的炊事员就这样背着这只小锅进入了石鼓。在渡江进入中甸之后一路上背着小锅，理所当然应该在 1936 年的那个春天的傍晚，在临时搭起的石头三脚架上，18 岁的红军炊事员支起了小锅，也就支起了红军的立足之地。在那个傍晚，从小锅中散发出野菜的香味，同世界上所有伟大的创举一样，红军炊事员在长征中煮在小锅中的野菜使那些饥饿的胃里荡漾着芬芳，使一支红军的队伍恢复了元气。这只小锅陈列在纪念馆，它如同一种芬芳一样是一种馈赠，而讲述这只小锅故事的那个老人坐在夕阳之下，他曾经在 1936 年春天的傍晚看见了红军的那位 18 岁的年轻炊事员煮满了一锅野菜。他讲述着这个故事，“也可以说是以一种最惬意、最动情的方式提及一个人的名字”，回忆一支红军队伍的名字，赞美一次伟大创举的艰苦卓绝，我被这个老人所陈述的那个傍晚所感染着。一群年轻的红军战士围在那只小锅前，用筷子捞着芬芳四溢的野菜，就是他们追求理想的这种精神感染了香格里拉这位普通的庶民，就是那只沸腾着野菜芬芳的小锅和天空中激荡的旋律一起使整个香格里拉和波涛翻腾的河川从此以后产生了绵绵的无休絮语。

现在一阵绵绵的无休絮语展现出一把红军使用过的遗物：匕首。我看到了锈迹，有锈迹是革命的产物，因为进入和平年代，那把匕首必然在陈列的过程之中产生锈迹。在那个老人的无休絮语之中，他在一个偶然的场景中无意之间看见过一把与这陈列室的匕首类似的一种启示及一种锃亮的为了开辟长征之路而举在空中的匕首。那个红军在一次与当地武装斗争的搏斗中拔出了那把匕首……如今那个危险的场景仍然历历在目，在这个老人无数迷茫的人生过程中产生出伟大的形象。那个红军的形象是多么英勇，无论这匕首如何锈迹斑斑，在回忆者的眼里它都意味着是一次无与伦比的革命的光芒。伟大的长征在香格里拉留下了马灯、小锅、匕首，一个又一个目击者的老人仍然生活在这片用红军的鲜血染红的芳菲的草甸子上，他们伴着生于斯，今后将死于斯的这块大地，伴着波涛翻滚的河川，一次又一次产生过的无休絮语使我们看到了长征的伟大意义。

马灯、小锅、匕首在陈列的历史之中融入了每一颗心灵的强烈记忆之中去。红军曾经使用这些工具在那次艰难的长征中在香格里拉的地区，依赖于伟大的梦想而艰苦地生活。一盏普通的马灯照亮了那个中甸的夜晚，一只小锅使我们的想象进入了吞咽野菜的二万五千里长征之中去，一把匕首曾给我们带来了和平的宁静……我在陈列馆的门外，感受到那支红军队伍从我面前经过，它也许是梦幻。

红军桥

桥以红军的命名出现在香格里拉上桥头村边，我们依然得回到1936年5月上旬，在那个日子里，红二、六军团经过休整后，浩浩荡荡分路向西康的得荣和乡城地区出发。那个5月现在仍然在桥中央荡漾着一场血腥之战，根据一位老人的回忆，那次战役就像梦幻一样产生了，当时他正在桥头之外的一片牧场上放牧牦牛，他看见了一支队伍，传说中是红二军团贺龙、任弼时率领的队伍，进至中甸上桥头地区。红军因他们的红色五角星在他的记忆中同样变成了一支红色的队伍，红军的队伍在桥头地区像新事物一样吸引着这个放牧的牧民，他站在牧场之外目睹了那次血腥的战役之后看见桥上的队伍击溃了反动武装，通过了云南省境地，后来传说那支队伍进至西康与红四方面军胜利会师。一座以红军命名的桥梁现在出现在我们眼前，还有另一座桥梁叫金沙江铁索大桥与红军桥并列着。这两座桥梁在1957年前后诞生，是为纪念贺龙、任弼时等率领红二、六军团长征中，胜利通过云南而建立的英雄业绩，缅怀革命先烈。红军桥上走着那位当年在牧场上放牧的人，他过去是一位牧人，在他做年轻牧人的1936年5月，从天边闪出的一支红色军队使他第一次目光明亮，那支军队在那次战役中把一个牧人的灵魂呼唤出来，从那以后他就把牦牛赶到离红军桥更近的牧场上，尽管那呼唤他灵魂出游的队伍已经看不见。许多次他独自一人走在红军桥头，岁月一次次地使他变老，让他的步履趔趄，当他头晕眼花时他会产生一个老人卷入历史之中的幻觉。那支红军队伍渐渐地靠近他，在他置身的世界里他呼吸到了红军的味道，犹如一支红色队伍从他的身边经过，他的手抚摸到了红军的枪、匕首和背景，他老了，他已经不能每天走在这桥上，于是他就在远离红军桥的那座村落不时地给他的孙子讲红军故事。老人的那位小孙子，已经 10 岁，他已经进入学校念书，偶尔在假期时做一次牧民，他经过了那座红军桥，他在桥上走来走去，他想着那支红军队伍，有那么一次，他决心搀扶着爷爷陪他到红军桥上讲故事。那个老人是那么喜悦，他被孙子挽着手，从村落走出去，走了很远很远终于进入了红军桥中央，在这个老人的回忆和幻觉之中，那支从桥上经过的队伍是他一生中看见过的唯一的有红光闪射的队伍。

现在，一个老人和一个孩子仍然在红军桥上走着，讲红军故事的老人的声音仿佛因为一次偶然而产生了激情的记忆，而这记忆因他讲述的时间性使他的嗓音若即若离，他的声音在故事中已经变得沙哑。就这样老人向他 10 岁的孙子清晰地再现出了一支红军队伍的故事。我清晰地看见了那次战役，我走在用红军的名字命名的红军桥，我想起了一位伟人的话："长征是播种机，长征是宣言书……"

这个老人以看见一支红军队伍为荣，以看见一次久远的浴血奋战而产生了自己的传说。被这个老人讲述过的这支队伍现在同样出现在我们面前。1936 年的 5 月 7 日，一支军队准备由此过金沙江，取道德钦县境，因无船只、木筏遂放弃渡江。于是，翻资纳腊山沿江北上。当红军通过上桥头村边小桥，进至资纳腊山腰时，即遭到江边活佛纠集反动武装的拦击阻挠，这就是那次浴血奋战。尽管如此，一支红军队伍仍然在围追堵截之战中变为胜利者。那个老人在孙子的搀扶下完成了生命尽头的最后一次历程。走在红军桥上，再一次经历那次战役的胜利喜悦，再一次经历那支红色队伍的气息，再一次把传说和记忆变成神性般的回忆……他的孙子将替代这个老人讲故事，有一天他会在假日将牦牛赶到离桥最近的牧场上，如果在青青芳草中仰起头来，如果看到一支有红光四射的队伍，那一定是红军在 1936 年 5 月经过的那支队伍。有了这种幻觉：这个男孩将会像他的爷爷一样将故事继续讲下去，直到他精疲力尽的那一天，直到永远。

红军革命烈士公墓

秋叶的红色已将中甸县红军革命烈士公墓染红。红军革命烈士公墓像所有的烈士墓陵一样展现出昔日的战役。在中甸，在通往甘孜的路上，有百名战士用鲜血染红了红军桥，染红了渡口（三水坪渡口、松坪子渡口、士林渡口、车轴渡口、吾竹渡口、木斯扎渡口、土旺渡口），以及在翻越中甸县雅哈雪山深处的大岩房的四周……革命烈士公墓矗立在每个国家、每个地域的青草芳菲的山冈上，好让活着的人看见他们。红军革命烈士公墓上镌刻着他们的名字，我看到了这样的不朽镌刻：红二军团连长肖学志于 1936 年 5 月 7 日，在中甸县上桥头资纳腊垭口战斗中壮烈牺牲；红二军团四师参谋长高利国于 1936 年 4 月 27 日，在翻越中甸县雅哈雪山深处的大岩房战斗中，指挥红军战士同藏族土司头人汪学鼎反动武装战斗，英勇牺牲；红二军团五师参谋长沙福林在翻越中甸上桥头资纳腊垭口时，遭到水边活佛反动武装的阻击，在战斗中英勇牺牲……我还看到了那些被永恒镌刻着的名字和他们的年龄：17 岁、22 岁、19 岁、21 岁、20 岁…… 一座肃穆之中的红军烈士公墓静静地在中甸县城西南方向的山坡上，红军的灵魂就在这片山坡上静静地安息着，微妙的时间把他们一次次、成百次、成千次地塑造着。

红军这个名字一次次地被人们反复吟咏，红军是什么？红军的陵园是什么？时间正在潺潺细诉，从石头到石头的坡度，荒野到荒野的广阔，我来到这里，这里是香格里拉红军经过的地方，也是香格里拉的红军安息的地方。我不知道，一颗子弹一颗灵魂，像辽阔的忧伤一样经历了香格里拉雨、雪、风……谁是不朽的歌曲，谁能长睡在这样丰富的地方？仰望果树，将血管上的硕果埋在有秘诀的前面，让后面的人看见秘诀里的钟声，深深地回忆，回忆红军在香格里拉，回忆他们17岁、18岁、20岁的生命：献出黑暗的礼葬，那随风明亮的眼睛，垂直在大雪之中……回忆红军最年轻的那名战士……红军烈士的墓陵改变了什么？改变了血腥的日子，为了让香格里拉的年轻红军在盛放的花朵安眠，于是，秋雨来临了，雨水又一次抚摸一片片的雪山中纷扬的雪花。我在中甸红军陵园凭吊一个又一个的人，我靠近的这片天空之下，正传递着回忆中的死亡，旧时的那一次次战役，他们举着马灯为了照亮一个未来的早晨，而他们向往的未来也许就是此刻。现在，我看到香格里拉的一座红军墓园：沿着一条小路走去，我看到了他们年轻的名字，空气中弥漫着红军的气息，只有在这里，我能嗅到那活着的正在死去的气息，红军睡在这草丛、鲜花之中，现在让我伸出双手，回忆红军在1936年进入香格里拉的时辰，回忆红军和那个名叫周全的人在一起，正是他当年在土旺木斯扎渡为红军摆渡。还有那个叫赵锡敏的老人，他当年也曾经在士林渡口为红军而摆渡，现在，秋雨淋湿了香格里拉的这座红军墓园，红军已经扎根在墓园之中，在他们睡眠深处盛开的花朵已经使墓陵产生了一座花园的芬芳，那些中甸县城的中学生穿着校服突然出现在红军陵园的小路上，死亡赢得了“流水不腐，火焰变朽”，红军因此已经在这里扎下根来，那些躺在香格里拉墓园中的中国工农红军使每个人的灵魂都被深深地，一次次地震撼着。是的，这种不朽，可以是香格里拉花朵般的境界的不朽，可以是人们在眩晕中感受到“世界美如斯”的不朽。红军因为不朽，使我们生活在21世纪的中甸县城的中学生再一次把自己小小的灵魂召唤而出。只有用每个人的灵魂去面对红军的灵魂，香格里拉的红军才会永不寂寞，无论世界千变万变，在我的内心世界之中，香格里拉的这座红军陵园同任何一次告别与相逢一样激起了我的亲切的情感，那些长眠中的年轻红军使我分外喜欢花朵般的香格里拉。

翁水村

进入翁水村完全是一次偶然，当我们进入香格里拉大峡谷的一张地图时，一个陌生的人来到了我们身边，他告诉我们，他的家在翁水村，他自豪地告诉我们翁水村是当年红军经过的地方。在香格里拉，任何一个人如果听过一些有关红军的传说，他们就会像置入一次梦境、一次告别、一次奇迹、一次邂逅的现场之中。这个家住翁水村的男人是香格里拉的年轻导游，他的手放在了地图上，我看到他的手指似乎想把翁水村勾勒出来，就像那只银色的箭头一样使我们非常清晰地看到激起他一次梦境、一次告别、一次奇迹、一次邂逅的那座翁水村。就这样，我们从地图上看到了这座坐落在香格里拉峡谷旁边的村子，我们还看到了翁上甲子小雪山垭口，翁水咱浪大雪山垭口。我们知道："1936 年 4 月 27 日，在贺龙、任弼时、关向应、萧克、王震等首长指挥下，红军战士冒着风雪严寒，踏着一二尺深的积雪，踏着战友们的血迹，边行军、边战斗，胜利地翻越过长征途中的第一座雪山。中甸境内的雅哈、翁上甲子、翁水咱浪、上桥头资纳腊垭口等雪山。"

一座红军经历的村庄吸引了我们，走出了香格里拉大峡谷，我们就开始去寻找那个叫翁水村的村落。那个已经消失的导游曾告诉过我们，进入翁水村会看到一个篮球场，如果看到一座篮球场就意味着已经进入翁水村了。于是，我们不时将头探出车窗，窗外是一条河流，那是从香格里拉大峡谷汹涌而出的那条河流，此刻，它正流入峡谷之外的村落。循着这条河流之上是一条通往翁水村的简易公路，我想，当年红军进入翁水村时，这条道路还没有显现在他们面前，他们行走在羊肠小道之间，足以说明红军的道路以艰苦卓绝的方式记述了新中国一次史无前例，世界历史之中一次无与伦比的战争迁徙史。我们之中的一个人看见了一座篮球场，对于我们来说，篮球场的出现意味着我们已经进入了翁水村的地域，在一块路边的木牌上我们看到了这样的文字：翁水村农田示范区。我们将车抛锚在路边，开始了融入翁水村的那条道路之中去，开始了寻找红军在1936年的部分痕迹。一座村庄因为与红军联系在一起，我们仿佛已经翻到了一本奇妙的、红色的书，一本芬芳四溢的书，一本已经打开的书。与我们擦肩而过的翁水村的村民以他们的形象证实了这座村庄是一座融入了红军传说的村庄，这是笼罩着一种和平景象和繁荣富足的村庄。我们首先看到的是一座小学校，在校门口坐着几个老人、几个孩子、几个男女。我们的降临使他们看见了三脚架、镜头，充满着激情的面孔。一个35岁左右的男人走上来，我嗅到了他身上的酒味，他显然刚在午后的阳光下喝过酒，他对我们说：我知道你们是干什么的，如果你们愿意，我可以给你们讲红军的故事。红军，当他的沙哑嗓声中叙述着这个词汇时，我们已经被他所沉醉的那种感情所感染着，我们尽管知道从一个被酒迷醉的人那里听红军故事，一定会像进入他的幻觉一样得进入他的真实和虚拟之中去。然而，他的声音现出了这样的传说："我听到过的红军故事是我祖母告诉我的。小时候，当我打瞌睡时，她拍拍我屁股就开始了讲红军故事，那一年翁水村的青稞及小麦分外的芬芳，红军来了，他们穿着很破的衣服进入了翁水村，红军仿佛有好几万人，好像有六七万人……红军住在外面，住在田间、院子里，我祖母认识一个红军小战士，那个红军小战士把他身上唯一的一块银圆送给了我祖母……"讲故事的这个男人，是翁水村的乡村医生，他坐在翁水村小学门外的石凳上，遥望着翁水村的远方，就这样一遍遍地叙述着祖母给他讲述的红军故事，同时被他的梦幻所看见的红军故事。在他看来，红军是一支强大的队伍，进入翁水村的红军就有六七万人……在他的想象之中，这种叙述是灿烂的理想，是一座村庄所看到的理想。这就是翁水村的一个乡村医生，在酒味之中所看见的红军，他怀着对红军的敬仰在岁月流转之中，他喝醉酒后就站在翁水村小学讲红军的故事。

翁水村小学

沉浸在星期六的寂静气氛之中的翁水村小学校园中挂着一只钟。

钟，任何形式的钟在何处出现都会给我们带来各种不同声音的惊喜，钟在世界的人类史中扮演着寓言的角色，扮演着让时间运转的角色，扮演着悬浮者和解脱者的角色。翁水村小学校园中挂着的一架钟是一只炮弹的外壳，这是在偶然的一次战争入侵之中，从异国的炮火之中落入香格里拉王国的美式炮弹，它好像是在一次劳动的翻天覆地的改造之中，从翁水村的泥土下面脱颖而出的。这枚炮弹壳如今挂在翁水村小学校园的一棵树上，每天在这里钟声响彻十遍或者十二遍……从翁水村的每条小径走来的孩子们就在这钟声之下学习汉语，研习阿拉伯数字的 123456789 的无限意义。我起初看到那架钟前还没有看见翁水村的两位一男一女年轻教师。当我们几个人好奇地伸出手触摸那只钟时，那两名年轻教师出来了。男教师年轻时髦，我发现，他的头发在不久之前染过，现在还可以看出有金黄色的染发剂。女教师梳着一根辫子，皮肤黝黑，向着我们微笑着，两人分别毕业于迪庆师范学校。毕业以后就来到了翁水村做小学教师。

翁水村小学出现了一枚炮弹壳作为钟挂在树杈上，时间在这架钟上敲响之时，已经流逝了多少史籍，流逝了多少红军留在翁水村的痕迹。钟声敲响之时，这所小学涌满了翁水村的孩子，我能够想象那群孩子，他们诞生在红军居住过的村落，他们一定听过红军的不少传说。翁水村小学出现了一男一女两位年轻教师，从他们的目光中我能感觉到能够在翁水村做人民教师的光荣。他们领我们进入敞开的教室，总共有四间教室，教室中挂着孩子们画的美术作品，在这些稚拙的作品中我不仅看到了翁水村的孩子们的幻想，我也看到了红军传说在孩子们美术作品中的展现。一位年轻的孩子们心灵中的红军叔叔正在帮助一位居住在翁水村的老爷爷挑水，一位孩子的作品中展现出来红军在翻越雪山时的动人情景。可以想象红军在 1936 年经过翁水村的故事已经变成孩子们心灵中精美的插图，穿插在他们的课本中间。翁水村小学的顶部插着一面红旗，它只可能是五星红旗，红旗是那么彤红，也许是翁水村的天空分外湛蓝，使我看到了有史以来最通红的一面五星红旗。

那位讲红军传说的乡村医生来了，他仍然醉着，他问我们翁水村小学上空的那面五星红旗鲜不鲜艳。他沉浸在那种鲜艳之中，他说他最早就是在翁水村上的小学，每当他抬起头来看见那面鲜艳的五星红旗时，他就会想起红军来。后来他参了军。退役之后就做起了乡村医生，他的诊所就在小学校的对面，每天他都能够看见那面迎风飘扬的五星红旗。我感到在他的醉语之中，他已经被红军的故事，被天空中飘荡的五星红旗所笼罩。他还告诉我们，本来，他可以留在别的城市做医生，但他却执着地回到了翁水村，这座小村落与别的城市不相同，它可以成千次地让他枕着翁水村的河川梦见那支红军队伍，这对他来说是一种完美的状态，能够让他看见红军队伍的只有翁水村，所以他就留了下来。翁水村有着红军的传说，因为红军栖居过这座村，并在这座村做休整，红军在 1936 年按照他们宏伟的计划经过了许多村庄，翁水村却是一座有流水、青稞的村庄，因红军的降临，1936 年的青稞和小麦分外地芬芳。我仰起头来，往上看去，我似乎可以看见矗立在长征途中的第一座雪山——雅哈雪山全景，深绿色的绿色屏障也不可能挡住那座雪山的全貌，在红军震撼人心的长征中，我在云南中甸翁水村的传说之中看到了红军的旗帜，看到了一杆长枪和给翁水村带来永恒记忆的红军的故事……我抬起头来，翁水村小学的那面通红的旗帜就在这湛蓝的上空飘扬着。在一个国家的任何地方只要看红旗飘扬在学校的上空，你就会看到希望。我在翁水村小学的五星红旗上看到了二万五千里长征那种红色。

系着红皮带的小牧民

系着红皮带的小牧民出现在翁水村外的那片小小的牧场上，他的皮带吸引了我们。我们开始走近他，他也叫扎西，是一个藏族小牧民，问及他为什么系一根红皮带，他对我们羞涩地笑了笑，告诉了我们一个秘密：他每天在牧场上放牧，他在等待一支红军队伍经过，他听老祖母讲，在她看见的那支红军队伍之中，每一个人都系着一根红皮带……这又是另一种有关红军的传说，小牧民扎西每天都有同样的幻想，如果有一支系着红皮带的队伍经过翁水村的小牧场，他就跟着红军去翻越雅哈雪山……

我被这种红色幻想所感动着，我问小扎西有多大了，他说他已经有12岁了，老祖母曾经告诉过他，在她所看见的那支红军队伍里，许多小红军的个子就像小扎西一样高。这种传说给予了12岁的小扎西一种幻想中的希望，他深信如果有一支红军队伍从翁水村的牧场上经过，他就能加入那支队伍，因为他已经为参加那支红色的队伍准备好了他的身高和一根系在腰上的红皮带。我仔细看了看，那根红皮带竟然是染出来的，我看到它原来的黄色已被12岁的扎西用红墨水染红。此刻，看着12岁的牧人小扎西系着红皮带，他还天真地问我们在来的路上有没有看见过那支系着红皮带的队伍。

我终于看到了那支红军队伍为翁水村的12岁的牧人扎西所设置的一种理想：他想寻找到一只系着红皮带的队伍，他想跟随那支红色队伍从这片翁水村的小牧场出发，然后去翻越雅哈、翁上甲子、翁水咱浪、上桥头资纳腊垭口等雄伟的雪山。就是那支红军队伍把传说留给了小扎西的老祖母，老祖母又把红色的传说留给了他……当他为实现这个理想而奋斗时，每天在翁水村的那片牧场上放牧，他每天走许多路，这样小扎西的身高往上长，已经有传说中的红军队伍中的小红军一样高了，有了身高还不够，还必须系上一根红皮带。牧人小扎西绞尽了脑汁，最后发现了一瓶红墨水，那是一个怎样的奇迹啊，牧人小扎西终于将一根皮带染红。从此，他已经有了身高和红皮带，他唯一所做的事情就是等待。

等待一支传说之中的红军队伍经过翁水村的小牧场，经过牧人扎西的身边，这是一种怎样的遥远的等待，我们无法看到那个时辰，然而，我们知道每个人都用他们各自的等待方式——为了捕捉到自己的将来，为了看见自己的理想实现，他们除了等待之外就是为了这种等待而创造着现实的生活。牧人小扎西并没有凭空等待，他的现实生活是牧场，在牧场上他一边放牧，一边成为守望者。守望着那支传说之中的红军队伍经过的地方，牧人小扎西并不孤单和寂寞，那根被红墨水染红的皮带使他的理想离那支队伍并不遥远。

红军的队伍总有一天经过小牧人扎西的翁水村牧场。一开始就在传说之中产生了理想而等待的翁水村和扎西，一开始就与一支红军的队伍有过相逢到别离的翁水村， 抬起头来看到了它的整个面貌。

已经到了黄昏，晚霞将翁水村辉映成红色，我们在晚霞之中告别了翁水村，告别了小牧人扎西，那根红皮带有一天会让他看见一支队伍，扎西会跟随那支队伍而去。我深信这种事实一定会出现在扎西面前，那支红军队伍的出现会帮助翁水村的小牧人扎西实现他的理想。

转眼之间，翁水村就消失在我们的视野之中了。这座偶然被我们寻找到的村落，因为红军的传说而有了支撑这座村落的红色，因为红色已经弥漫在一代又一代的传说之中，所以，牧人小扎西在染红那根皮带时已经寻找到了那支红军队伍。翁水村因为有了等待而有了未来，它的未来并不遥远，就像小扎西将在翁水村的牧场上实现他的理想一样，翁水村的未来在许多如此感动我的故事和现实中似乎展现了那个早晨的红色，它犹如树叶一样纷扬……

香格里拉地区的红色

红色在香格里拉地区按照一种弥漫的、纷扬的覆盖过程占据了它的森林植被、牧场水草、峡谷枫叶。按照一种旧时代所摧毁的制度留下的事实，一支红色的军队从这里经过时确定了香格里拉红色区域的命运。花在红军经过的地方开得更加鲜艳，一个有鲜花相陪的民族和地域被称为香格里拉。今天清晨，空气中再一次弥漫着红色的味道，是那种生长在岩石、峡谷、牧场，同野牛脊背上的曲线一起在风中吹拂的味道，我去了烈士陵园，去了红军经过的一些地方，我听到过红军的传说以及这些传说对这些地区的影响。当然，在这过程之中，我一次次地梦见过了一支红军的队伍……

整个红色的颜色在眼前纷扬，如同“整个历史如同浪涛的回转，那些往事之所以再现”，是因为那是一次真理再现：一支红色军队在1936年显现在香格里拉，从渡口进入中甸，进入了一个深情、苍老的人在絮语后的传说之中，这个传说红军故事的老人在1936年目睹了那支从永恒的现实之中向他走来的红军队伍。这个老人当时也许还是孩子、少年，也许刚进入16岁——一切都是开天辟地第一次——那支红军奇迹般地消失在中甸境内的雅哈、翁上甲子、翁水咱浪、上桥头资纳腊垭口等雪山，红军留下了马灯、小锅、匕首，红军医生留下了送给赵阿印的打针用小瓷盘，红军留下了送给赵阿印的五星奖章链条，红军留下了一张长征过中甸时期略图，红军留下了中甸县中心镇公堂的中华苏维埃人民共和国中央军事委员会湘鄂川黔分会中甸城军分会军团指挥部的旧址，红军还留下了红军革命烈士公墓、红军革命烈士墓群，红军还留下了中甸县上桥头的红军桥……

香格里拉因为在1936年有了一支红军队伍经过了它的地域，红军在一路上留下的鲜血渗入了泥土，那些生长土豆、青稞、青草的泥土，如今，当我们看着“每个新奇的黄昏，以及将化为晚霞的黎明的彩云的变幻飞飘……”花，红色的花瓣在我眼前散发出历史陈迹中的瞬间，那些年轻的红军战士的生命为我们展现出再一次为真理而献身的时刻，我从红军桥上经过时再一次嗅到了空气和河底飘来的绵绵的芳菲……

在许多香格里拉的孩子们画出的红军故事的美术作品中，他们用幼小的心灵去感受那一次历史的转折时期，在他们轻轻移动着彩色蜡笔的那一刹那，他们在涂满红色的五角星之后再一次将红色涂满了红军身下的草地……这些美术作品洋溢着孩子们已经在鲜花丛中缅怀的先烈，他们一次次地把这种缅怀变为浓烈的现实，他们需要回到红军的故事之中去。那些红色的水粉和红色的蜡笔使孩子们的双手在颤抖，我从其中看到了为真理而献身的红军先烈将永远被他们的子孙后代所讴歌。

红色在我们脚下无穷无尽地绵延出去，我们必须牢记，一支红军的队伍在 1936 年经过了香格里拉，他们给这个地区带来了永恒的色彩，这色彩是唯一的，它迅速地覆盖住了整个香格里拉地区。有关这个故事的全部细节已经化为回忆和传说，如果你想进入那支队伍如何在开天辟地的一次创举之中，如何开始了长征，那么，香格里拉的中甸就是长征中的一支队伍经过的地方，他们在围追堵截之中进入了中甸，进入了短暂的休整阶段，中甸县城的中心镇公堂决定了这支队伍产生了一次中甸会议……从那时开始，香格里拉的鲜花中弥漫着红军的鲜血，从那以后我们就看到了香格里拉，这个由众多民族的幽灵游荡不息的人类乌托邦世界之中荡漾着中国工农红军的宣言。从此以后，香格里拉寻找到了自己的语言，并因为这种语言而付出了艰苦的斗争，从此以后，我们才会一次又一次地进入香格里拉地区。我看到了一个极其美丽的梦境，在鲜花环绕的梦境之中，出现了卓玛、扎西；出现了峡谷、雪山；出现了茶马古道、驿站；出现了牧人、幽灵；出现了神祇、朝圣者；出现了一支红军队伍。